# 我与你的囧萌之恋

君子江山 著

青岛出版社
QINGDAO PUBLISHING HOUSE

图书在版编目（CIP）数据

我与你的囧萌之恋 / 君子江山著. — 青岛：青岛出版社，2017.5

ISBN 978-7-5552-5270-2

Ⅰ. ①我… Ⅱ. ①君… Ⅲ. ①长篇小说－中国－当代 Ⅳ. ①I247.5

中国版本图书馆CIP数据核字（2017）第067119号

书　　名　我与你的囧萌之恋
著　　者　君子江山
出版发行　青岛出版社
社　　址　青岛市海尔路182号（266061）
本社网址　http://www.qdpub.com
邮购电话　010-85787680-8015　13335059110
　　　　　0532-85814750（传真）　0532-68068026
责任编辑　郭林祥
责任校对　贾迎春
特约编辑　李文峰　崔　悦
装帧设计　石乾乾
照　　排　梁　霞
印　　刷　三河市南阳印刷有限公司
出版日期　2017年5月第1版　2017年5月第1次印刷
开　　本　32开（880mm×1230mm）
印　　张　8.5
字　　数　200千
书　　号　ISBN 978-7-5552-5270-2
定　　价　38.00元
编校印装质量、盗版监督服务电话　4006532017　0532-68068638

建议陈列类别:畅销·青春小说

c o n t e n t s

# 目 录

## 【第一章】

# 大王叫我来巡山

“什么？他们俩背着你搞到床上去了？”电话的那一端，传来一道难以置信的惊呼。

顾氏酒店，十一层一一〇七房间，顾颜一只脚踩在板凳上，拎着酒瓶，双眼气得通红，指手画脚地大声呵斥：“是啊！我当时简直想戳瞎我的眼。陈晓峰那个渣我就不多说了，他本来也不过是我妈一意孤行给我选的狗屁未婚夫，有没有他，老娘真的无关痛痒，但是贾甜甜……”

说到这里，顾颜打了一个酒嗝，原本中气十足的声音忽然低了几分：“玲子，你说，这么些年，我没做对不起她贾甜甜的事吧？”不过她现在真的好想做点儿对不起贾甜甜的事，弥补以前的空白。

贾甜甜是顾颜七年的至交好友。被毫无爱情、没有领证的未婚夫背叛，她的确是一点儿感觉都没有，甚至很开心终于有个合理的理由一脚踹了他。但七年来挽手逛街、旅行、出游，无话不谈的闺密，却在明知陈晓峰是她未婚夫的情况下，做出这种事，无疑是在她心上捅了一刀！

她问这话的时候，已经喝了个烂醉，地上也全是酒瓶的碎片，各品种的酒瓶混搭着，毫无章法。

“你抽她耳光没有？”秦玲玲懒得回答她这话，直接就问了一句。

顾颜一听这话，又打了一个酒嗝，整个人也蒙了：“我看见之后惊呆了，我……我都记得拍照当证据，可我居然忘了抽他们！我简直，我……嗝……要不然我回头去抽？”

秦玲玲嘴角一抽，就没见过这么不长心的，忘记抽了？她开口问道：“你这会儿在哪儿呢？我过去找你。”

“我在我家的酒店里呢，我没事儿，你就别来了！让我一个人安静一会儿……让我也好好想想，明天再见着他们，我用什么姿势……用什么姿势抽他们才比较帅气……”顾颜说完这话，没等秦玲玲再回话，就挂了电话，也不想有人烦她，随手把手机调成静音，揣进兜里，往沙发上一躺，两只眼睛望着天花板，视线就这么恍惚起来。片刻后她却骤然一个激灵，发酒疯似的唱着歌，摇摇晃晃地站起来……

顾氏酒店大堂，流光溢彩的墙面，华贵而不刺眼，富丽堂皇的装潢，屋顶的正中央是价值几百万的吊灯。大堂的右侧还有大面积精致的水晶帘，一颗颗水晶连成一串儿，美成泪珠一般，是找奥地利知名的仿水晶切割品牌施华洛世奇代工的。每一个角度都切割得波光闪耀，如同钻石，漂亮得让人心驰神往。

左侧是服务台，而走进大门，正对着的三米见方之地，是一片宛如风景名胜的椰树林，和着蜿蜒的水池修建而来。海风从那一头刮进来，衬得整个大堂更加空旷，让人站在其中，心情也更加舒畅。

酒店里头所有的客人，这时候已经都被请出去了。作为国内知名顶级酒店的顾氏，来下榻的人也大多是名流贵胄，这一类人的脾气，自然也都不怎么样，起初一个都不乐意走，可在听说即将要来的人是谁之后，都配合地接受赔偿和安排离开了，有的甚至赔偿都没有要，恨不得倒给点儿钱，请经理帮忙能不能在那人面前提一提自己的名字。

于是，就在短短的十五分钟内，酒店所有的人出动，挨个房间处理过去，完满地做完了这件事，使得酒店里眼下空荡荡的，不再有其他客人。其目的，就是全心全意地招待这位贵客，也不让任何人有打扰到贵客的可能。

而此刻，在酒店经理的带领下，酒店的所有侍者都站得挺拔，女服务员互相看对方脖子上的方巾扎好没有，男服务员也盯着自己西装胸前口袋的方巾看。尽管他们所有人心中都非常清楚仪表上不会再有什么问题，但还是忍不住反复检验。

而从来好脾气的酒店经理程铭，这时候也从旁大声呵斥："相信你们都很清楚，今晚林氏的执行总裁兼董事长林少会过来下榻，你们都给我听好了，在林少离开之前，所有人不能出半点儿纰漏，否则全部给我滚蛋回家！"

"是！"所有人表情紧张严肃，经理这话的意思是一个人出了纰漏，所有人全部开除，这话他们当然都听得懂。所以这种时候，从前用来陷害同事、争取上位的手段，都可以放一放了，否则最后倒霉的除了对方，还得搭上自己。

而程铭更是一个头两个大，已经到了神经过敏的紧张度。林氏集团，莫说是在国内举足轻重了，就是在国际上，林氏跺跺脚，整个世界的金融市场，也得跟着震三震。作为林氏执行总裁的林霄，就是林氏现在的当家人，要是得罪了他，别说是他们的饭碗了，就是整个顾氏企业，都不知会不会就此凋敝，无人问津，从国内顶尖酒店，成功地过渡为明日黄花！

也正在这时候，程铭的电话忽然响了起来。他看了一眼，立即按了接听键，接通之后，他还没来得及开口，顾建成的声音就传了过来："林少到了之后，若他问起我，务必告诉他，在二十分钟之前，接到他要来顾氏下榻的电话，我就立即终止会议，从洛杉矶赶回国，现在飞机马上就要起飞。如果他没问起，你们也不必主动提起，明天早上他就会离开，今晚你们务必不要出什么纰漏。记住，我们顾氏不攀附任何人，但也绝对不要得罪林少，务必接待好他，林氏我们得罪不起！"

程铭听完，马上回话："知道了董事长，我会安排好的！您放心。不管怎么说，我们顾氏在国内顶尖豪华酒店中也算是翘楚，相信不会让林少失望的！"

"嗯！"顾建成满意地应了一声，切断了电话。

然而，电话挂断之后，程铭将手机放入口袋的那一刻，心头骤然一跳，觉得自己好像忘记了一件什么事，而且这件事情非常重要，可大概越是慌乱，脑海中就越是捞不着边，他皱眉思索了许久，就是想不起来。

他回过头，在大堂巡视，富丽堂皇的灯，干净整洁的地面，面带微笑的服务员。至少这么一眼看去，并不能看出什么端倪。皱眉深呼吸了一口气之后，他看向整齐列队的服务员，问了一句："所有的客房，都挨个查过了吗？确定客人们都请出去了？"

"查过了，确定都请出去了！"大家一起回复，并认真地点了点头，的确都查过了，这一点上，是不会有什么问题的。

程铭还要再问，就在这会儿，大门外骤然传来一阵响动。那是汽车引擎发出的声音，酒店的门早已大开，随着引擎的声音传来，十多辆豪车开道，整齐有序地进门之后，便飞快地围成一个硕大的圈。接着，从车子里头下来几十名西装革履的保镖，站在圈子周边，旋即，半空中传来轰鸣声，一架直升机垂直下落。

见这排场，却并无一人面露异色，就林氏的财力而言，这些不过九牛一毛。

飞机落下，舱门打开。

马上便有保镖抱着地毯，从机舱里，沿着道路一路铺了出来，一直到酒店的正门口，覆盖了酒店原就备好的地毯。程铭迅速一挥手，带着众人站到了酒店的门口，排成两队，恭候林霄的大驾。

而在侍者们身前，身材魁梧的保镖们齐齐站成一排，挡在侍者们的前面，以确保没有任何人借机对他们的少爷不利。一切准备就绪，机舱里先走出来一名身材高挑的外籍帅哥，一米九的个子，金发碧眼，眉眼深邃。他探出头之后四下看了一眼，面上含笑，从机舱里出来之后就站在边上，双手交叠在身前，等着里头的人出来。

不一会儿，里面的人也出来了。

当他的脚落地的那一瞬间，在场的女士无不捂住自己的嘴，险些惊叫出声。近一米九三的挺拔身材，一身利落的风衣剪裁得体，令人一眼就能看出那黄金比例的身形。一缕墨发划出性感的弧度，落于颊边。微抿的薄唇，似世上最诱人的风景，让人不自觉地想，若是被那薄唇吻上……

那深邃而不可见底的黑瞳，高挺的鼻梁，完美精致的五官，组合成一张俊美得冲击人心跳的脸。与生俱来的优雅气度，让人好像看到中世纪时期的欧洲贵族，却偏偏不让人觉得温润，反而让人有惊颤的气息，就如同《圣经》记载的堕入黑暗的撒旦，有着无边致命的吸引力，也危险得让人不敢靠近。

他站定之后，对于这些女士的反应，似乎毫无所觉，或者早已习惯，眼神都未曾落到她们身上。眉心中有几分疲惫，他伸出长指揉着，径自往酒店里走去。那名外籍帅哥迅速跟上他的步伐，并看了一眼自己的手表："少爷，药已经快到了，等您进了房间，我们的人就会把药送到酒店门口，到时候我送到您的房间。不过，您是自己注射，还是让您的私人医生为您注射？"

那药……方才他们在伦敦参加一个酒会，和少爷一起学剑道的好友李允炜的妹妹李雯，给少爷敬了一杯酒，看在李允炜的面子上，少爷没拒绝那杯酒，以免让那女人难堪，然而那杯酒里头加了料，催情的……

这也是他们选择顾氏下榻的原因，顾氏的酒店靠海，从大洋彼岸飞过来之后，可以直接着陆，同时立即吩咐人送了药过来。

外籍帅哥这句话一出，林霄顿住脚步，睨了他一眼："弗瑞克，你知道我并不轻易相信别人！"

他说完这话，继续大步往前。

门口的保镖和侍者一同弯腰，恭迎他进去。弗瑞克闻言点头，少爷的意思就是要自己注射了。他也立即道："少爷您放心，即将送来的药，我已经派人取了样品，在三个不同渠道检验，三方都确定安全，绝对没问题的。"

大家族里头，自然会有纷争，尤其在林氏，那些被自己的私人医生"误诊""用错药"，以至于变成傻子的少爷，这一代就有两个。虽然那些医生最终都被警察带走，可变成傻子的人，再也聪明不回来了。

“嗯。”林霄随口应了一声，眸色微沉。

弗瑞克忽然笑着道：“少爷！似乎每次酒会，李小姐出现在您的面前，已经成为一种习惯了。”

林霄面露讥诮，眼中带着几分轻蔑之光，冷嗤了一声：“我以为在我的酒里加料才是她的习惯！”

说话之间，他修长挺拔的身躯已然踏入酒店。弗瑞克在他后头摸了摸鼻子，也不敢说话了。程铭这时候立即上前来，微微弯腰表示敬意，态度不卑不亢：“林少，竭诚为您服务。今晚知道您要来，为了避免您受到打扰，我们已经将酒店的其他客人都请出去了。所以今晚，酒店已没有其他客人了，请您安心入住，有任何问题，都可以通知我们。总统套房在十、十一、十二层，您可以随便选择您想去的楼层！”

林霄嗯了一声，旋即随手脱下风衣，扔给弗瑞克，弗瑞克立即伸手接住。

接着，便见林霄的长腿迈入电梯，锐利的眼神一扫，在程铭说的那三层中，随手按了一下。

弗瑞克站在电梯口，并未跟上去，也示意程铭止步。

程铭被拦在电梯门口，倒也并不在意，看着电梯的门关上，盯着外头的指示灯，看林霄将选择哪一个楼层，也好方便他们服务。二、三、四……

十一！

停住！

第十一层，程铭确定之后，便看向弗瑞克，客气地问了一句：“先生，林少晚上有什么要求和忌讳，需要我们注意吗？”

弗瑞克微微一笑，客气地道：“不用！少爷进了酒店之后，所有的一切都由我们自己的人负责，酒店的人各司其职、做自己的事情就好。少爷有什么需要，我们自己会处理好的，你们只需要配合我们。”

真正的贵族做派，是不会趾高气扬的，他们只有在动怒的时候，才表现出不悦，平时都是绅士而礼貌的，而弗瑞克显然就是标准的绅士。

“好的！”程铭听完之后点头，转身欲走，心里头不知道为什么一直有一种不祥的预感，觉得自己一定忘了一件很重要的事。于是他扭头看了一眼弗瑞克，道，“为了保证林少的安全万无一失，我打算去酒店的监控室看看，若有任何异常，会第一时间联系你们！”

弗瑞克闻言立即笑了，开口道：“您放心，少爷的安全是不会有问题的！尽管少爷不喜欢我们跟在他身边，但是现在，酒店的每一扇门都有我们的人把守，酒店的每一层楼，我们的人也在外面用望远镜监控着，不会让任何人攀爬进入。你只要保证酒店的安静和整洁，不会让少爷感到不适就好了。”

少爷要在这里下榻，是临时决定的，不可能有人事先知道了进来埋伏，所以他们只要守好门外就好。

“话虽是这么说，但我还是去看着比较放心！”程铭说了一句，也不知道是不是他的错觉，莫名地他就是觉得心里不好的预感更加浓烈了。

他如此坚持，弗瑞克也没多说什么，礼貌微笑：“先生这样客气，我替少爷表示感谢！”

程铭连连点头，说不必客气。旋即迅速转过身，也就在转身的同时，他看见了前台的柜台上，空了两个格子，那里原先放着两瓶价值十多万的好酒，现在却空了……他猛地想起来自己忘记了什么事，一时间脸都白了，想回头上电梯，弗瑞克却拦在那里，想上去是不可能的了。

他二话不说，干脆扭过头，对着监控室狂奔了过去！而看着他飞奔而去的弗瑞克，觉得很奇怪，正打算问，这时候却接到电话，注射的药物已经送到了。他忙出门去取药，便没再多关注程铭。

程铭一阵狂奔，进了监控室之后，对着里头的人就是一声吼：“把助理给我叫来，问问他小姐是不是还在楼上，她走了吗？”

他总算想起来自己忘了什么事。下午小姐忽然跑回来，抱着两瓶酒还喊服务员准备了一些酒，拿到楼上去了，后来……后来好像就没下来！小姐所在的楼层……他要是没记错的话，也是在十一层！

里头的人立即奔出去找程铭的助理，而一直在监控室的工作人员，扭过头看向程铭道：“那个，经理，小姐……小姐还没走，上去之后一直就没走，我确定！”

程铭脚下一个趔趄，差点儿没站稳。而这会儿，助理也进来了，程铭二话不说，对着助理就是劈头盖脸一顿吼：“你不是说客人都请走了，整个酒店一切准备就绪吗？你告诉我，小姐为什么还在楼上？还正好和林少一样在十一楼？！这不是……”

助理也蒙了：“小姐也要请出去吗？我……我们听说要把客人请出去，但是小姐……”小姐不是客人啊！

“你！”程铭狠狠地瞪着他，觉得自己被气得说不出话来！但是他心里也清楚，这时候再说什么已没有意义。他扭过头，一双眼直勾勾地盯着监控。心里扑通扑通直跳，希望上天保佑，林少千万不要跟小姐选同一个房间，否则让林少知道他们口口声声说酒店里一切准备就绪，没有任何客人在，也不会有人打扰他，结果却出了这么大的娄子，他们就惨了！

在程铭盯着那监控瞪视数秒后，林霄缓步从电梯里走了出来。他今日似乎情绪并不太好，冷锐的眸光扫过，看了一眼通道处的房间，灯光明亮，是他喜欢的感觉。整个酒店都如同这楼层的地板，被打理得纤尘不染，他随便找了一间看着顺眼的房间，上去拧开了房门。房间的门牌号：一一〇三。

经理盯着监控里头的人，头也不回地问：“小姐是在哪个房间？”

“一一〇七！”有人回了一句，这一句里头带着浓浓的惊喜。

程铭长长地舒了一口气，高兴得险些流出眼泪，这才算是放心了！他立即吩咐道：“打电话到一一〇七房间的座机，告诉小姐千万不要出门，尤其是林少走之前务必不能出来……”

“是！”服务员立即拨打电话……

而此刻，十一层楼上。

林霄进房间前，抬眸扫了一眼，从精致的欧式房门和屋内价值不菲的陈设，都足以看出顾氏专业设计师的能力和财力，顾氏酒店不愧是国内顶尖豪华酒店之一。他敛了双眸，大步进入房间，反手关上门。此刻体内迷情药的药性已经蠢蠢欲动。他扯开领带，随手将手腕上的手表取下，扔在桌上。正准备倒茶，这时候门铃声响起，传话器里头是弗瑞克的声音：“少爷，药送到了！”

林霄原地转身，走到门口打开门，弗瑞克立即恭敬地将药箱递给他。他睨了弗瑞克一眼，薄唇微扯，用磁性好听的声音吩咐道：“接下来，在这个楼层，我不希望再看见第二个人，以及明早八点之前，不允许任何人以任何理由，来打扰我！”

“是！”弗瑞克应了一声，并为他关上房门，旋即转身下楼去吩咐此事。

楼下，监控室。

服务员哭丧着脸看向经理：“经理，打通了，没人接！小姐的手机也打通了，还是没人接……怎么办？小姐会不会提前出来，这件事情要不要立即通知董事长？”

这时候的程铭，脑子还算处在相对清醒的状态，他只觉得上天垂怜，至少林少没选小姐在的那个房间。希望后续也不会发生什么事，不然他的饭碗、他的未来、他的高薪、他的房贷……他还没想好是不是要将这件事情告诉顾建成，监控录像里忽然出现让他险些厥过去的一幕。只见一个摇摇晃晃，显然喝醉酒的女人，也正是他们的小姐，从一一〇七走了出来！她走到一一〇三房门口，猛然顿住，扭过头，对着那门一阵狂拍……

程铭的脸色青白交织，盯了几眼之后，心头一窒，脑海中又过滤了一遍他的饭碗、他的未来、他的高薪、他的房贷，然后……白眼一翻，竟因为心理承受能力太差，直接晕了过去。

……

楼上，林霄回到房间，大步走到桌前，将雕刻着华美金纹的医药箱放在桌案上，打开拿出注射器，开始调配药物。有钱有势，也意味着危险重重。想算计他的人多得很，懂点儿医术，能避免很多麻烦。至于李雯，这大概是他最后一次接过她的酒杯！

药物调配到一半，他忽然皱眉，似听到脚步声。自小接受军官学校的特种兵训练，他的听力自然胜过一般人。但体内的催情药药性已然无法压制，他顾不得那么多，全神贯注地调配着自己的药，可就在这时，伴随着几声捶门的重击，又是砰的一声踹门声响起，门口传来女人的高呼：“开门！”

而此刻，监控室的众人看看晕过去的程铭，又瞅瞅小姐，两根面条泪直接蜿蜒而下，实在是不明白，小姐好好地在自己的房间里头待着就算了，喝醉了酒为什么还要晃出来？晃出来就算了，那么多门她不敲，偏偏要敲林少的房门！经理居然还在关键时刻晕倒，让他们怎么办……

助理犹豫了几秒钟道：“刚才林少的人说过，任何人不得以任何理由过去打扰，否则让我们后果自负。要不然我出去等着，他们不发难就算了，要是发难，我也能先挡一挡……董事长现在在飞机上，手机处于关机状态，其他的，就等董事长回来之后再说！”

“好！”

砰——咚咚——监控里，顾颜还在捶门。大家默默地抹着辛酸泪，也不知道小姐这找死的行为，会不会导致明天早上，她就从富家千金，成为街头的流浪艺人，专门表演发酒疯的那种，而他们则全部变成无业游民……

听着门外越发猛烈的敲门声，林霄剑眉微蹙，眸中掠过不悦的寒芒。原是打算注射完之后开门，却没想到门外的女人越来越嚣张，而此刻，又是咚咚几声，竟在往死里踹门。对方态度如此嚣张，于他而言，无疑是一种挑衅。一股怒意浮现于他眉间，林霄扫了一眼还没来得及注射的药，暂且丢下注射器，压抑着体内躁动的药性，大步走到门口！

伸手，将门打开。

就在他开门的同时，一只高跟鞋对着他的脸飞了过来，他飞快侧过身，才没有被高跟鞋击中。随后，门口的女人扑通一声，以狗吃屎的姿态，正好摔在门间，一半身子摔进他的房门，一半身子还在外面！她趴在地上，似乎蠕动了几下，并嘿嘿一笑：“老娘就知道，这层楼铁定还有人！”

林霄额角青筋一跳，低头看着这女人。自然地，此刻他只能看见一个后脑勺和她满头的青丝，以及她身上的衣物、修长的腿，还有那蠕动着令他怒气沸腾的身躯。同时，他鼻间闻到一股极为呛鼻的酒味，而这酒味，也来自这个该死的女人！

他剑眉皱起，正准备掏出手机，她却忽然从地上跳起，一张清灵秀美的脸，早已因酒气醺红，眼神迷离而毫无焦距，显然已经完全喝醉。但那张脸极美，泛着淡淡的嫣红色泽，如同百花丛中绽放的百合，纯美至极，也因为她迷乱张狂的神态，有了野性！

如此神态令他一怔，不知是不是因为药性，这一秒他竟有了感觉。然而就在他微怔的当口儿，那醉得天昏地暗的女人，忽然扭头往他房中奔去！

奔进去之后，女人毫无形象地伸出一条腿，踩在桌前的板凳上，呈挥斥方遒状，高声大唱：“大王叫我来巡山哪！咿呀哟，咿呀咿呀哟……我巡了南山，我巡北山哟……”

林霄拧眉，看得胆战心惊！并不是担心这醉酒的疯女人摔倒，而是担心她一个没站稳，将自己桌上的药撞翻！至于她唱的那些乱七八糟的东西，简直……不提也罢！他揉了揉眉心，实在不明白为何有人发酒疯，能发成她这样。而此刻，他体内药性躁动更大，林霄一边举步往桌边走去，预备夺回自己的药物，一边掏出手机，打算叫人将这个发酒疯的女人拖下楼去。

至于顾建成，竟然让酒店中的人出了如此大的纰漏……呵！

他刚走到桌边，正要伸手去拿药，顾颜忽然一个回旋扑，对着他扑来。他抬手将她掀开，这一下，正好让她趴上了桌角。砰——桌子移位，随后一声脆响，那个装着药物的玻璃瓶，就这样掉落下去——摔了！

林霄要按下拨通键的手僵住，看着洒了一地的药物，下腹的邪火也开始掌控不住。偏偏硬生生摔在地上的女人此刻还不安分，醉醺醺地爬起来，再次往他身上扑来，红唇强制性地吻上他性感的薄唇。她热情中的生涩，更挑动他的欲念。药物尽毁，欲望也让他无法再忍耐到新的药物送来。

就在这时，她又开始撕扯他的衬衣。

他低咒一声："该死！"随即一把将这女人扯入浴室，即便要做，他也不能容忍她这一身酒味。药性令他无法控制行为，他心下也怒火中烧，这简直就是倒霉透顶，也是他人生中唯一一次出现脱离掌控、最为狗血之事！

而此刻，监控室里的程铭，在被反复掐了几下人中之后，终于醒了过来。他回过神，刚打算问现在的情况，旁边的服务员已先开口了："经理，不好了！小姐发着酒疯，进了林少的房间，还往里头甩了一只鞋！"

咚——程铭脆弱的心脏再一次受到暴击，白眼一翻，又晕了过去。

浴室之中，温热的水自头顶流下，两个身躯于冲洗中交缠。须臾之后，他将她扔到床上，洁白床单之上，她如同一朵盛开的花。他如掌控生杀大权的帝王，攻城略地，黑色的碎发贴在颊边，邪魅而性感，神志早已迷失。

而她，在酒精与迷蒙之中，眼角滑下一滴泪……没被他瞧见。

彻夜癫狂之下，床单凌乱不堪。他完美的身段，健美如同雄狮。疯狂之中，背上留下她的不少抓痕。

一夜疯狂后，他睡得很沉，因为药性有点儿重，他处于半昏迷状态。顾颜却慢慢醒了，觉得身上很疼，掀开被子，就见一条匀称修长的胳膊压在她腰间。此刻天还没亮，落地窗帘遮住了外头的光，眼前的场景看不太清楚，但她很清楚，凭这重量和触感，压在自己腰间的，绝对是男人的胳膊！

她脸一白，一个鲤鱼打挺坐起来。下身的疼痛感和腰间的酸软，还有因为宿醉而剧痛的脑袋，让她回忆起昨日的情景……

她与父母给她安排的未婚夫陈晓峰、闺密贾甜甜来海边度假，回了一趟酒店才去临海的别墅找他们，然后看见两人在别墅的床上交缠……

是的，他们两个在床上纠缠，就在她的父母为她买的临海别墅里头。

她什么都没说，也没被那两人发现，转头回了酒店，在楼上喝酒，并打电话给好友秦玲玲痛斥他们的无耻行径，接着又喝酒，喝了很多酒。再然后，她干什么了？顾颜坐着想了半天，什么都没想起来。她眸光散乱地看着虚空……显然，她喝酒喝断片了，啥都不记得了！但事情的结果就在眼前，她上了个男的！

她一巴掌拍上自己的额头，险些泪流满面……不仅被未婚夫背叛，被好友背叛，她保存了二十多年的贞洁，也这样壮士一去了？！她要不要去撞撞墙，或者跳跳河，矫情一把？

但是扭头看了墙壁半天，她实在没那个勇气撞上去，而且大家都说矫情的是贱人，她还是不要了。这个悲伤的故事告诉我们，女孩子，身边要是没有一个靠得住的人陪着，就不要随便在外头喝酒，不然很容易吃大亏，就像她现在这样！

顾颜挂着一脸的面条泪，扭过头看向地上闪光的手机，有信息？

小心翼翼地移开男人的胳膊，对方也并没醒，她摸下床将自己的手机捡起来，是秦玲玲发来的短信："亲爱的，收到我的礼物了吗？这可是我好不容易为你找来的极品，希望你收到之后心情能好些，不要为那两个不值得的人伤心……"

好不容易找来的极品？顾颜下意识地扭头看向床上的男人，房间太黑，只能看见床上躺着一个人，完全看不清楚长相。但她已经开始磨牙，难不成他就是秦玲玲送来的极品礼物？！一只鸭？

她怒火中烧，飞快地回了一条短信给秦玲玲，甚至忍不住爆了粗口："该死的，这是什么狗屁礼物！你这次玩笑开得太大了！给我滚蛋！"

秦家大宅里，因为担心顾颜的情绪，一夜没睡的秦玲玲，收到她的短信后愣了一下。她派人送了一只陨石色边境牧羊幼犬到颜颜家的酒店，希望能够安慰那丫头受伤的心，那丫头就算不高兴，也不至于生这么大的气吧？

顾颜完全领会错误，发完短信之后，骂骂咧咧地起身，心情非常恶劣。她穿好衣服后，看了一眼床上的男人。虽然现在她的心情非常不好，但是鸭伺候了她，还是应该给钱的，可是要给多少？她不知道应该是啥价位，更不知道秦玲玲给钱没有，不过想着还是再给一遍钱保险一点儿，可她四处看了看，发现包包不在。顾颜回忆了一下，对了，昨天下午看见那不该看见的一幕之后，对她打击有点儿大，她的包从手里滑出去，掉在海滩那儿的别墅门口了。

她低头摸了一下口袋，希望里头能有点儿现金，然而掏了好几下，确认了几遍，里头的确只有一张一百块的钞票。她盯着手里的钱犹豫了几秒钟，又看了一眼躺在床上的男人，认真地琢磨了一下。只给一百块是不是太少了，给了跟没给没差别吧？尤其玲子还说了，这只鸭是个极品的！可要是不给……

她思绪紊乱，猛然想起几天前网上热议的“一百块都不给我”事件。想象着这个男的，在大街上逮住她，扯着她的胳膊扭着腰道：“一百块钱都不给我，玩都玩了，你一百块钱都不给我，讨厌，你坏死了，一百块钱都不给我……”

她浑身一抖，一百块钱也是钱，还是先给着吧。她把钱放在枕头旁边，摸出老哥送给她随身带着的电子笔，蹲下身子，飞快地在钞票上头写了一句：“这是服务费，抱歉少了点儿。不够请找玲玲拿！”写完之后，她放下钱，拿着手机飞奔了出去。

跑出去带上门后，顾颜顿了顿，这才想起自己忘了开灯瞅一眼这男人长啥样。但想了想，估计这辈子是不会再见他了，倒也没必要！就当是做了一场梦吧，一场悲伤的噩梦。正这么想着，手机又闪了起来，她一看显示屏，是陈晓峰打来的。盯了几秒钟之后，她果决地挂掉了电话，跟人渣多说一句话都是浪费生命的行为！

还有点儿困，她出门之后往右侧看了一眼，看见了自己之前的房间，决定回房再睡一会儿。

天大亮之后，林霄醒来，伸手揉了揉眉心，睁开眼，看着凌乱的床单。鼻间是药物的味道，他深邃的冷眸看向桌边洒落的药物。昨夜的记忆瞬间进入脑海，他喝了李雯的那杯酒，药性无法克制……还有那个发酒疯的女人。他偏头往床榻上扫了一眼，人已不在了。林霄薄唇微扯，这女人倒有些自知之明，知道自己不会轻饶了她，先跑了！

但很快，他眸光一凝。看到枕头旁边的一张红色钞票，他伸出手，将那张一百块的人民币拿起来，端详了几秒钟，扫过上面的字迹。“服务费”？“不够请找玲玲拿”？玲玲是谁？

他静静看了一会儿，忽然笑了，那笑容看起来很温柔，却莫名令人发颤，让人觉得嗜血凶残，头皮发麻！

服务费？嗯，很好。也就是说，他，林霄，林家长子，林氏执行总裁，世界闻名的企业家，一句话能让整个世界的金融行业都震三震的人，被一个女人用一百块钱玩弄，并侮辱了身心？

很好！女人，我看你能跑多远！

“哥，发生什么事了？”顾颜还窝在自己的房间里，睡梦中就被人从被窝里拎了出来，来人正是她的亲哥哥，顾裴。

黑发，墨镜，黑色T恤，宽松的牛仔裤，鸭舌帽，是顾裴的标配，他习惯于把自己打扮成偶像剧里头的花美男，高中和大学的少女们最心仪的那种。心情好的时候他还会留点儿胡子在下巴处，为人从来放荡不羁，吊儿郎当。今天他却严肃得可怕，把顾颜从被窝里拖出来之后，看了一眼沙发上厕所保洁员的衣服道：“去换上，赶紧跟我走！”

顾颜蒙了，看了一眼那衣服，又扭头盯着她哥阳光俊朗的脸，纳闷儿地问：“干啥？要去动漫展玩角色扮演？你最近迷上这个了？不过我今天真的没心情！”可是动漫展她也只听说过打扮成护士以及动漫人物的，从来就没听过打扮成扫厕所的啊！难道是因为她哥的品位比一般人独特？

顾裴瞪了她一眼，从床上把她的手机拿起来，扫了一眼，然后转过手机给她看屏幕：“动漫展？老头子一早打了二十个电话，你一个没接！这会儿他在应付那尊大佛，分不开身来跟你说。你先别问那么多，换了衣服赶紧跟我走，回头再告诉我，你到底怎么得罪那位少爷了！”

说话之间，顾颜看着屏幕，满满的全是老爸顾建成的电话，她的手机因静音没调回来，所以一个电话都没接着。

这会儿，她还不知道这是怎么回事，更不晓得哥哥口中的那位少爷是谁，可动辄两三个月都瞅不着人影的大哥，都被老爸叫回来带她走人了，足见这件事情的严重性。她也不多问了，抱起衣服就走进浴室，关上门，赶紧换。

顾裴站在浴室门口，一直盯着手表，希望她动作快一点儿。

顾颜更是一边换一边纳闷儿，哥哥说她得罪了一位少爷？她是得罪谁了？难不成是陈晓峰那个渣男做了对不起她的事情不算，还反告她的状？不太可能啊！尤其他们家跟陈晓峰家门当户对，就算是陈家找麻烦，爸爸也不至于这么紧张啊！她努力地想了半天，也没明白怎么回事，内心深处只觉得自己最近太倒霉了，喝白开水都塞牙缝！

人都说："天将降大任于斯人也，必先苦其心志，劳其筋骨，饿其体肤，空乏其身，行拂乱其所为。"可她觉得自己从昨天到今天早上的遭遇已经够惨了，就是接下一个大任也真的足够了，但上天为什么还要考验她？难不成打算安排她去拯救银河系？

正胡思乱想着，门外顾裴的声音传了进来："换好了吗？"

"换好了！"顾颜应了一声，打开门，同时戴上了保洁员标配的帽子，刘海儿还留在外面。顾裴很不客气地伸出手，把她的刘海儿也扎入帽子里头。

无视顾颜反对的眸光，顾裴语速很快地道："怎么土就怎么打扮，能多丑就多丑，这样不容易被注意到。跟我走！"

说完这话，他就在前头开道，同时把他放在门把上的鸭舌帽拿起来戴在头上。

顾颜嘴角抽了抽，跟在他身后整理了一下帽子，不服气地嘟囔："长得美是我的错喽？你以为把刘海儿弄上去，就能挡住我的美貌吗？你也太天真了！"

顾裴听见她这话，心里头顾忌着时间快来不及了，也没理会她，带着她几个穿梭之后，就让她藏在拐道的楼梯口。

而这时候，一行西装革履的人从他们面前经过，顾裴故作无事地站在顾颜的前方，往左前方走了一步，造成一个死角，将他们的眼神错开。接着便听见一个男人说："也不知道那女人是不是会遁地，昨天一整晚到今天早上，我们都守在酒店的各个出口，包括负二层的停车场各个出口也都有人守着，她怎么可能从酒店离开？"

顾颜听着这话，忍不住从墙壁那里探出头，往外头瞟了一眼。刚刚把脑门探出来，顾裴一巴掌就给她拍了回去，警告了一声："躲好！你要是被发现了，老头子都保不了你！"

"我到底招惹谁了？这么可怕！"顾颜回过头瞪着他，脸色微青，"我记得我一直是一个良民，从来不做偷鸡摸狗、灭绝人性的事。为什么忽然要像通缉犯一样逃命？爹地都保不住我，这还是法治社会没错吧？难道是有人污蔑我借了高利贷不还？"

要真是这样应该马上报警吧？这样孙子一样逃命是什么鬼？

顾裴听她这么一问，倒沉默了，看了她一眼，皱眉道："你自己都不晓得这是咋回事？其实我也不知道到底是什么情况，就接到老头子的电话，让我过来把你藏好。你先别问这么多，等事后老头子应该会跟你说的。不过看这情况，好像是跟林氏的太子爷有关！"

林氏？

顾颜虽然从来不过问家族生意上的事，但是林氏的大名，她还是听过的。扯到林氏企业了，一个处理不好，难免会影响爸爸的企业运作。不管怎么样，就算是完全不明情况，也不能给老爸惹麻烦。这么想着，她瞟了顾裴一眼，配合地问道："那你准备怎么把我运出去？"

"你可能要先在这里躲几天，一会儿我带你到仓库，你先躲起来，别给人瞧见。手机还是静音吧，等没问题了我会通知你出来。"顾裴迅速说出顾建成事前交代给他的主意，心里头也很是纳闷儿，小妹一个小姑娘，到底能对林氏那位太子爷做什么？能把老头子紧张成这样。就算真的得罪了，好好赔个礼，也不至于这样吧？

"好吧！"顾颜黑着一张小脸表示同意，心里却把林氏的那个谁恨了一个半死！

“修好了吗？”林霄冰冷的声音含笑，却令人听不出半分笑意，反而觉得毛骨悚然。

此刻，他正坐在顾氏酒店监控室正中间的座位。那一双深邃的眼，正盯着面前一片漆黑的屏幕。旁边是弗瑞克请来的这方面的修理专家，他们捡起那一地的监控碎片，该换新的换新的，该修理的修理，已经折腾了快一刻钟。

带头的专家一听，立即抬起头回话：“还有两分钟就能修好！”事实上他并不明白，这种简单的工作，找几个修理工就能完成，把他们这些研究监控器的专家请来做什么？就是大材小用，也不带这样的。

他正想着，林霄接下来的问题，让他很快明白对方为什么会请自己来。只见林霄浓眉微扬，偏头看向他，冷声问：“依你看，监控器是怎么坏掉的？”

他这话问出来，旁边的顾建成嘴角就抽搐了一下。

昨晚他从洛杉矶赶飞机回来，可是下了一夜暴雨，延误了行程，航班飞不了，私人飞机也走不了，一耽误就是三个多小时。等快天亮时他才回到酒店，可一进门，程铭的助理李齐就哭丧着一张脸，神神秘秘地上来耳语，说他那个宝贝女儿，喝多了酒，把林少的门给砸了！还往对方的屋子里头甩了鞋！

后头的事还没来得及问，楼上就打电话下来，说堵住一个女人，并且据说那位少爷很生气，从未如此生气过。

顾建成作为顾氏的董事长，掌管顾氏二十多年，自然也算得上是人精，当即意识到八成是那丫头惹事了，鞋都甩人屋里去了，这还能不惹事吗？旁的倒是不怕，就是怕把林少给得罪狠了，对方这会儿在气头上，把那丫头给收拾了。他们这个圈子里头的人，要是想折腾一个小姑娘，弄到对方没法再抬头做人，甚至名正言顺地造成什么伤害，那是吹灰之力也不费。而自己要是对着干，说不定作用没起上，还会搭上整个顾氏！

于是他当机立断，借着来看监控的名头，进了监控室，让人把监控系统全给砸了！然后就打电话给顾颜，让她赶紧想法子跑出去，谁知道电话居然打不通。他只有把儿子喊来了，让儿子去安排。

倒没想到林霄年纪轻轻，竟然也是个人物，他下楼之后，直接进了监控室。看到这里一室狼藉，他扬了扬眉梢，都没问自己一句，就直接吩咐人找专家来维修。

那专家听完林霄的问题，立即道："是外力损毁的。这样的伤害，不可能是监控器自己爆炸。"

"哦？"林霄语调拖长，回头扫了顾建成一眼，那眼神似笑非笑，可也带着几分冷意，莫名让顾建成惊出了一身冷汗。要是得罪了林氏，他们顾氏就得完蛋，尤其让他没想到的是，他原本以为，林霄只是一个毛头小子，那些所谓他接手家族企业后，让林氏扩大一倍有余的新闻纯属炒作，这小子盛名之下其实难副，年纪轻轻应当很好应付。

可是没想到林霄的心思竟然这么缜密，直接就跟专家们聊上了这个，这时候还直接怀疑到自己头上。见那双深邃的眼似乎能看透一切，顾建成心里头也多了几分紧张。但纵然如此，他到底也是在商场游刃有余多年的老狐狸，也不至于就这么被吓蒙。他面不改色，回头瞪了一眼监控室的其他人，呵斥道："你们说说看，这到底是怎么回事？"

监控室的人看见他使眼色，也都跟人精似的，站在最前头的人，赶紧开口："董事长，是我刚刚跟陈刚发生了点儿口角，那个……那个……"

"动手了？"顾建成装得一本正经。

"是的，董事长！这件事情是我们的错，请您再给我们一次机会吧，这些东西我们会赔偿的，并且保证没有下次了。我们家里都靠我们的工资过活，要是丢了工作，那我们……"那人迅速低头，一副做错事的样子。

顾建成似乎很生气，伸出手指了指他们："你们……"好似气得话都说不完整了，这才又转身看向林霄，问道，"林少，昨天晚上到底发生什么事了？您到底为什么这样生气？是有人弄坏了您的什么东西吗？若是当真如此，我会加倍赔偿给您的，请您千万不要生气！"

林霄闻言，嘴角微微扬了扬，只是那笑容让人想起的不是三月里拂面的春风，而是一条盘在一起，打算出击的王锦蛇。他冷嗤了一声，锐利的眸中是令人惊颤的气息："她弄坏的东西，怕是整个顾氏都赔不起！"

他林霄的初夜和尊严，是顾氏赔得起的吗？

此言一出，顾建成顿时一个头两个大！顾氏纵然在许多人眼里已经是大富豪，可在林氏眼里，怕是什么都算不上。林霄用的东西，必然都价值连城那就不用说了，就算有什么东西是全世界独一件，弄坏了就有价无市拿再多的钱也买不着，也都不是什么稀奇的事。这么琢磨着，他试探着问了一句："是弄坏了您的珠宝或是名表吗？"

"这个你就不必多问了，你只需要知道，再多的珠宝和名表，也赔偿不了我昨夜的损失！"林霄冷笑着说完这句话，就收回了眼神，回头睨了一眼那些专家，"监控器砸坏了，那么坏掉之前的录像，还有办法恢复吗？"

他这样一问，带头的专家才算是来了几分兴致，找到了高难度的事情做，才会让他们觉得自己有价值，能够得到最好的发挥。他说："说不准能不能，但我们会尽力试试看的！"

监控器的储存卡完全刮花了，连接的电脑也一并碎掉，监控系统本身更是变成一片残渣，想恢复的确很难，可就是因为难，才更能体现他们的能耐不是？

林霄点头，也就在同时，弗瑞克的电话响了。

他扭过头走到门外，接了一个电话之后回来，站到林霄身侧说："少爷，维密公司美国总部的总裁，已经到了我们公司。就这次合作的事情，想请您亲自见面谈谈，您是……"

林霄听着，看了一眼那些专家："多久能研究出来？"

"至少也要两个小时！"带头的专家立即答话。

林霄站起身，大步往外走去："两个小时。那么，三个小时之内，结果要送到我的办公桌上。同时，我希望顾董事长能在这件事情上，给我一个满意的交代。毕竟这么多意外全部发生在一起，顾氏却不能给我任何合理的解释，我也很难认为这都是巧合，而不是顾氏有意给我林霄颜色看了！”

说完这话，他便离开了监控室。

这话说得太重，顾建成的神经都开始过敏了。他忙跟出去，连连致歉：“林少，这件事情实在是非常对不起，我也并没想到会出这么大的纰漏，更没想到昨夜飞机竟然延误，耽误我回国妥善处理这件事。我……”

他说话之际，一辆法拉利限量跑车250GTO停在门口。

顾建成下意识地咽了一下口水，这车如今的市面价值已经两个亿以上，价格并不是最重要的，重要的是有钱都买不到。而且没有一个公司敢承担它的保险业务，以至于这车都快成为一个概念车，无人敢驾驶。尤其法拉利250GTO世界已知的只剩下五辆，还都收藏在博物馆，有钱怕都开不出来，林霄是怎么弄到的？好吧，这个其实并不重要，重要的是，这更说明顾颜弄坏的东西，自己十有八九是真的赔不起了！

弗瑞克走上前，将后座的车门打开。林霄坐上车，同时回头看了顾建成一眼：“顾董事长，我想你明白，我并不想听任何解释，我要的，是一个交代！”

他话说完，侧过头去。

砰的一声，弗瑞克关上车门，动作一点儿都不温柔，车门的撞击，让顾建成都替林霄心疼得心肝颤了颤，这磨损……

林霄自己却并无什么感觉，低头看了一眼手表，吩咐道：“开车！”

弗瑞克迅速坐上副驾驶的位置，再一次关上车门，这辆名车便呼啸而去。而先前来的十多辆豪车，也在保镖们上车之后，一并开走。

顾建成这会儿更是觉得头痛欲裂，很难对林氏给出交代这个就不必多说了，他原本以为林霄走了，也会把保镖留下来，继续在酒店搜查、封锁几天。但是没想到的是对方直接带人走了，他可不会天真地认为这是因为林霄变得好说话了，他倒是觉得，更多的是对方看出什么端倪来了！

他站在门口，烦躁地揉了揉眉心，扭头呵斥了一声："程铭呢？有没有人能告诉我，为什么会出这么大的纰漏？"

这一声吼出来，程铭的助理李齐立即站出来，支吾着说："出事之后，经理吓晕了两次，现在还躺着呢。也是我们办事马虎，听说要把客人请出去，就都只请了客人，把小姐给忘记了！"

"吓晕了两次？"顾建成冷笑一声，"让他明天开始不用再来上班了，他这么娇弱，就回家好好养着吧。告诉他，酒店这两天发生的事情，他出去要是敢透露一个字，我会让他在这座城市里混不下去！你们也都一样！"

顾建成平日里对下头的员工，都是很和蔼的，只是这次太过事关重大，完全马虎不得。莫说让林霄知道是顾颜惹了他，他会将顾颜怎么样，若被董事会的人知道是顾颜惹了事，才得罪林氏，那他这个董事长就是当到头了，他手底下的人也得跟着倒霉。

"我们知道了董事长，这件事情我们不会说出一个字的，就是跟家里人也不会讲，您放心吧！"李齐立即回了一句，顾氏的确没法跟林氏作对，但是对付他们这些小人物的本事，还是有的。而且他们也犯不着多嘴，拿自己的未来开玩笑！

顾建成似乎这才气消了一些，再一次揉了揉眉心。

这时候顾裴从酒店里头走了出来，刚踏出门，就问了一句："爸，到底怎么回事？你这样让颜颜躲着，躲得过初一，我看也是躲不过十五的。最后让那位太子爷知道了，只怕后果……"

他们这个圈子里头，富二代、官二代、红三代都不少，但能被称为太子爷的，还真的只有林霄一个。林氏太大，林霄的外公司徒家也不是省油的灯，所以说起太子爷，大家也都知道是谁。除了他林霄，他们这个圈子，也没人敢随便担这三个字。林霄自己也是个厉害角色，接手林氏之后，短短五年，就让原本已如日中天的林氏，硬生生拓展了一倍有余！这样的人，谁都不敢轻易得罪。

顾建成一听这话，脸上的疲惫之色更重："我当然知道这个理，但暂时还不知道顾颜进去之后，到底做了什么好事，总得等林少气消了再登门赔礼。不然看他刚才那脸色，现在正在气头上，你妹妹要是出现在他眼前，我怀疑他会直接掐死她！”

“这么严重……”顾裴若有所思。

仓库里头，顾颜索性躲在一个大箱子里。这才坐了没多久，就听见来来回回的人在说话，其中有一道女声道：“刚才那些都是什么人啊，吓死人了！一个个保镖在整个酒店到处搜，就跟黑社会似的！”

“我也不是太清楚，只听说都是林氏大少爷的人！是挺吓人的，不过好在现在没事了，他们都走了，只是不知道是在找什么人。哎……那个林少，你看见了吗？长得可真帅，有钱有能力又帅的男人，简直就是童话里的王子啊……”又有人说了一句。

顾颜听到这里，立即就憋不住了，从箱子里翻了出来，丝毫没有听人发花痴的心思。因为她太明白，钱这种东西，总是很容易散发无穷的魅力，许多人都能因为钱而忽然改变审美，或者为了钱阿谀奉承，以迎合自己心中的想象，对着一个丑得不行的人，昧着良心说好帅。林氏有钱，没人不晓得，自然更容易被人夸奖，所以对那个林霄的容貌，她还真的没什么期待。

那会儿大哥跟她说，等到安全了，就赶紧离开酒店。反正这会儿人都撤走了，那她赶紧走好了。这个酒店，她还算是熟门熟路，很快摸了出去，并且给顾裴发了一条短信：“哥，既然那些人都走了，我就先出去了。你帮我跟爹地说，陈晓峰昨天跟贾甜甜滚床单，我可是亲眼看见了，让他自己决定怎么办吧。”

短信发出去没一会儿，顾建成的电话就打了过来。

他声音很急躁：“颜颜，昨天你和林少到底发生什么事了？”

说起这个林霄，顾颜就来火！她根本人都没见着，却因为这个人像通缉犯一样，打扮成厕所保洁员躲了一个早上，她差点儿怀疑自己是穿越了，得罪了古代的皇帝来着！在怒气之下，她当然也没什么好话，对着手机就是一通牢骚：“什么林少啊！谁认识他啊，我连影子都没看见，怎么得罪他？他该不会是找碴儿，认错人，误以为他要找的人是我吧？”

这是顾颜能想到的最有可能的情况！

她这么怒气冲冲地一说，顾建成沉默了几秒，想起之前李齐说她喝酒了，大家也都看见她往林少的房间里甩鞋，那么她得罪林少的事情，就不会有错。他问了一句：“颜颜，你会不会是昨天喝断片了，忘记你昨晚得罪了林少？”

顾建成这么一问，顾颜倒是愣住了。

话说，她醒来的时候是发现自己断片了，然后睡了一个男人，那个男人是秦玲玲安排的。难不成在睡了那个男人之前，她还撞见了林霄，然后把人给得罪了？要是这么推断，也不是不可能。她抓着脑门，支吾道：“是断片了，这还真的说不准……”

然后电话那头沉默了，她听见她爸爸很长很长地叹了一口气，接着顾建成的声音传了过来：“你不记得就算了，听爸爸说，这几天你就不要回家了，你的卡上钱不会断，爸爸会尽快给你安排好出国手续，你自己想想你想去哪国，先出去避个几年。好在我们顾氏不够格，没有参加林氏晚宴的机会，他之前也没见过你，至于以后……”

“等等！爹地，有这么夸张吗？他会吃人吗？”顾颜就这么听着，脸都绿了。因为一个她喝醉了酒之后，都不知道是不是真的得罪了的人，她老爸直接要送她出国，甚至几年都不要回来，她没听错吧？那个林霄是有三头六臂吗？她现在想揍他怎么办！

她这么一说，顾建成的语气忽然变得语重心长起来：“颜颜，你要相信爸爸，林霄不是好得罪的，爸爸这也是为你好。爸爸做的事也一点儿都不夸张，不信你可以问问你哥这件事的严重性。你要是还想顾氏好好的，就听爸爸的，出门避避。等你出国之后，这件事情爸爸再好好想办法解决。至于陈晓峰，你不想嫁就不嫁，这件事情也是他的错，以后你结婚的事情爸爸也不再强迫你，不再干涉，你自己决定就好。怎么样？”

顾建成已经意图用条件说服她了。

有钱家族的女孩子，婚姻其实是很难自由的，总是摆脱不了要跟其他企业之间联姻的命运。顾建成这话都放出来了，顾颜也的确心动了，她咬了咬唇畔，皱眉道："那，妈那边……"

她妈唐芸是个女强人，顾氏的股份，有百分之二十是她的。这一次顾颜明确地说了她不想嫁给陈晓峰，爸爸一向宠她，也有过犹豫，可是她妈坚持，说是为了公司。

"你妈那边我去说，放心吧，没问题的。"谈起唐芸，顾建成的语气也沉了几分。

顾颜点头："那好吧，成交！"就先这样好了，只是别让她看到那个林霄，不然她估计会忍不住把他摔断腿。

怀着一种郁闷恼恨想吃人的心情，顾颜挂掉了顾建成的电话，离开了酒店。

而顾氏酒店大门口，顾建成挂了电话之后，李齐看了他一眼，顺便提醒了一句："那个，董事长，小姐昨天晚上就进去了，一直到今天早上才出来。"

他这话一出，顾裴的脸色就难看了："爸，一整夜，这会不会……"

顾建成也愣了一下，想了想之后，摆了摆手："应该不可能！你想想，要是昨天晚上他们真的发生了什么，林霄怎么也会不好意思，毕竟这种事情，吃亏的肯定是女孩子。哪怕觉得我们顾氏够不上跟他们林氏结亲，这件事情也是他要给我们一个交代。但是他这么生气，仿佛要吃人，你觉得可能吗？"

他哪里知道，是他的宝贝女儿睡了人家不说，还给了一百块钱的"服务费"侮辱人家，才把人给直接气成这样！

顾裴听了这话，觉得也有几分道理，点了点头："您说的也是！"

林氏集团，第二十八楼，总裁办公室。

弗瑞克走了进来。其实他心里头也很好奇昨天晚上，在顾氏的酒店里到底发生了什么事，少爷这一次的确是生气到了古怪的地步。但是看少爷的脸色，他也不敢问。他手里拎着一个档案袋进来："少爷，维密的总裁我已经送出去了。这是那些专家刚刚送来的磁盘，里头是对录像的恢复，只是因为破损太严重，所以只恢复了一些模糊的影像，不知道是否有用。"

说着这话，没等林霄吩咐，他已经把刻录光盘拿出来，放到办公室的播放器中。

而林霄听了这话，扫了一眼桌上的文件，暂且将之放到一边，那张俊美的脸上看不出丝毫情绪来，嘴角甚至还含着笑，看向办公室的大屏幕。但弗瑞克心里很明白，少爷通常是笑得越明显，心里就越生气。

播放器的开关打开之后，办公室的大屏幕上，就出现了画面。

影像都很模糊，甚至不能看清楚里头那个女人的脸，然而，在某些片段的时候，又会格外清楚。酒店的监控录像，当然只能监控电梯和走廊，弗瑞克倒是瞪大了一双眼，看得津津有味。虽然只是模糊的影像，但是说不定他就能知道昨天到底发生了什么啊，能把少爷气成这样，那个女人也真的太有本事了。

正琢磨着，他就看见那个女人脱下一只鞋，对着昨晚少爷所在的房间大门一阵猛拍。

他猛然咽了一下口水，用他那外国腔调的口音，说道："难道这个，就是中国最近很流行的女汉子？"说完这句话，他立即感觉到一道不善的眼神，落到了他的脊背上，不必回头都知道是少爷在看他，他马上捂住自己的嘴巴，不敢吭声了。

看来少爷今天的心情是真的非常不好，而且已经差到玩笑都不能开的地步。

就在这时，画面中的顾颜猛然捶了几下门之后，骤然一扭头，画面一下子就清晰了，映出她那张脸。弗瑞克二话不说，立即上前暂停录像，并说："少爷，把这一帧打印出来，找私家侦探去查怎么样？"

有照片，应该不难找。

林霄不置可否。弗瑞克飞快地按了打印键，将这一页打印出来，同时继续播放，那女人猛敲了几下后，门开了。她摔了进去，鞋子也飞了进去。弗瑞克不忍直视地捂了一下眼睛……

再接下来，磁带就全部是模糊的，什么都看不清楚了。

“少爷，应该是只能恢复到这个程度了。他们已经是这个行业顶级的专家，所以……”弗瑞克悄悄地看了一眼林霄的脸色，也不知道昨天晚上那只鞋，到底砸到少爷没有。

林霄点了点头，说道：“这个程度，已经足够了。”他说这话的时候，很难让人知道他在想什么，便见他修长的手指伸出，将桌案上跟维密洽谈的文件拿起来翻阅。

同时，门口有人敲门。林霄抬眼：“进来！”

话音一落，门外进来一名保镖。他走上来交给林霄一个档案袋：“您吩咐在您走了之后，让我们的人在顾氏的酒店周围藏起来，看看是否有人离开酒店。这里头的，就是您走后，从酒店里出来的人！”

说着，他将档案袋打开，里头的二十多张照片散落在桌上。

林霄低头扫了一眼，眼神很快落到了第四张——穿着保洁阿姨衣服的顾颜身上！嘴角微微扯了扯，他指着顾颜的照片道：“找私家侦探去查查这个女人到底是谁，跟顾建成是什么关系。记住，让侦探们的线不要放得太远。我猜测，她若不是顾建成的女儿，就是他的侄女一辈。”

他这话一出，那保镖也不问为什么，立即应了一声：“是！”说完迅速退了出去，去处理这件事。

弗瑞克却惊愕地瞪大眼，用一口外国腔调中西结合地问：“why（为什么）？这女孩和顾建成长得并不像，您怎么会觉得她跟顾建成有这样的关系？我真的不能理解！”他的确不明白少爷为什么会有这种猜测，他根本想不到任何因果联系。

林霄睨了他一眼，却没开口，似是嫌他蠢，懒得多说。

弗瑞克再接再厉，凑上来，用那外国人的腔调又问了一遍：“少爷！why？您要教教我，我才能变聪明了，为您……为您分忧啊！”

林霄原是不耐，可看他是真的想知道，加之自己的助理过于愚蠢，对他而言也不是什么好事，提点一下也是有必要的，于是耐着性子解释了两句：“顾氏没那个胆子公然得罪我，那么自然不会刻意将这个疯女人跟我安排在同一楼。唯一的解释，就是这个人身份特殊，他们忘记处理了，或者是觉得没有必要处理。”

他这样一说，弗瑞克仿佛明白了什么，恍然大悟：“噢！您说的这些，再加上好端端的，酒店的监控居然坏掉了，坏掉的时间还那么巧，而且连磁盘都一起坏了，要说是意外，却更有可能是有人故意的！顾建成回话的时候也是支支吾吾的，没给我们提供任何有用的信息，还避重就轻。我们的人找了整个酒店都没发现这个女人，酒店里头应该有人打掩护。再加上这个女孩的年纪……”这些结合起来看，那个女孩，还真的可能就是顾建成的女儿或是侄女。

在他说话之际，林霄的眼神从眼前的合约上扫过，已然用最快的速度过了一遍。林霄拿着笔正打算签字，这时候弗瑞克忽然说：“不过，我认为还有一种可能。”

在他说话的同时，林霄已经在落款上行云流水般签上了自己的名字，头也不抬地说：“你认为还有一种可能，是这个女孩身手非常了得，她神不知鬼不觉地攀爬上墙进入酒店，戏耍完我之后，换上了保洁阿姨的衣服。知道我们会从监控录像下手，于是潜入监控室砸了监控器，然后躲起来，等到我们的人都走了之后，她再偷偷出来？”

弗瑞克惊讶地瞪大眼：“您怎么知道我在想什么？”

“哼！”林霄轻哼了一声，将文件收起来，抬眼看了看他，“弗瑞克，我想我应该提醒你一下，少看些贵国女特工飞天入地的电影，你的逻辑思考能力会正常许多。”

说完这话，他站起身大步出门，一米九三的个子，比弗瑞克还要高上三公分，气场让人不能忽视，一秒钟就让弗瑞克在他身边成了陪衬。

弗瑞克撇嘴，忙跟上去：“您怎么知道我最近又看了女特工的3D电影？可那是我们美国的大片，祖国的电影事业，我怎么也要支持一下呀。哎，说不定那少女真的就这么厉害，少爷，这个世界上什么事情都有可能发生，说不定……”

“酒店的人说监控是他们自己发生口角，动手后砸坏的。”林霄也不多话，只回头说了这么一句，面上带笑，笑意却并未达眼底，只一语就点到重心。

这话顿时将弗瑞克所有的话都止住了。是的，要是按照女特工电影的思维模式，监控器正好被酒店的人砸坏，这是不合理的。酒店的人砸坏监控，大概是为了包庇那个女孩，怕少爷找到那个女孩之后，做出对她不利的事情。拿顾氏企业冒险，也要庇护这个女孩，那么少爷的猜测就更有可能是真的了！

弗瑞克想通了之后，由衷地赞叹了一句："少爷，您可真聪明！"

"你也该跟中国人多学学，用脑子想问题！"林霄瞟了他一眼，容色淡然。

弗瑞克脸一黑："少爷，我觉得您这句话是在人身攻击……"而且攻击的似乎不仅仅是他一个"非中国人"。

林霄没理他，大步离去。

顾颜从家里的酒店跑出来，就瞅见秦玲玲的跑车。

她一头波浪鬈发，火红色裙子包裹着性感的身段，停在不远处，看向顾颜，高声喊："颜颜，这儿……"

顾颜本来就一肚子火，在看见她那一秒，更是所有的火都冲到了脑门儿上。她气血沸腾，话都没说，走到秦玲玲跟前，直接就一个飞腿，对着秦玲玲的脸踹了过去。一瞬间秦玲玲脸都白了，赶紧往后一仰。

顾颜的腿就落到了她的车门上，发出哐当一声巨响！

秦玲玲心疼地爬起来看了一眼："顾颜！这是我爸给我新买的跑车！你疯了，我是怎么得罪你了？该踹的贾甜甜你不踹，你来踹我！"

一见她心疼车的样子，顾颜毫不留情地对着她的车又是一脚："看来踢你的车，比踢你更能让你难过。我还是踢你的车吧！"

秦玲玲抱着自己的车门，险些流出眼泪："我的大小姐，你还是踢我吧，我肉厚，耐踢！"

她刚说完，顾颜毫不留情地又给了她的车一脚。

瞅着秦玲玲的鼻涕都快流出来了，顾颜才放过她，拉开车门，在副驾驶座上坐下，脸色还铁青得厉害。秦玲玲心疼地扯着自己的裙摆，在车门上顾颜踹出来的污迹上擦了两下。顾颜脸都没偏，直接就道：“你再擦几下，我怕我忍不住又踹一脚！”

秦玲玲嘴一撇，也不敢擦了，扭头看了一眼自己身边的祖宗，哭丧着脸问了一句：“说吧，祖宗！您要去哪儿……还有，祖宗，我是怎么得罪您了？”

她不说这个还好，一说顾颜的脾气就上来了，扭头对着她喝道：“玲子，你开玩笑也要有个限度，我就算因为那两个人渣生气，你也不用送个男人来给我吧？你这……”

“等等，什么？送什么男人？”秦玲玲也蒙了，她啥时候给她送男人了？她怎么一点儿都不知道？还是谁打着她的名义作奸犯科了？

“你还装！”顾颜怒了，恼火地将自己的手机翻出来，将早上秦玲玲发给自己的短信递到对方面前，“你自己瞅瞅！这是什么！怎么，现在就不想认账了？”

秦玲玲盯了几眼，哭了：“我的祖宗啊！我是送了一条狗给你，我什么时候给你送男人了？你是不是想得太美了！你看短信里说的是啥，极品，我要是有极品的男人，会送给你吗？”

她这样一说，顾颜也反应过来了：“这也是！”她那会儿正恼火中，没往深处想，秦玲玲一个顶级花痴，要是真的有极品男人，她铁定自己冲上去了，哪里会拿来送给自己？这是不合理的！

那她今天到底把谁给嫖……不，上了？

“等一下，颜颜你问这个干什么？难不成你昨天……”秦玲玲也不蠢，很快就意识到了什么，惊悚地看着顾颜，一双眼睛瞪得仿佛铜铃。

顾颜往座椅上一仰，抹了一把眼角心酸的泪花，忽然什么话都不想说了。这下可好了，原本以为自个儿是睡了一只鸭，回头秦玲玲把钱给结清，就没啥事儿了。但眼下晓得了对方不是鸭，那后续还不知道要发生什么事呢！她真是歹命！

看她不说话，表情却悲伤得仿佛掉了五毛钱，秦玲玲也不问了，上下打量了一下顾颜这一身衣服：“颜颜，你为啥穿成这样？”

她这么一问，顾颜立即又炸了！整个人都精神了，坐起来对着车门就是一阵猛拍："完全不知道我爸和我哥都是什么鬼，偏说我得罪了那个谁？林霄！我根本就没见过他好吗？他刚刚派人在我家酒店里到处找我，吓得我哥把我塞进仓库里躲着。玲子，这还是法治社会没错吧？你知道我那会儿有多怀疑我是穿越了，得罪了皇帝陛下吗？"

她太生气，以至于根本没往自己睡了的人可能是林霄上头联想。

"什么？林霄？！是林氏的那个当家人吗？"秦玲玲听了她的话，嘴巴张成"O"字形，都忽视了自己的跑车又被这女人给拍了一顿。她实在难以想象颜颜还能跟林霄扯上关系！怎么说……林霄虽然也算是富二代起步，但人家的程度，却并不是他们能比拟的，能跟他喝酒交朋友的，要么是国际上的名流，要么就是诸如英国贵族、迪拜王子这样，再不然就是林霄上学认识的同学了。他们这样的，很难跟林霄接触上，颜颜是怎么勾搭上他的？

虽然貌似是结仇了，但是听起来还是让人觉得好高端！

顾颜瞟她一眼："是啊。林霄怎么了？"

秦玲玲咽了一下口水："你要是真的得罪他了，估计的确比得上得罪古代皇帝，倒不是说他有一手遮天的能耐。你想想，关于他的新闻报道不少吧，虽然他很少在新闻上露脸，大部分人不知道他长啥样儿，我也不太清楚。但是，那些关于他的资讯可是说得面面俱到，迪拜不少养着狮子当宠物的'壕'们，就是他的好朋友。他要是硬把你拖去迪拜玩玩，跟狮子亲密接触，如果你没法证明他故意杀人，你要是死翘翘了，估计最多算个意外伤害吧……"

顾颜惊了："你认真的吗？"她虽然知道对方很有钱，非常非常有钱，但是她完全没想过，能夸张到这个份儿上！

秦玲玲眨眨眼："你看我像不认真的吗？"虽然很认真，但是也发挥了不少想象力。比如迪拜土豪们的狮子要是吃了人，按照国外的法律，他们会不会被警察缉捕，这个她还真的不晓得。

顾颜深思熟虑了一会儿道："那这件事情我就原谅他，不找他算账了！"

"你还想跟他算账？"秦玲玲拔高音量，简直难以置信。她应该赞叹这小妮子勇气可嘉还是啥？难道在自己说这些话之前，她还准备找林霄算账吗？

顾颜瞟了她一眼，脸色有点儿难看："我想找他算账这不是很正常吗？因为他，我像个通缉犯一样乔装打扮了逃命，不找他算账，难道我还请他吃饭不成？"

秦玲玲摸了摸鼻子，再一次不说话了，也不晓得这妮子是怎么惹上那位大少爷的，但是她觉得，在明知道顾颜惹了林霄的情况下，自己还没有立即把顾颜赶下车，并且跟她绝交，自己真的是个真诚的好朋友！她都快被自己不畏权势，咬牙稳着友谊小船的精神感动了！

她瞟了顾颜一眼，问了一句："接下来去哪儿？"

"我也不知道！我爸让我这段时间别回家了，他过几天安排我出国，就为这破事儿，他居然还让我出国避几年！"说起这个，顾颜的小脸又青了，她原本就生得好看，一张小脸未施粉黛，就美得似山野百合，看起来单纯中透着几分不羁的野性，这样气鼓鼓的，看着就更可爱了。

秦玲玲却没心思欣赏她的脸，不满地叫嚷起来："什么玩意儿？出国？还几年？那我以后找谁玩去？等等……你爸说了让你去哪国了吗？这么多年了，你就不想出国去找他？"

"找谁？"顾颜倒蒙了，奇怪地看了一眼秦玲玲。

秦玲玲瞪了她一眼，原以为她装傻，然而对视了半晌，看顾颜依旧一脸蒙然，是真的不知道，一点儿都不像装的之后，撇了撇嘴，故作无意地提起："还能是谁！你的叶哥哥啊！你俩从小青梅竹马，那家伙有车不坐，每天骑自行车驮着你去上学，多浪漫啊。说实话，那时候我们都以为你们长大了就会在一起呢，没想到……"

没想到叶昌硕说出国就出国了，一去就是十几年。这小妮子也难过了好几天，那时候他们都不知道怎么安慰她好，后头她就跟没事人儿似的，倒是他们这些朋友担心了好久！

顾颜翻了一个白眼："什么在一起？你也说了，是叶哥哥，当然就是哥哥。你们这些人脑子里都在想什么呢，别瞎扯了！他就跟我亲哥似的，而我呢，小时候倒是恬静过几年，上小学开始就成了个假小子，我怀疑他一直把我当弟弟。还浪漫呢，又浪又慢……”

这话倒完全是顾颜的肺腑之言。

秦玲玲看外星人似的看了她两眼，实在是不晓得说什么好了，反正顾颜的粗神经也不是一天两天了，一直把她当弟弟这样的事儿，她竟然也想得出来！无语了一会儿，秦玲玲问了一句：“要不然就去我家住几天好了。”

“嗯！行！”顾颜点头。

车子引擎发动，路上秦玲玲问她：“陈晓峰的事情，你跟你爸说了吗？你爸咋说？”

“嗯……说了，我爸说婚约取消，这事儿也是他陈晓峰不对在先，陈家也没啥可辩驳的。”顾颜说完这话，倒一点儿也不上心，还打了一个哈欠。昨天晚上就没睡好，今天又一大早被大哥从被窝里拎出来，这时候还困着呢。

秦玲玲盯了她一眼：“那贾甜甜的事情，你还生气吗？”

顾颜冷笑了一声：“我说我想把她扇成猪头，一脚踩进地里，并且看见一次打一次，你信吗？”

“我信！”秦玲玲连连点头，估摸着以后贾甜甜看见顾颜，就只能赶紧跑了，顾颜这脾性，看见她一次就打一次的可能，真的挺大的。

两人正说着话，顾颜的手机忽然响了。

她低头一看，又是陈晓峰！秦玲玲瞟了一眼，劈手就想把电话夺过来骂他，然而顾颜没给她这个机会，手侧了侧，避开她自个儿接了，用语重心长的口吻道：“喂！晓峰同志啊，有话赶紧说，有氨气还是免了，避免对环境造成不可挽回的破坏，这样会辜负党对我们的栽培，愧对人民对我们的信任！”

电话那端沉默了几秒，大概是被顾颜无语到了，几秒之后，陈晓峰叹息的声音传过来：“顾颜，昨天这个事儿……”

“你和贾甜甜喝多了，一时间情难自控？”顾颜掏了掏耳朵，“还是她在你酒里下了一点儿药，你把她认成我了？再或者大家都是成年人，偶尔和不应该搅和在一起的人，做点儿不可描述的事情，也是可以理解的？其实我并不想听什么解释，我爸已经答应将咱俩的婚事取消了，相信很快就会跟你家里人说清楚，你也不必在我这儿假惺惺了，反正咱俩本来也不熟！”

“顾颜，你别这么幼稚行吗？”陈晓峰原本清朗的声音，这时候多了点儿疾言厉色的味道，很快他又道，“这是什么社会你心里头明白，我们这个圈子里的人，就是养几个情人也不是什么稀奇事，何况我跟贾甜甜也就是一次而已，我对她就是玩玩，这也不影响家庭……”

顾颜听得三观都震惊了！忍不住开了免提，跟秦玲玲一起分享，听听这个人渣发表他对社会的独到见解。秦玲玲也是脸都绿了，她又一次伸手，想抢夺电话。

顾颜已经先她一步，打断了那边的长篇大论：“好了吧您！您就别给您的道德品质败坏找理由了，我们这个圈子里，干净的人多着呢，这个世界上就是因为有太多您这样的富二代存在，才影响了我们在群众面前的形象！您还是好好反省一下您自个儿吧，多的意见我也不说了，就只有一些中肯的建议给您，那些太高深的人生哲学，我怕您看不懂。您就开车去一趟小学，借几本思想品德的课本回来看看，我觉得您这一定是小学没有认真学习，才会在金钱中腐蚀了自己，现在还反过头来责怪社会！”

她这话说完，秦玲玲忍不住对着她竖起大拇指。这段话骂得好，简直给他们出了一口恶气！天知道事实上他们这些所谓的富二代，不少是上进的大好青年好吗？顾颜大学刚毕业，高才生，对时尚设计很有兴趣，所以在往知名企业投简历。而她和一群好朋友，在合资创业，常常忙到头都不沾枕，今天要不是担心颜颜，她也出不来，哪来的闲工夫乱搞男女关系？

这个圈子里就是因为有太多陈晓峰这样的奇葩，才让他们这些上进的青年也常常被旁人在听见“富二代”这三个字的时候，不屑地嗤一声。他们其实很委屈好吗？顾颜这话也等于是骂人了，她心里头估摸着陈晓峰听完这话，怎么也该把电话给挂了。但没想到，陈晓峰不但没挂，甚至还有点儿着急起来："顾颜你别这么说话，你听我说！你觉得我们不熟，但我对你还是挺上心的。你和贾甜甜是不同类型的女孩，说句文艺的话，男人心里都会有红玫瑰和白玫瑰……"

"等等！您不会是想说，她是红玫瑰，我是白玫瑰吧？哥们儿，您为什么要把一个睡闺密未婚夫的'碧池'，和我这样三观端正的宝宝相提并论？"顾颜拿着手机，一脸严肃。

秦玲玲在旁边看着，憋得眼角快笑出泪花，没有吭气儿，她觉得陈晓峰就要被玩坏了。

陈晓峰听完这话，也的确是默了几秒，虽然顾颜的措辞总是让他很无语，但他内心竟然莫名地觉得，这么说起来，贾甜甜似乎真的不能跟顾颜相提并论："是我失言，不管怎么样，我们好歹也订婚了，就算是要取消，我们至少当面谈一谈吧？"

"还是不要了，毕竟我长得好看，身材又好，要是您瞅着不能挽回了，一时间兽性大发，做出点儿要被警察拘留的事，咱俩脸上都不好看是吧？毕竟您的思想品德学得实在不怎么样，我也不太想冒这个险！"顾颜语中有笑，还算是和蔼地说完了这句话。

她忽然想起什么，又说："对了！你俩出来之后，劳烦把我的床搬回你们家，然后赔一张新的床给我。也麻烦请个阿姨给我房间消消毒，记得支付阿姨消毒费用。你们看见我的包掉在门口了吧？帮我把包放到我房间里，陈晓峰你应该不缺钱，所以你不会偷走我的包和里面的现金对吧？我别墅的钥匙呢，就请寄到秦玲玲家里，地址你知道。当然你要是舍不得寄钥匙的邮费，你可以发邮费到付件！不过麻烦你一定记住，赔我一张床、请人给我的别墅消毒。没事我就先挂了，拜拜！"

顾颜说完这些，掐断了电话。

陈晓峰在电话那头气得脸都绿了！他在顾颜心里成什么了？睡过的床需要赔偿，待过的地方需要消毒，还暗示他不要偷她的包包和现金，最后他还抠门到了几块钱、十几块钱的同城快递，要发邮费到付件？

"哈哈哈！痛快！"秦玲玲笑得眼泪险些没飙出来，拍着顾颜的肩膀，“陈晓峰得罪你，也是他没烧高香！不过颜颜讲真的，你运气挺好的，事先发现了他是个渣，要不然结婚了，以后想哭都没地儿哭！”

顾颜骂了陈晓峰一通之后，成功地把自己一整天的抑郁都转嫁出去了。这个故事告诉我们，心情不好的时候找个对不起自己的出气筒轰炸一下，真的很有用！她靠在副驾驶座的靠背上，嘴角微微扬了起来：“说得不错！这次算我运气好，至于贾甜甜，也是认清了一个人，不然以后我还拿她当朋友，不知道未来还会吃什么亏！”

秦玲玲听完笑了：“你能这么想就最好了！”

说到这里，车正开到一个商场门口。顾颜很自觉地下车，准备去换一身衣服，并购买一些生活必需品……

“少爷，不出您所料！这个女孩儿叫顾颜，是顾建成的女儿，刚刚大学毕业，最近正在往名企投简历，时装设计方向。还有一个消息，就是顾氏和陈家在半个月前订婚了，顾颜和陈晓峰的婚礼，不出意外的话，会在今年年底举行！”保镖站在边上把私家侦探查到的东西，全部告诉林霄，并附上了几张照片，照片上头是他话中有关于顾颜的全部信息。

包括她大学时代的毕业照，投出去的简历，在订婚典礼上的照片。

林霄听着，那双深邃的眼眸，渐渐眯了起来，眼底似乎有笑，只是那笑意只会令人觉得发寒。他别有深意地问了一句：“订婚了吗？”

“是的！少爷，怎么了，有什么问题吗？”那保镖忙问了一句。

林霄冷笑一声，扫了一眼桌子上头的照片。修长的手指从顾颜穿着订婚礼服的照片上掠过，一身雪白的露肩长裙，腰间是黑色的缎带扎成的蝴蝶结。长发扎起，妆容精致，一缕发垂落在颊边，这般看起来，倒也算得上是个美人儿。

就是脸上的表情，并无半分订婚该有的喜悦。

他嘴角勾了勾，带着意味不明的笑容吩咐道：“去查查她和陈晓峰的关系怎么样，我要尽快知道最新的结果！”

“我立即去办！”保镖应完这句话，就立马出去了。

保镖出门的同时，弗瑞克正进来，冷不防也听到了林霄那句话。他摸了摸下巴，少爷什么时候开始对人家的八卦也感兴趣了？那个小妞要是真的得罪了少爷，整治一顿就是了，不好对女人动手，那就对顾氏动手。为什么要在乎她跟她未婚夫的关系怎么样?

正在他奇怪之际，林霄的眼神落到了他身上，那冰冷的眼神似乎已经看穿弗瑞克在想什么。他倒也不多言，只说道："弗瑞克，马上找人查查那个顾颜现在在哪儿！"

"好的，少爷！"

顾颜和秦玲玲在商场买好了东西，顾颜也换了一身衣服后，就准备走人了。

然而，刚刚走到商场门口，秦玲玲忽然接到一个电话。顾颜在边上看着她，秦玲玲听对方说了几句之后，没有回对方的话，却神情古怪地瞟了顾颜一眼，欲言又止，最后她对着那边道："我知道了，我会跟颜颜讲的！"

然后就挂了电话。

顾颜也不等她开口，直接就问："怎么了？瞧你一脸吃屎的表情。"

"滚！"秦玲玲踹了她一脚，顾颜微微往前一步，没让她踹到。然而被顾颜这话一激，秦玲玲原本还犹豫着不知道说不说的话，这会儿倒是麻利地说出来了，"子瑜给我打电话，说在你家酒店的分店看见贾甜甜了。她在找你，坚称知道你就在那里，并且哭得一把鼻涕一把泪，闹得还很大，不少人围观。"

顾颜家做顶级度假酒店，酒店自然不会只有一家，全国每个省的省会城市和著名的旅游景点都有。除了她们才离开没多久的靠海酒店，市中心还有一家。

顾颜摸了摸下巴，认清楚了贾甜甜这个人，再分析对方的一些行为，少了一些朋友之间的羁绊，心和眼自然就能明睿许多："在市中心的酒店……"

市中心的酒店，有一个特点就是人多，只要出一点儿事，说不定会把一些小报的记者都给招来。顾家和陈家虽然牛不到林氏那个份儿上，但在名企里头也是排得上号的，在她和陈晓峰的婚事公然告吹之前，要是贾甜甜捅出什么丑闻来，一旦造成负面影响，两家的股价都得往下头跌一跌！

事情的严重性，当然不言而喻。秦玲玲也很快意识到什么，从牙缝里挤出一句话："这个小贱人，想出名想疯了！"

贾甜甜家世一般，她爸爸是顾氏众多酒店其中一家的人事部经理，很得顾建成的信任，所以她才跟顾颜认识。贾甜甜刚从电影学院毕业没多久，接了几个跑龙套的活儿，现在也还有点儿关注度，要是来这么一出，说几句颠倒是非黑白的话，媒体再给炒作一下，那可真是前途无量！

但是顾氏、陈家，还有顾颜，就会成为这小贱人的脚踏板！

顾颜也扯了扯嘴角，冷笑一声："还真的是辛苦她了，估计这念头已经在她心里盘旋很久了。陈晓峰要是晓得自己也成了踏脚石，不知道他心里的红玫瑰还能不能好好地盛开！"

想起那渣男刚才的白玫瑰和红玫瑰之说，顾颜一直到现在还觉得非常硌硬！

"你打算怎么办？"陈晓峰的红玫瑰还开不开，秦玲玲认为这个一点儿都不重要，重要的是，颜颜已经被这小贱人在背后捅了一刀，可不能血刚刚止住，就又给人家做垫脚石。

顾颜瞟了一眼秦玲玲："还能怎么着，载我去一趟市中心呗！"

一路上，顾颜接到了不少人的电话，都是好朋友、好哥们儿的，要么是安慰她，要么是破口大骂，并表示想把贾甜甜给揍一顿。顾颜作为一个真正的受害者，一个接一个地安抚好了他们的情绪。

然后她扭头看了一眼秦玲玲："你的嘴巴很大啊！"这件事昨天才出，目前她也就告诉了秦玲玲、老爸和大哥，怎么这一下子，好朋友们全知道了？除了这个一贯嘴巴不牢靠的家伙，还能是怎么传出去的？

秦玲玲嘴角一抽，干笑了两声："我这不是关心你嘛！大家也都是关心你。啊，对了，超哥知道你不喜欢酒吧，所以晚上在KTV包了房间，还带了许多好酒，让我晚上带你过去唱唱歌，放松放松，调节一下心情！”

顾颜无语：“唱歌，放松，调节心情？所以我现在在你们所有人眼中，就是个可怜兮兮、被朋友和未婚夫齐齐背叛的可怜虫？”

她这样一问，秦玲玲沉默了几秒，接着认真地道：“你刚才的话里头，除了你目前仿佛不是太可怜，其他并没有什么不对！严格意义上说，从我们的角度来看，你还是很可怜的。”

顾颜不说话了，并且深深地认为，她迟早会被这一群损友给气死。

“少爷！”弗瑞克站在办公室大门口唤道。

此刻林霄正在看一份文件，他手中的笔飞快地在条款上圈圈点点，头也没抬，冰寒中透着磁性的声音响起：“找到人了？”

“嗯……找到了！或许您有兴趣看看现在的娱乐周刊报道……”弗瑞克说这话的时候，语气是迟疑的，并小心翼翼地看着林霄的脸色。

果然，他这话一出，林霄立即抬起头来，眸色微沉：“娱乐周刊报道？”

弗瑞克认真点头：“是的！”少爷有这样的反应并不奇怪，因为少爷从来不是八卦的性格，那些娱乐周刊也总喜欢干一些捕风捉影的事，扒一些大小明星的丑闻，这类东西少爷是看一眼都嫌多的。这会儿自个儿让少爷去看这玩意儿，也难怪少爷是这个反应。

看林霄嘴角扯起，似乎带笑，弗瑞克明白那是少爷动怒的前兆，忙开口解释道：“似乎是顾颜和陈晓峰的婚事里头，插入了第三者，鉴于第三者贾甜甜是个刚刚出道的小明星，虽然名不见经传，但扯上了顾氏和陈家，大概就有要炒作的架势了。现在顾颜也被扯进去了，所以……少爷，您要找的人，这会儿就在报道的画面里……”

“哦？”林霄扬眉，嘴角的笑意味不明，“打开看看！”

弗瑞克立即把办公室的大屏幕打开，而这时候，顾颜和秦玲玲的车子，刚到顾氏市中心酒店的大门口，这一幕也出现在林霄眼前。

顾颜下车之后，抬头一看，果然就见已经有小报记者来围观了。贾甜甜长发飘飘，身材姣好，长相也甜美，单单这外形，就是不少男人的梦中情人。她抹着眼泪哭得梨花带雨，那模样看起来很是惹人心怜。也不晓得就这么一会儿工夫，她已经对着镜头说了些什么，当顾颜出现时，几个记者很快就看见了，举着话筒过来问："顾小姐，听说您和陈先生的婚事告急，结婚的事情可能取消，是这样吗？"

"顾小姐，这位贾小姐说，您和陈先生的婚事，是因为她才出现问题，您觉得呢？"又有一人问了一句。

这些人嘛，自然一部分是财经报道的记者，一部分是被贾甜甜那没多少，但总归有那么一点点的知名度给引来的。

又有人说："贾小姐说她跟陈先生才是两情相悦，是您在中间插了一脚。由于您家世显赫，贾小姐才不得不退让，成全你们，真的是如此吗？"

话都颠倒黑白成这样了，秦玲玲在边上听着，险些没发火。而来往的路人，不善的眼神也都放到了顾颜的身上，毕竟这样的所谓有钱人家的大小姐，抢人家心上人的八卦，听起来就容易让围观的人义愤填膺，并感同身受。

屏幕前的弗瑞克也忍不住咋呼了一句："这个贾甜甜也太厉害了，自己当了第三者，还栽赃给顾颜？完了！这下顾颜可完了！"这都上电视台了，顾颜的名声怕是没救了。

他这么咋呼着，骤然感觉到一道森冷的目光落到自己的背上。他浑身一抖，回头看了一眼，就见自家少爷含笑的眼神看着自己，他似笑非笑地问："你好像很关心她？"

"呃……"得罪少爷的人，他哪里敢随便"关心"。弗瑞克连连摆手，"no（不）！我只是惊讶！少爷您一定口渴了吧，我去为您泡咖啡！"说完就跑了。

林霄轻嗤一声，收回了看他的目光。

俊美的脸上有着笑，玩味的眼神落到了屏幕上那个女人身上。他在脑海中很快过滤了一遍这女人昨夜在自己房中高唱“大王叫我来巡山”的场景，以及现在正躺在他钱包里的那一百块钱的“服务费”，握着笔的手，忽然用了几分力。

好好的一支笔，骤然发出清脆一声响，就这么断了。

他扯了扯嘴角，随手一扔，眼神并未从顾颜身上移开。许多时候，媒体的一些问题问出来，总会令人不好回答，甚至有时冤枉、愤怒到几乎要暴走，他倒想知道，面对这样颠倒黑白的栽赃陷害和媒体咄咄逼人的询问，顾颜会如何应对。

而屏幕里头的顾颜，本来笑容满面，却在听见这样的话之后愣了愣，回头看了一眼贾甜甜，接着面对那些记者的话筒，自言自语一样：“她这样说吗……”

别有深意地说完这么一句，她就不说话了。看她半天不说话，这下记者们都着急了：“顾小姐，这件事情到底是不是真的如贾小姐所说，是您作为第三者插足？您说句话吧……”

顾颜咬了咬下唇，似乎有些为难，接着她眼中含了一泡泪，对着话筒说道：“这件事你们就别问了，甜甜她到底是明星，要是有什么负面新闻传出去的确对她不好。要是有什么恶名，我……我就全部为她担了吧，我……”

说到这里，她似乎非常委屈，捂着嘴偏过头去，做痛不欲生状。

林霄看到这里，精致的唇角微微抽了抽，如此“善良”的话说出来，他怎么就觉得，这女人像是在演戏。或者说，单单从她那句话，他就能断定，她是在演戏！他眉梢微挑，眸中多了几分兴味，看着顾颜接下来的表现。

而顾颜这“悲伤”的话说完，偏过头就对上了贾甜甜错愕的表情。贾甜甜也没想到素来脾气耿直，对喜欢和讨厌的人从不遮掩的顾颜，竟然能说出这么一段话来。这还是她认识的那个顾颜吗？对视之间，顾颜眼神冰冷，从这女人跟陈晓峰搅和到一起的那一刻起，她就不再是自己的朋友。至于这装……电视剧嘛，谁没看过几部，平日耿直，那是因为不屑伪装。可人家装模作样，颠倒黑白的话都说了，她当然也得装一装，毕竟有句话说得不错，人生如戏，全靠演技，是输是赢，全看演得过演不过而已。

顾颜这话很明显就是有问题啊，记者们一听感觉就不对了。秦玲玲更是在旁边险些为顾颜拍手叫好，她怎么不知道颜颜还有这一手。对付贾甜甜就得这样，不然今天还非得吃亏不可！

有人立即问："顾小姐，您这话是什么意思？难道贾小姐刚才的话……"

"你们真的别问了！我和陈晓峰的事，是我们俩没缘分，事情已经到了这样的地步，我也没什么好说的了。希望他们两个能幸福吧……也许我才是不应该出现的那个人……"顾颜说着，仿佛更加难过了。

对着记者这种生物，自然不能你想让他们知道什么，就直接说什么。因为记者捕风捉影的本事和想象力都是极其丰富的，你把话说得太白，他们反而对你的居心有所怀疑，对你的话有所质疑，但是你这样含含蓄蓄，欲说还休的态度……最后你话没说完，他们已经为你补充完整了！

果然，立即有记者直接对着直播的移动电台道："我们采访到了顾小姐，情势似乎急转直下，这件事情使得顾小姐的情绪波动很大，但言语之中似乎另有隐情，这也让我们对贾小姐的话产生了质疑。至于这件事到底是怎么回事，我们将持续为您播报！"

而这会儿，林霄的办公室里，弗瑞克正端着一杯咖啡进来。他瞪大眼站在门口，惊讶之下，把原本准备给林霄的咖啡，直接送到自己嘴里了，并一边喝一边看着屏幕，用他那外国腔调说道："看来这个顾颜，也不是个简单的角色，女人啊，有的撕啊……"

他说完这话，便见林霄的眼神放在了他手中的咖啡上。

弗瑞克浑身一僵："呃，少爷，咖啡……我……"平日里少爷对他还算是挺不错的，这种小事儿都不会跟他计较，但是显然少爷今天心情不好……

"还好喝吗？"林霄嘴角含笑，仿佛心情很好。

弗瑞克险些直接哭了："少爷，我错了……"

他们说话之际，屏幕里头的贾甜甜慌了，要是继续这样下去，这群记者说不定就相信顾颜的话了，那自己今天……不，今后都完了！她立即上前大声道："顾颜！你这么说是什么意思？明明这件事的受害人是我！你哭什么哭？"

这模样一出，原本伪装出来的柔弱、无能为力，在她这一声大吼之下，轻而易举地烟消云散了。这让不少记者在回眸看她的同时，微微蹙了蹙眉梢……

顾颜听她这么一吼，也不说话，就一个劲儿抹自己并不存在的眼泪："是啊，受害人是你。我未婚夫跟你睡了，还睡在我爸给我买的别墅里，这都是我的错，你太无辜了行吗？怪我管不住我的未婚夫。甜甜，你已经得到你想要的了……说不定他明天就会娶你过门，我……"

从顾颜承认受害人是贾甜甜的时候，不少人就皱了皱眉梢，然而下一瞬，当她说出那些话的时候，大家听着就觉得不是那个滋味儿了。贾甜甜跟陈晓峰发生了关系，还是在顾颜的别墅里头？这话怎么听起来，贾甜甜也不像是什么好东西呢！

尤其顾颜这句话说得很有意思："我未婚夫跟你睡了，这都是我的错，你太无辜了行吗？"听起来，感觉怎么就这么奇怪呢？

接着，门口那些围观群众有不少把质疑的眼神放到了贾甜甜身上，大家的眼神诡谲而惊疑，也完全不掩浮在面上的怀疑。不少方才还用责备的眼神看着顾颜的路人，这时候锐利的眼神都成功地转嫁给了贾甜甜！

"不是的，你们不要听她胡说八道，你们……"贾甜甜慌了，到底是刚刚出道的小明星，就连经纪人都腾不出多少工夫来管她，她也没有应付这种事情的经验，这话一出来，下一句怎么接她都不清楚了。

马上就有记者回头看了一眼贾甜甜："贾小姐，顾小姐说的话是真的吗？方才您说，因为您，陈先生和顾小姐的婚事可能要取消。但问具体细节，您却不肯说，现在顾小姐说出这样的内幕。贾小姐，您和陈先生发生关系，真的是在顾小姐的别墅里吗？"

“我……我……”贾甜甜并不知道该如何应对，有些慌乱得不知所措，然而，在看见记者身后顾颜含笑的眼神时，她猛然一个激灵，整个人清醒了不少，一口咬定，“假的！并没在顾颜的别墅里，都是假的！颜颜，你不要误会……”

她这话并没出乎顾颜的意料。

贾甜甜这个人，也算是跟她从小就认识的，此人惯有干了坏事儿或是错事儿就拒不承认的习性。有句话叫“江山易改，本性难移”，而对方也的确没让自己失望，这会儿又开始不承认了。

顾颜不多说什么了，把手机拿出来给大家看。那是她拍的一张照片，照片里头的男女光着身子纠缠在一起，背景就是她的别墅房间！当时她怒气冲冲地走人之前，拍照只是为了让陈晓峰没法辩驳，顺利地把婚约取消掉，但是没想到贾甜甜最后会整这么一出，这照片这会儿倒是用上了！

记者们立即对着顾颜举着的手机一阵猛拍。

贾甜甜脸色青白交加，冲上前去抢夺顾颜的手机……

一切似乎已明朗了，这件事情上贾甜甜说了谎，那么群众很快就会认为，贾甜甜之前也全部是在说谎。这一局，胜负已定！

林氏的总裁办公室里，林霄性感的薄唇也微微扬了扬。会伪装，能应敌，做事情会留后手，对敌人下手也够狠。聪明的女人，很对他的胃口！

只是，这是不是意味着……

陈晓峰跟贾甜甜发生了关系，顾颜受不了被未婚夫背叛的打击，喝了酒之后将自己当成了发泄情绪的对象，甚至还干出了给他一百块钱服务费的事？

这般想着，他唇边的笑容忽然更浓了：“顾颜，很好！”

随着照片一出，这一场闹剧基本上已经落下帷幕。贾甜甜想抢顾颜的手机，顾颜当然不会让她抢到，收回手机，瞟了秦玲玲一眼。

秦玲玲也不傻，立即往前头站了一步，指着贾甜甜的鼻子骂了起来："忘恩负义的东西！这十多年来，颜颜对你怎么样，你都忘了？你刚从大学毕业，是颜颜通过超哥，把你推荐给了制片人；你缺什么东西，颜颜二话不说就帮你买来；你要办什么事，颜颜比对自己的事还上心；就你手上的那个包，都是上个月你生日，颜颜拉着我一起去为你挑选的！你倒好，跟颜颜的未婚夫睡在一起，还倒打一耙，说颜颜才是第三者！贾甜甜，你的良心都被狗吃了？"

秦玲玲这也是在顾颜的示意下演戏，但事实上并不完全是演，这些话她在脑子里头都过了一百遍了，早就想对着贾甜甜骂出来了。大概也都是心里话，所以这么吼出来那叫一个义愤填膺，一点儿做戏的感觉都看不出来。

记者们一听这话，不少镜头对准了贾甜甜手里那个爱马仕的包包。

贾甜甜顿时感觉自己手腕一阵酸软，手里头的包都抓不稳了，甚至觉得自己手中不是握着一个她此生所拥有的最昂贵的包，而是一团火，能把她的手都给烧得发烫。

"贾小姐，这个包包真的是顾小姐送给您的吗？刚才那位小姐说，这么多年来，顾小姐都对您很好，您却抢她的未婚夫。对您的所作所为，您有什么想说的吗？"

"贾小姐！电视机前还有不少观众看着我们，您是否有什么话，想对关注您的观众朋友们说呢？"

"贾小姐，跟陈先生发生关系，您到底是怎么想的？是想借此嫁入豪门，还是……"

记者们的话锋，已经大多针对贾甜甜，没几个人理会顾颜了。只还有两位记者在问顾颜对这件事情有什么看法，顾颜一脸伤心地扭过头："我不想多说了，本来事情变成这样，我就已经……"

说完，她大步而去。

秦玲玲忙帮她挡着记者："颜颜已经很难过了，请你们不要再问了。她已经承受不住更多的伤害了，非常感谢大家，我们先走了……"

说完这话，秦玲玲二话不说，立即蹿上了自己的跑车，有记者撵上来，但秦玲玲很快一踩油门，跑车就冲了出去。记者们眼见追不上，也没打算追，全部扭过头看向贾甜甜，把她堵了一个水泄不通，并且问出来的问题，一个比一个尖锐难听！

贾甜甜六神无主，终于体会到了什么叫作搬起石头砸自己的脚……

眼见屏幕里头已经没有顾颜的身影，林霄随手按了一下遥控器上头的开关，将显示屏给关掉。弗瑞克这时候操着他不熟练的中文，感叹了一句："要是这样子的话，顾氏和陈家的婚约，就真的只能完蛋了！"

他这话，倒让林霄将要翻开文件的手顿了顿。想起什么，他嘴角微微扬起，吩咐道："在顾氏和陈家婚事告吹之后，立即联系媒体，高调宣扬我要娶顾颜的事！"

"是！等等……什么？您要娶顾颜？"弗瑞克惊悚地瞪大眼，严重怀疑是不是自己听错了。不是要找麻烦吗？怎么又要娶了？他真是越来越不能理解复杂的中国人了！

林霄没回话，头也不抬地又问了一句："顾颜投简历的公司里，有我们的合作对象吗？"

"嗯，有维密！"弗瑞克回话，心里头更惊悚。少爷问这个是想做什么？难不成……

"嗯！把电话接到维密总部……"

## 【第二章】

# 人家真是好害羞啊

“哈哈哈！颜颜，你别说，刚才真是痛快！这对渣男贱女，这回是完蛋了！妥妥地身败名裂！”秦玲玲笑得堪称猖狂，这会儿她要不是还握着方向盘，估计得开心得捶地！

顾颜打了一个哈欠，心里头那股郁结之气倒是散了许多。她许多事情都懒得计较，是因为她从来遵循一条为人准则：宽以待人，严于律己。哪个人算得了十全十美？谁活着没一两个缺点呢？但她也是有底线的，这一次，贾甜甜踩到底线了，不可原谅！

所以，整顿了那女人一下，她的心情也还挺不错的，便很随性地道：“人家把我玩成这样不算，还打算往我身上堆屎，让我给她做垫脚石。要是不让她身败名裂，我对得起她吗？”

“也好！以前我就觉得这女人装模作样的。你跟她交朋友，我们一直就觉得你像傻子。现在也好，你终于醒悟了！”秦玲玲瞟了顾颜一眼，那眼神仿佛看着一头终于悬崖勒马的猪。

顾颜白了她一眼：“你一直宛如一个智障，我多年来对你不也是不离不弃吗？”

“滚！”秦玲玲笑骂了一句，顾颜从来就是这么个德行，说她一句傻子，她要是不回一句智障，那就完全不是她。

这会儿车在马路上奔驰，大街上的一些屏幕上，正在直播贾甜甜被围堵的事。

秦玲玲摸了摸下巴："不用说微博上肯定已经有人开始骂她了，作为演员，我看她暂时是接不到什么好戏了。要是能闹到让广电局知道，把她给封杀了就完美了！陈家的股价，明天一早起来至少下跌三个点！还有你今天来这么一出，明天你们家股价说不定得涨。不行，我得赶快打电话给我爸，让他今天赶紧把陈家的股份给卖了！等明天再卖就亏到死了！顺便再买点儿顾家的……嘿嘿嘿"。说着，秦玲玲把车停在可以停靠的路边，飞快地给她爸拨打电话。

她在说这话的同时，顾颜已经在发短信通知自己的亲朋好友了。她今天也算是把陈家给得罪了，不知道她老爸会不会因此说她太莽撞。秦玲玲打完电话，瞟了顾颜一眼，正要说话，顾颜却先看了过来，问了她一句："对了，你跟我哥怎么样了？"

这一问，秦玲玲脸一僵，苦笑了一声："还能怎么样？不就那样儿，我跟他的事情你就别操心了！"

看她一脸痛苦的样子，顾颜就知道秦大美女这回是碰了钉子！她哥不恋家，她还没出生，她哥就被送出国留学，出去之后就跟脱了缰的野驴似的，逢年过节都不回国。去年留学完了回来，正巧是她的生日，于是就见了她的许多朋友，不知道怎么秦大美女看见顾裴，一头就扎了进去！接着就开始了你追我赶的游戏，不过听秦玲玲这话，顾颜觉得仿佛没有进展啊！这哀怨的语气……

她伸出手握了握秦玲玲的手："别气馁！我哥就那傻样儿，谁越是对他凑过去，他越是要摆谱。你晾他几天，说不定他就贴回来了。加油，我很看好你，你一定能拿下他的！相信我！实在不行就给他一棍子，敲晕了拖走，先睡了再说。"

秦玲玲向天翻白眼："这么说你哥，你是亲妹妹不？敲晕拖走就免了。至于晾着嘛，欲擒故纵的道理我不是不懂，主要是怕晾着晾着就彻底凉了！"

顾颜还想说什么，忽然她的手机铃声响了。

电话接通，接着秦玲玲就看见她脸上跟开了一朵花似的，不知道是发生了啥激动人心的事儿，她一个劲儿地在那儿说：“啊，是是是！好好好！我马上就去，好！好！好！”

说完她就开心地挂了电话，原本有些郁结的脸，这时候笑容满面：“快！快！送我去维密，那边的人事部通知我去面试！”

“维密？维密中国总部？”秦玲玲惊呆了，惊悚地盯着顾颜。她知道这小妮子一直在到处投简历，但是她万万没想到，她竟然敢把简历投到维密去。简直离谱了好吗？维密里头就是小职员，那也都是在其他公司历练过好几年的精英，就顾颜这么个刚刚出大学的妞？逗她吗？就算顾颜早就已经拿过不少设计方面的奖，但是想这么顺利地进入维密，也是不太可能吧？

顾颜也是很惊喜，连连点头：“是的！他们通知我直接去总部面试，说尽快去！你先送我过去，然后把晚上你们约的KTV地址发给我，我面试完了，自己打车去KTV！”

秦玲玲登时也笑了，立即发动引擎送她去维密：“没想到你这丫头这么有能耐，要不是人家通知你去总部面试，以维密收员工的门槛儿，我都要怀疑你是不是被人给骗了！最牛的是，你这才刚刚出校门呢，维密的简历，你也敢投？”

顾颜更是笑靥如花，激动地捂脸道：“当时就想着撞运气，谁知道就正好中了呢！”她的梦想就是成为国际知名的设计师，让那些国际名模、巨星，都穿着她设计的衣服，在T台和红毯上穿梭。要是能进入维密，那就离她的梦想近了一大步！

“哈哈！等你成了国际知名的设计师，也免费给我设计几件衣服穿穿！接着，国际知名设计师，成了我的私家裁缝，伺候我……”秦玲玲倒是比她更开心，高兴地描述着，险些没乐得被口水给呛到，好像已经看到了有免费裁缝使唤的美好未来。

顾颜没等她说完就微微一笑：“玲子，虽然你长得丑，但是想得很美！”

“咳……”秦玲玲笑得呛住了，脸都给咳红了，在顾颜身边，得记住一点，永远不能得意忘形，不然最后一定得吃亏。知道顾颜是个什么人，她也没往心里去，只是猛然想起什么，“那你爸爸让你出国的事儿……”

“这个回头再说！”顾颜很随性地回了一句，总归眼下她能进入维密，才是最重要的事！

话说到这里，她们的车子已经到了维密的门口。顾颜下车，秦玲玲扬了扬手机，表示会很快把KTV的地址发给她，顾颜点头表示明白，秦玲玲就开车走了！

维密总裁办公室。

Tom笑看林霄一眼，问道：“起初你不是不打算扩展国内合作项目吗？”今天他特意从美国总部过来，就是来跟林霄谈项目合作的，但林霄对国际上的合作没什么意见，对国内却是兴致缺缺，这让Tom十分失望。因为中国是一块很大的市场，他的确很希望能将品牌彻底打入中国，如果能和林氏合作，他们的发展一定会十分迅猛。

他这话一出，站在落地窗前，手中端着红酒杯的男人睨了他一眼。

那红酒在他手里的杯中摇晃，配着那张俊美得令人心颤的脸，轻而易举地使他成为中心所在，办公室内的其他人和陈设，都刹那间成为陪衬，他总能轻而易举地夺走所有人的眸光。Tom一个美国爷们儿瞅着他那张英俊的脸，都忍不住脸红了红。

林霄那双冷锐的眼看过来，同时也传来他性感磁性的声音：“Tom，我们是朋友不错，但是，你也要清楚，我是生意人！”

他这话一出，Tom就摸了摸鼻子，干笑了两声。维密纵然在国际上已经占了极大的市场，但在中国连门槛都没彻底打开，要是林氏真的同意合作，不管他们给林氏多高的合作分成，他们都是在占便宜，林霄不愿意拿自己企业的资源来为他们铺路，这也是正常的。于是他又笑问：“可为什么又忽然决定合作呢？跟那个顾颜有关系？”

今天早上，他可是在林氏好话都说尽了，朋友之谊也扯上了，林霄还是不同意。他失望中打算回美国，都过机场安检了，中国总部这边的人忽然打电话过来，说林霄改主意了，要来他们中国区的总部看看。看样子原本林霄是没打算通知他的，不然就直接打他的私人电话了。不过这么大的消息，林霄不打算通知自己，Tom知道林霄要来这边的总部，也还是赶紧赶了回来，这可是天大的好事，他要亲自回来接洽才放心！

林霄听了他的问题，冷冷的目光从他脸上扫过，Tom立即明白了什么叫见好就收，果断选择闭嘴，不再多问。不过他是真的很好奇，从三年前认识林霄起，他就是一副不近女色的样子，今天跑来说合作，并且十分果决地提出要求，希望一个叫顾颜的中国女孩，加入到这个企划案中。林氏主要是家业大，在设计这方面，他们并没有太看重，所以顾颜投简历给维密，没投给林氏，这是可以理解的。但是顾颜是谁，Tom当然一点儿都不知道，于是立即让自己手下的人去查，然后通知人过来面试……

而此刻，站在窗口的林霄，已经见着顾颜进来了。他回眸扬眉看了看Tom，磁性的声音缓缓地响起："你的新员工来了，你不打算请她进来，以示欢迎吗？"

"what（什么）？这里？"Tom严重怀疑自己是不是听错了，他作为维密美国总部的执行总裁，等于是眼下全世界维密产业名义上的最高领导，他需要把一个即将成为他们公司小职员的人，请到总裁办公室以示欢迎？林霄真的不是在开玩笑吗？

他这样一问，林霄把手里的红酒杯放了下来，嘴角扬起一抹笑："怎么？有问题？"

Tom连连摆手，哈哈大笑："没！没有问题！您是boss（老板），您说了算！"这个合作案，怎么都是他们维密占便宜，说林霄是老板，没什么不妥。而且他跟林霄比……林氏在国际上的地位，没人能撼动，维密纵然闻名世界，但比林氏还是差了一些。而且最重要的是，林氏是家族企业，林霄是林氏继承人。而自己也就是能力超群，于是被聘用，给维密的董事会打打工罢了。相比起来，当然林霄才是boss。

说完这话，他马上打电话让秘书通知人事部门，直接将顾颜喊过来。

"顾小姐吗？总裁让您到了之后，直接去找他。他亲自面试您！对了，总裁……不是指我们维密在中国分公司总部的总裁，而是指美国总公司总部的执行总裁Tom先生，正在十六楼的办公室等您，秘书会直接带您上去！”人事部经理在看到顾颜之后，就说了这么一番话。

这令顾颜严重怀疑自己是否听错了：“Tom先生？你说的是Tom Bloom先生？”

她几乎震惊了！Tom Bloom如今三十出头的年纪，但已经成为国际时尚界的一个奇迹！他设计的作品，每一件都能令时尚界振奋不已，于是在五年前，他被维密聘请为创意总监，在两年前直接成为维密的执行总裁，他一直就是顾颜的偶像！偶像忽然要见自己，这感觉……真的不是一点点震惊。

她觉得自己这两天所有的倒霉，大概都是为了烘托今天的幸运！佛说，婆娑即倒霉，如果你不倒霉，给你再多的幸运，你也不会觉得快乐。至于佛具体是不是这么说的已经不重要了，重要的是，她真的觉得自己快乐得要飞起来了！

人事部经理微笑道：“是的！顾小姐，聘用您是Tom先生亲自打电话通知我们的，他今天正好来国内，您能见到他，大概也是运气！”

“啥都憋（别）说了，赶紧带我去！”顾颜高兴得发音都不标准了。

一边的秘书伸出手，做出一个“请”的姿势：“顾小姐，请跟我来！”

等顾颜跟着秘书离开之后，大堂里头不少女性骤然变了脸色。私下开始嘀咕起来：“不用说，这个顾颜，肯定不简单！设计能力出众被总裁发现了？我看不见得吧！”

“哼！长得就跟个狐狸精似的，谁知道背后做了什么下作事儿呢！说不定是勾搭上了上头的什么人，被直接推荐给总裁了！”话说得一个比一个酸。

这世上有许多人就是这样，有种看不得旁人好的习性。尤其当别人得到了自己没得到的好，就会用恶意的言辞来揣度，甚至于根本没边的事儿，也说得跟看见过的一样。

“你还别说，顾颜这个名字，听着为什么有点儿耳熟？”好像她今天就在哪里听见过。

有人摸了摸下巴："听说顾氏酒店的千金就叫顾颜来着，不过肯定不是一个人。天底下同名的人多得是，她要真的是顾氏的千金大小姐，犯得着出来找工作吗？"

"这倒也是！"

就这么一会儿，顾颜在大家心里，已经被贴上不知道勾搭上了哪个老总，以至于被总裁知道的标签，大家甚至越猜测越离谱，越说越难听。终于，路过的设计部门主管听不下去了，吼了一声："公司请你们来，是让你们嚼舌根的吗？"

他这一吼，该闭嘴的全闭嘴了，各自回到了自己的岗位，该干啥干啥去。

顾颜自然不晓得自个儿已经被这么编派了一通，怀着一种激动、窃喜、澎湃，开心得眼泪都快流出来的心情，跟着秘书到了办公室门口。秘书还没敲门，里头就传来蹩脚的中文发音："进来吧！"

秘书推开门，接着就站到一边去，示意顾颜自己进去。门打开的那一瞬间，顾颜的眼神几乎是不受控制地落到了桌案边，那个随性慵懒地靠在椅子上的男人身上。并非她有意看过去，而是他似乎天生就是万物中心，一眼扫过，人的眼神就会被他吸引住，不能挪开！

他俊美得令人心惊。顾颜发誓，她此生绝对没有见过比他更好看的男人，五官没有丝毫瑕疵。他那双锐利深邃却引人沉沦的眸子，此刻正盯着她，似乎带着几分玩味，英挺的鼻子，性感的薄唇，还有那双天生带着几分威严，却不失英气的眉，无一不在诉说这个人的英俊完美，令顾颜这么一个不信神的人，都开始惊叹造物主对他的优待。当真是完美得冲击人的心跳，只要扫一眼，心率都会失衡！

他穿着一身剪裁完美的西装，但此刻西服已经被他脱下。衬衣胸前的几颗扣子敞着，令人能看见他薄薄的胸肌。

这令顾颜不自觉地咽了一下口水，然而，在她跟他那双冷眸对视，却看见一抹冷茫时，她心头微微惊了惊。他这森寒眼神，慵懒中带着不善的味道，甚至有几分恶意刻薄的美感。这让她皱了皱眉，他这是什么眼神？她严重感觉这就是看仇人的目光！难不成他们之前有过节？可是她确定，自己并没见过这个男人啊！

对，绝对没见过！她纵然不是秦玲玲那样的花痴，但这样的帅哥，她要是见过，绝对是有印象的！

正想着，一边毫无存在感的Tom咳嗽了一声，引起顾颜的注意，他语气带笑，用中文说道："美丽的顾女士，在看见英俊的男人之后，就把我给忘了吗？我真的好伤心！"

Tom并非一个对所有员工都和善可亲的人，但林霄对顾颜的不同，他当然能看出来，这会儿倒开起了玩笑。

"呃……"他这样一说，顾颜才尴尬地收回视线，看向自己的偶像。

和自己在时尚杂志的封面上看到的一样，一米八九的个子，也穿着一身西装。比起那个陌生男人的随性，Tom倒是好好地穿着衬衣，打着领带。金发碧眼，五官深邃，容貌虽然比不上那个男人，但这张脸，搁在好莱坞大片里，都能算个颜值担当！

顾颜瞅着他激动地道："Tom先生！见到您真的很高兴，我是您的忠实粉丝，您设计的东西，我都非常喜欢！"

她这话一说完，不知道为什么，整个办公室里头的气氛忽然变得古怪起来。

林霄嘴角微微挑起，看起来似笑非笑，看向顾颜那激动的模样，身上莫名散出几分冷气。很好，看这女人的样子，是完全没认出自己来！那她早上跑什么？还打扮成那样。完全是顾建成的意思？她还是什么来着？Tom的忠实粉丝？

这骤降的气压，让Tom都忍不住颤抖了一下。他又不好回头去问林霄怎么了，只能看着顾颜，随口笑问："哦？你喜欢我的作品吗？最喜欢哪一件呢？"

"最喜欢那件名为'天使的羽翼'的长裙，在看见它的那一刻，我激动得几天都没有睡着觉……"顾颜开始自说自话。

但Tom的脸色忽然变得古怪起来，他回头看了林霄一眼，"天使的羽翼"是两年前以他的名义发布的作品，但事实上，那件作品是林霄设计的。在Tom的眼里，林霄就是个全才，真的没有什么是他不会的，设计出来的时尚作品，令Tom都惊叹不已！

然而，林霄给自己的定位只是一个企业家。所以他一直拒绝出现在任何时尚杂志上，包括突发奇想的设计，也不愿意发布出去。Tom作为国际一线时尚设计师，若是一般的作品，他当然不愿意以自己的名义发布，但在看见“天使的羽翼”的那一瞬，他真的觉得太美了，用中国的成语来说，是……惊为天人！不知道准不准确，总之就是很美！

林霄原本没打算发布，是自己坚持让他发，觉得这样的作品不问世，真的太可惜了，于是缠着林霄说了很久。林霄当时大概恼了，随口说了一句：“你坚持要发布，就用你自己的名义去发，跟我无关！”

然后Tom就发布了，果然引起了很大的反响。

顾颜这时候提及最喜欢的作品就是这个……Tom忽然摸了摸下巴，这算不算是奸情……Oh，no！（哦，不！）缘分的前兆？

而当顾颜开始夸奖那件作品的时候，林大总裁的心情明显好了。整个办公室的气温，从她表示崇拜Tom之后，似骤降成零下三度，此刻又猛然升温，变成适合开花的春季。他随手端起酒杯，打算再饮一口红酒。

而顾颜从来说话就是百无禁忌的，竟然直接把自己想睡偶像的企图也表达了出来：“Tom先生，说真的，当年在看见‘天使的羽翼’这件作品的时候，我曾经幻想成为这件作品设计者的妻子，在尚且不知道您的长相时，就足足想象了两年多！这几年年纪大些了，我才清醒过来！”

这下，即便淡然自若如林霄，动作也猛然一僵！

若非他确定那件作品除了Tom和他自己，没人知道那是他设计出来的，他简直都要怀疑，昨天晚上发生的事情是不是这女人蓄谋已久的。当真如她所言，这女人确定自己是年纪大些，清醒过来了，而非随着年龄的增长，越发疯狂，连山都随便巡了？

Tom听完更是险些没被自己的口水呛到，他回头看了林霄一眼，那眼神极其复杂，又极其古怪，还非常想笑。不过不知道为什么，这时候看着林霄和顾颜，他莫名想起牧师曾对他说过的一句话：“缘分就是两个人在上帝的安排下，不知不觉地相遇，等人反应过来的时候，其实他们已经认识很久了。”

说的可不就是顾颜和林霄吗？

看Tom险些呛到，顾颜立即不好意思地笑了一声：“您不要介意，那已经是以前的事情了。我如今是一个理智的粉丝！”说完这话，顾颜都被自己汗了一把，身为上门面试，尚且不知道能不能应聘上的员工，竟然对总裁说这种话，她的理智分明是被狗吃了，哪里理智了！

Tom连连摆手，悄悄地看了一眼林霄的脸色：“没关系！没关系！不要在意，我一点儿都不介意！”林霄本人听着这话都没吭声，他有什么好介意的呢？哈哈哈……

说完这话，Tom忍着笑指了指林霄，介绍一下：“这位是林氏集团的执行总裁，是我们的合作伙伴，也是林先生看中了你的才华，将你推荐给我的。”

他这话一出，林霄扬眉，从容不迫地看向顾颜。

顾颜听着起初倒没觉得有什么，林氏的总裁，还把自个儿推荐给自己的偶像，这简直就是恩人嘛！她正打算说两句感谢的话，结果在对上他那双冷眸时，猛然反应过来——林氏？林氏的执行总裁，那就是林霄了？

也就是那个一大早，害她穿着厕所清洁阿姨的衣服，通缉犯一样从自家酒店里逃出来的浑球？

这认知出来之后，顾颜看林霄的眼神几乎在喷火。这倒让林霄来了几分兴致，这女人昨天晚上擅闯他的房间，早上留下一百块钱走人，眼下分明没认出他来，却似对自己有所成见。他都还没收拾这女人呢，她对自己的成见是从哪里来的？

诧异之中，他性感磁性的声音缓缓响起：“怎么，顾小姐仿佛对我有看法？”

“没——有！”这两个字是顾颜从牙缝里头挤出来的！她对他并没有看法，只有如何合法揍他的想法！就是这小子一大早派人到处搜查她，让她怀疑自己是不是穿越到古代，冒犯了天颜。这会儿他还有脸问她对他是不是有看法，这真是——呵呵！

不过，她心里也纳闷儿起来。林霄早上找她，说她把他得罪了。她纵然怀疑对方认错人，看花眼，神经错乱，觉没睡醒，但同时也意味着，他对自己是有成见的，既然是这样的话，他怎么会这么好心，把自己介绍到维密来?

难道有阴谋?

她不善和带着恼恨的语气，Tom也听出来了。他心里也觉得奇怪，顾颜刚刚进来的时候，显然不认识林霄，怎么听自己一介绍，就忽然仇恨起来了？于是他问了一句："顾小姐，您认识林先生吗？"

他不问还好，一问顾颜险些没直接奓毛!

世上最坑爹的事，不是你得罪了一个人，人家缠着你不放，要找你的事。而是你根本连这人都没见过，就被人给整了一顿，他还厚颜无耻地问你是不是对他有意见！她觉得自己对林霄的厌恶，简直用言语不可表达十分之一二矣!

眼下Tom这么一问，她瞟了林霄一眼，忍着体内的洪荒之力，坦诚而又恼恨地道："不认识！我希望以后也不会认识！"

她这话一出，林霄立即从鼻子里哼笑一声。那是傲慢的嗤笑，他同样希望自己并不认识她。她是希望他们以后不认识，而他是希望他们从前就不认识！这一笑之后，他以性感磁性的声音玩味地道："那可能有点儿遗憾了！维密接下来在中国的拓展，需要专业的设计师与林氏接洽。我觉得顾小姐正适合在我身边做一些跟进，Tom你看呢？"

Tom嘴角一抽，心里头很想说，跟林氏接洽，不应该是营销部、外宣部、公关部门的事吗？派个专业的设计师接洽什么？最重要的是，从他刚刚了解的资料来看，顾颜就只是个刚从大学毕业的小姑娘，虽然拿过几个奖，但是要真正地作为专业设计师来接洽这么大的案子，她还不够格吧?

然而，见林霄正盯着他，一副问他意思的样子，可眉宇之间并没有丝毫真正想让他决定的信息，甚至他还看出一丝威胁：要么就答应他，要么合约取消，不必再谈！于是，Tom很识相地摸着鼻子道："我也觉得顾小姐十分合适！"

说完这话，他笑容满面地看着顾颜，并亲切地拍着顾颜的肩膀："顾小姐，您愿意帮助我们，完成这项工作吗？我本人十分看好你！"

"可是……"顾颜眼角的余光瞟向林霄。虽然这浑蛋一直到现在也没有表现出什么太过的言行，但是女人的第六感告诉她，他不怀好意！甚至她还有点儿不祥的预感。

怀着这种心情，她仰头看向Tom，在看见自己偶像的时候，顾颜的内心还是有些不可抑制的激动。然而，这激动并没有影响到她的智商，她不能因为任何事情，跟那个看起来就很危险，而且她眼下还非常讨厌的男人搅和在一起。她很快继续道："但是毕竟我还是个新手，让其他人来做，或许会比较合适！"

她这话一出，林霄当即嗤笑了一声，那张俊美无俦的脸上，展露出一个几乎能被称作嘲弄的欠揍表情，他扬声道："所以，我要是没理解错的话，顾小姐这话的意思就是你是一个新手，没能力，所以做不成这件事？"

他这话一出，顾颜的脸就青了。

她身为名校毕业的高才生，成绩在院系里头都是数一数二的，学校直接给她安排了保研她都没去。这混账倒是会说话，开口就说她没能力！这让她气得磨了磨牙，从牙缝里挤出一句话："林先生，不知道您有没有听过一个中华民族的传统美德，它的名字叫谦虚？"

"哦？所以顾小姐的意思是你刚才的话，只是谦虚之言，事实上你很有把握做好这件事。如果你拒绝，那就是你不愿意做，不愿意帮助你的偶像Tom了？"林霄点点头，眉眼含笑，迅速接了下去。

顾颜青了脸，很快又绿了。要不是出于良好的修养，她真的想把鞋脱了，摔在他脸上！他这根本就是在挖坑给她跳，所以这会儿，好端端地情况就变成了她要是不答应，就等于不想帮助Tom了？

这逻辑转得也忒快了！

Tom看了一眼林霄似笑非笑的表情，也明白了对方这时候是什么意思。他也笑了笑，对着顾颜开口道："顾小姐，维密真的需要你这样的人才。我可以答应你，如果这个案子你做得好的话。维密能给你中国分公司区千分之五的股份！”

他这话一出，顾颜险些惊得一口气没提上来。维密在中国区千分之五的股份意味着什么？就是只眼前，也意味着上千万！以后若是继续发展壮大，“钱途”将不可限量！这是Tom疯了，还是这个案子太重要了？

哪有刚刚从校门出来，第一份工作，就面临这么大的前景诱惑的？若非眼前的人是顾颜在杂志上看到过很多遍、决计不会认错的偶像，她几乎都要怀疑，自己是不是走进了一个骗子集团！

“Tom先生，我很感谢您的看重，我也很愿意为您做好这件事，千分之五的股份就不用了。我觉得这不是我应得的，我们中国人有句古话，叫作人要脚踏实地，该是我的，希望Tom先生一分都不少地给我，不该是我的，我也不多求！”顾颜冷静下来之后，也只好应下了这差事。

Tom这么好的条件都许诺出来了，足见他对这个案子的重视，而她，很想进维密好好工作。可是，这还没进公司，就在第一天拒绝boss的工作要求，肯定是花样作死的行为，容易导致她不被录用，错失一个在极好的平台发展的机会。

她这话一出，林霄的眼眸眯了眯，多看了这个女人一眼，在娱乐直播里头看见她的时候，那是犀利得很，以其人之道还治其人之身，装可怜玩心计，对付敌人头头是道。却没想到，她还有这样一面，不服输，不贪求，脚踏实地。

Tom也愣了一下，并没想到自己开出这么诱人的条件，顾颜竟然在答应自己的要求之后，拒绝得到天价的报酬。作为一个资本主义社会长大的人，的确是很难理解顾颜这样看见如此庞大资产，也能选择不要的人！

他回头看了一眼林霄若有所思的表情，再次摸了摸鼻子，也不再多说什么了：“那顾小姐就先去人事部办理入职手续吧，这个案子的接洽，是顾小姐的试用期。只要做好了，就会有人准备好合同给你正式入职。甚至，如果顾小姐有意向的话，过了试用期之后，也可以申请到美国总部工作，出国需要的东西，公司会帮你办好！”

这个案子，林霄虽然同意得有点儿任性，但Tom心里清楚，这小子是不会做亏本买卖的。所以他觉得，林霄选顾颜来接洽这件事情，大概也是看上了顾颜身上的某些能力，就算没看上什么能力，顾颜估计也弄不出什么差错，毕竟林霄不会拿上百个亿的案子和生意随便开玩笑。所以，既然林霄这么看得起顾颜，Tom也相信，这个女孩是有些能耐的，若是真的有能耐，调去美国总部，也不是不可以。

听了他这话，顾颜立即激动了，盯着Tom的眼神简直像是要冒绿光。

去美国总部，那就意味着自己有机会经常见到自己的偶像Tom，这世上还有什么事情，能比跟自己的偶像共事更让人觉得激动人心的？她飞快地点头："好好好！这个案子，我一定会努力做好的！"

看她盯着Tom，一脸激动，边上的林霄忽然煞风景地嗤了一声，嘴角微扬，将手中的高脚杯放在桌上，提醒道："顾小姐，请你务必听清楚，Tom的意思是，你能做好！而做好的意思，是我完完全全满意！这过程中，你的表现，不能让我有一丝一毫想取消合作案的念头，否则我也不知道合作是不是真的能进行下去。我的意思，你明白吗？"

顾颜下意识地看了一眼Tom，却见Tom只是摸了摸鼻子，样子有点儿尴尬，回过头，端起酒杯喝酒。

顾颜明白了，这个案子，大概真的是林霄一句话，就能取消掉的，而Tom也的确是说不上什么话，这让她登时感觉到压力和不安。于是，她一本正经地道："林先生，我长得比较好看，身材也很傲人，尤其我才华横溢，分外优秀，特别吸引人。所以我们要先约法三章，合作过程中，你不能以取消合约作为威胁，要求睡我。至于您的其他要求，我们都好商量！"

噗——Tom的一口酒，全喷出来了。

林霄的脸也黑了，盯着那个恬不知耻、臭不要脸的女人，嘴角抽了抽，看了老半天也没说出一句话来。他是应该感叹她自信心出众，还是脸皮厚比城墙？明明昨天晚上，坚持要睡他的人是她！今天酒醒了，倒开始颠倒黑白了？

他扯了扯嘴角，很犯贱地道："顾小姐放心，什么样的美人，我都见过。你这样的，还不足以称为美人，中上之姿都不够，更无法引起我的兴趣！”

这回顾颜的脸黑了，她真的没见过比林霄嘴更欠的人，简直是上去给他两巴掌，都不能消她心头之恨。她要脸蛋有脸蛋，要身材有身材，从小到大，追求者众多。到了这个贱男的嘴里，她连中上之姿都够不上了？她能骂他眼瞎吗？

她磨牙道：“哦？是吗？那林先生应该考虑一下，好好找个地方，适当练一下眼力，认真纠正一下自己的审美！”浑蛋！

林霄闻言，倒只是闲闲笑了一声，慢腾腾地道：“我只怕纠正了审美之后，对顾小姐的评价更差！好了，去人事部报到吧，一会儿直接跟我走！”

“你！”她想给他一板鞋可以吗？还有，她一会儿为什么要跟他走？

Tom作为一个旁观者，看了一会儿……这两个人，用中国人的话来解释，是针锋相对，还是算打情骂俏？嗯……他什么都没多想。看顾颜一副气鼓鼓的模样，仿佛要是再没人劝架，她就要动手了，他及时地道：“那顾小姐你就先去人事部报到吧，林先生走的时候，会叫上你一起！”

顾颜一脸愣怔地出门，还真的要跟林霄一起走？所以她到底算是应聘了维密的设计师，还是林氏的设计师？有这样的吗，就是要她负责这个案子的接洽，也没必要跟着林霄走吧？

顾颜出门之后，Tom笑看了林霄一眼，故作正经地说：“顾颜已经是我们维密的员工，所以林总裁，你做事情的时候也适当把握一下分寸，如果你侵犯了顾小姐的权益，我们维密是会维权的！”

那个顾颜也真的很会想，居然能想到林霄会以合约威胁她陪睡，他都有点儿佩服她了。难道林霄的脸，在中国女人眼里，就这么不受欢迎，行情惨跌？他本来还以为，顾颜会想睡林霄呢！

林霄嗤笑一声，睨了他一眼：“维权？你可以维维看！”他昨天晚上的权，还没找人维呢！

说完这话，他站起身，迈开大长腿，将沙发上的西装随手拿起来，大步往外走去，态度极为张狂，嚣张得简直欠扁。Tom顿时不说话了，林霄是很嚣张，但是他有嚣张的资本。不过，Tom嘴角扯起坏笑，那林霄这话，是不是表示，他真的打算对顾颜做些侵犯权益的事？这可都放话让自己维权看看了。

他在这边摸着下巴想着，而林大总裁走到门口，头也不回地道：“林氏和维密合作的事情，分成你知道该怎么安排。这个应当不需要我提醒，相信你能给我一个满意的合同。”

“这个你放心，我一定会办好的！”Tom笑得开怀，林氏愿意合作，哪怕分六成给林氏，在他们维密起步的时候，他们也是在赚。这就是为什么，在他意识到这个合约的关键在顾颜身上的时候，甚至愿意许诺她千分之五的股份作为报酬。所以，分成的事情，他会办好的。

接着，林霄又说了一句：“下次你的手，看清楚地方再放！”

说完这话，他修长的手伸出，拉开门大步走了出去。Tom愣了愣，没太明白他这话的意思，他的手看清楚地方再放？

他低头看了一眼自己的手，眨眨眼，盯了老半天才终于想起来，自己的手，刚才往顾颜的肩膀上放了放。他嘴角一抽……就为这个？林霄这是没事儿找事儿，还是真的陷入爱情了？

顾颜在人事部报完到，并且签了试用合同后，撇了撇嘴角，就蹲在门口等着林霄。

这时候已经六点了，正常来说已经是下班的时间了，维密的大堂也没剩下几个人，只有二十多个西装革履的保镖等着林霄。又等了一刻钟，顾颜低头看了一眼手表，从她这儿到他们约好的KTV，得一个多小时。所以她这时很想走人，心里也开始咒骂林霄这个浑蛋，嘴贱就算了，还没事儿找事儿，这个点儿应该让她回家了好吗？！还等他一起走！

她怨念地蹲着咒骂，而这时候，维密的大门口还堵着几名记者，手里拿着话筒和直播台，不知道是打算干啥。

又等了一会儿，林霄他老人家终于露面了。当他从电梯里出来，迈入大堂那一刻，大堂里头的二十多名保镖立即分列成两排，给他开道。而门口的记者们，也立即蜂拥而上，尤其几个女记者，似乎鼻血都要流出来了，眼睛冒着绿光往前冲，那热衷激动的样子，就跟蜜蜂瞅见了一朵花似的。

“林先生，听说林氏打算跟维密合作，这是真的吗？”一名记者上去询问。

林霄顿住脚步，眼角瞟向蹲在门口，脸色焦躁，仿佛有什么事情要急着去处理的顾颜。他嘴角微微扬了扬，犀锐的眸子里泛出一丝恶劣的笑，旋即破天荒地看向记者们，笑着回答：“不错，维密的执行总裁Tom Bloom先生亲自来华，跟我商谈合作事宜，充满诚意。我个人对合作的前景也十分看好。相信维密和林氏的合作，会给大家展现一个不一样的形式，刺激国内这个行业的发展！”

他这话一出，刚刚驱车到门口的弗瑞克嘴角都微微抽搐了几下，少爷可从来不喜欢对着镜头说太多话的，他一向嫌麻烦。所以平时看见有媒体挡道，都是保镖将人驱赶开来，这也导致少爷的形象在记者们心中一向不太好。什么嚣张、张狂、脾气差频频出现在报纸上，而少爷这个人也比较小心眼儿，乱评价他的记者，最后都没什么好下场，后来记者们也不敢瞎说了。

今儿个少爷这是怎么了，转性了？认真回答记者的问题不说，还说了这么长一段。

蹲在门口的顾颜，只听见车子停在自己后头的声音，倒也没回头去看。她非常隐忍地克制着自己的情绪，才努力让自己没展现出不耐烦的神情，沉默着等待，并在内心深处非常期盼他能快点儿说完，然后赶紧放自己走，不要让自己迟到。

然而，林霄就跟完全不知道她的着急，故意跟她对着干似的。竟然笑容满面地面对着记者们，长篇大论，侃侃而谈，仿佛在做直播频道的主播！有人问：“林先生，听说您的父亲已经将他手中百分之二十的股份都转交给您了。是否确有其事？”

“是我用合理的价位，从父亲手中购入。我向来不喜欢被馈赠，父亲也很欣赏我这样的品性。看来各位的消息的确很灵通。”林霄轻笑了一声，和颜悦色地回答。

他天生一张好皮相，这样温柔地说话，让女记者和屏幕前的不少观众都露出了花痴般的神情。这年头，大部分有钱人，总是传出一些私生活不检点的负面新闻。而林霄就是个例外，有钱到举国皆知，高富帅、禁欲系、富二代、红三代，能力超群，二十七岁就成了国际知名的企业家。简直就是标准的王子，就是听说脾气不太好!

但是今天这一见，到底是谁说脾气不好啊?这脾气很好的，简直酥得不行，鼻血都要流出来了好吗!

接着，记者们又问了各种问题，从国际问到国内，从经济问到金融，从公事问到私事，林霄笑着一个一个解答，避重就轻，不厌其烦。恍恍惚惚半个小时就这么耗费过去了，气得门口的顾颜脸都绿了。他老人家在门口扯淡都快半个小时了，他不口渴吗?

弗瑞克也从车里出来，站在顾颜身后，愣愣地看着少爷。真的，跟了少爷十几年，他从来不知道少爷竟然这么喜欢说话。也从来没见过少爷在什么场合，面对问题的时候能够这样有耐心，这么赏脸，如此健谈。弗瑞克认真地想了想……不过今天少爷已经没什么行程安排了，他一定想说的话，说说也是可以的。

“林先生，听说您的父亲很属意凌小姐作为您未来的妻子，但是您的外公比较属意裴小姐，不知道您是怎么看的呢?”又有一名记者开口询问。

凌小姐自然是指位于他们A市军区，凌军长的孙女凌梓苗。而裴小姐，是世界知名珠宝大亨裴继勇的掌上明珠裴糖。

这一下就点出两位名媛，顾颜在边上瞅着，严重怀疑他们是不是打算把财经杂志，写成娱乐八卦。按理说，不管林霄这个人有多么健谈，多么喜欢说话，肚子里装着多少话说不完，都被问到这个了，怎么也不该再废话了。

但是万万没想到，他竟轻笑了一声，那一笑也很是迷人，让记者们都有点儿恍神。旋即，他反问了记者们一句：“凌小姐和裴小姐是谁?抱歉，林某一直在忙生意上的事，倒是很少关注这些。家父和外公也未曾向林某提及此事。怎么，这两位小姐，十分出众吗?还是跟林某有什么渊源呢?”

他的话说得非常客气，语气更是令人感到如沐春风，问的内容更是令人觉得他很诚恳，表示不认识那两位小姐，又不失礼数地解释了几句，完满地展现着绅士风度。

记者们一听这话，还真的有人忍不住开始认真介绍这两位小姐。林霄性感的薄唇一直微微上扬，很耐心地倾听着，眼角的余光却扫向门口脸色越发难看的顾颜。看着她泛绿的脸色，他的嘴角又上扬了几分，显然心情很不错。

顾颜又低头看了一眼手表，七点都快到了！这时候出发，已经是一定会迟到了。

恼怒之下，她打算上前去跟林霄说自己要先走，然而前头的记者们把路堵了一个严严实实，她根本挤不进去！这令她扶额，随即悲愤地回身，就看见了弗瑞克。顾颜上前开口道："这位先生，等会儿里面那位林先生出来了之后，劳烦你告诉他，一个叫顾颜的绝美女子，也就是我，有事儿先走了。明儿个我去林氏报到，再去找他！"

说完，她也不等弗瑞克反应，更不管对方是否答应为自己转达，直接伸手拦车。

她的车停在海滩别墅那儿，瞅着时间来不及了，也不好叫好友们来接，只能先拦车。她心里很是不明白，林霄又不是明星，为啥现在一个企业家，媒体也要疯了一样地采访？就算他在企业家里面算是格外出众的，但是媒体这个反应，未免也太夸张了吧！

而被媒体包围着的林霄，眼看着那女人等不及准备跑了，便不再继续跟这些记者纠缠，回头使了一个眼色给自己的保镖，保镖们立即上前将媒体隔离起来。林霄也客气地道："林某还有事，先行失陪！"

说着，保镖们已经为他开出一条道，他大步走了出来。

顾颜这时候已经站到马路边上拦车去了，并不晓得他已经出来。她正认真地拦着车，一道嗤笑声从她背后传来："怎么，等了一个小时，就不耐烦了？这就是顾小姐的工作态度？"

他的声音好听而充满磁性，然而说出来的话，却让顾颜额角的青筋狠狠地跳了几下。

他们身后的弗瑞克看了这么一会儿，算是明白了。他们少爷今天之所以故意跟媒体这么“亲热”，是因为知道顾颜正在赶时间，所以专程激怒她来着？他怎么不知道他们少爷什么时候开始变得这么……幼稚？

她扭过头看了林霄一眼，在看见他那张完美的侧颜之时，顾颜有一瞬间的恍神。这个男人真的长得该死地好看，霸道凌厉的气质，找不到丝毫瑕疵的五官，还有这令人仰望的身高，真的容易让一个正常人在瞬间变成花痴！

但是顾颜大概对帅哥的免疫力比较强，只是愣神片刻之后，她便调整了一下自己铁青的面色，努力使自己冷静一点儿之后，用尽全身力气扯起一个微笑：“林先生，真是不好意思，现在已经七点了，我认为自己已经下班了！”

他在那边对着那群记者叽叽喳喳了这么久，宛如一只长嘴啄木鸟。她已经耐着性子等了这么半天，他居然有脸说，是她的工作态度不好。

林霄嘴角扬了扬，偏头看向她。那是一种居高临下的姿态，性感的薄唇边，是似笑非笑的味道，他从容不迫地道：“顾小姐，你难道没有听过有两个字，叫——加班？”

顾颜：“……”为什么她觉得，面前这个人贱得这么有节奏？在以一种层层递进的犯贱模式，从表面一步一步犯贱到内里，以有幅度的上升模式展现在她眼前。

她眉心一跳，实在是忍不住问了一句在心里憋了很久的话：“林先生，请问我得罪过您吗？听我爸爸说，今天一早，您就在我家酒店到处找我。下午又忽然把我推荐给Tom先生，我要是没猜错，您刚才跟记者们说了那么多废话，其实就是看我等得着急，故意硌硬我。您不妨说说，我到底怎么得罪您了，反正我也不会因此向您道歉，您可千万别把自己憋坏了！”

从Tom说出自己是林霄推荐来维密的时候，顾颜就看出了三个大写的字——有问题！这还不论，这家伙居然还让自己跟着他，这让她很有种狼来了的感觉。她这话说完之后，就虎着一张脸，满脸不悦地看着林霄，等着对方的答案。她实在是很想知道，自己到底干了什么伤天害理的事儿，得罪了他老人家。

林霄闻言，嘴角含笑，上下打量了她几眼。看他那样子，算是笑容满面，然而不知道为什么，看着他唇边的笑容，顾颜并没感受到几分笑意，倒是感觉有种无边的森寒慢慢地蔓延至全身，让她觉得头皮都有点儿发麻，甚至在对方这样的表情之下，她心里头莫名地心虚起来。难不成之前她跟老爸的猜想是对的，真的是她昨晚喝断片之后，不小心做了什么事得罪了他？

然而，林霄，林氏的当家人，林家的大少爷，世界知名的企业家，他会说“你昨晚把我给睡了，还给了我一百块钱，我觉得你侮辱了我”吗？他当然不会。于是，他薄唇扯了扯，在她不安的眼神之下，开口道：“顾小姐，其实人与人之间，并非一定要得罪过对方，才能为敌的。比如，我一听见顾小姐的名字，就觉得我们大概前世有仇，于是忍不住想找顾小姐的麻烦，还请顾小姐稍微体谅一下！”

顾颜：“……”她真的很想脱下鞋摔他脸上！这世上还能有比这更玄幻的犯贱理由吗？前世今生都扯上了！

他们两个在这儿说着话，那边的记者瞬间又激动了，虽然离得还很远，被保镖们拦着，却完全不能挡住他们高声询问的决心：“林先生，这位是您的女朋友吗？”

记者的话直接踩上了顾颜的某根敏感神经，令她回头看了对方一眼，高声道：“不！他只是我老板的合作伙伴，这位记者先生，我的眼睛还没有瞎，并不会拿自己的幸福开玩笑！”

说完之后，记者、保镖、弗瑞克，和刚刚从维密的大门口走出来的Tom，都惊呆了！

这话的意思，是这位小姐觉得，自己要是做了林霄的女朋友，那就是眼睛瞎了？可是她真的没有搞错吗？林霄是什么人？标准的钻石王老五的n次方，论长相、家世、身材、实力，都是极品中的极品，是各界美女趋之若鹜的对象，到了顾颜嘴里，怎么就成了若她是他的女朋友，就是她眼瞎了，在拿自己的幸福开玩笑？

Tom忍不住咽了一下口水。林霄他很了解，这小子的脾气从来就不怎么样，业内得罪了他还过得好好的人，无论是国际上还是国内，那可是一个都没有。顾颜竟然当众不给他脸，甚至还说出这么一番讥讽的话来，他不禁对顾颜的未来感到一丝丝忧虑!

而林大总裁听了这话，竟然没有直接动怒，那双犀利的眸子里头，反而掠过一丝玩味的寒芒，他还仔细地看了顾颜几秒。她说这话的时候，表情的确很认真，真的是一副很嫌弃他的态度，并非一些小姑娘看多了不靠谱的小说，故意跑来激怒他，引起他注意的手段。

这让他嘴角的笑容更性感惑人几分，却带着几分危险的味道。熟悉他的人，都知道他这是已经生气的表现。他微扬嘴角，面向媒体，大大方方、一本正经地胡说八道："这是顾颜小姐，今日她才取消了跟陈家的婚约。过不了几天，我们就会订婚，我希望能够得到大家的祝福！"

"什么？"记者们震惊了，瞪大了眼。

在场的并没有多少记者对顾颜的脸有印象，但是她的名字，他们还是听过的，顾氏酒店董事长顾建成的女儿，然而顾家跟林氏，根本就不是一个档次的好吗！虽说现在时代已经变了，他们不应该还那样墨守成规，觉得应该讲究门当户对。可是这差距也太大了，他们几乎不敢想象，这两个人能有什么交集。

而站在前头，刚刚对着记者们讽刺完林霄，并觉得给自己好好出了一口恶气的顾颜一听这话，当即一脸发蒙的表情。她回头看了林霄一眼，脸色有点儿发青："林先生，你觉得你在外头这样胡说八道，毁我清誉，真的好吗？"

他肯定不可能跟她结婚，他的家族就不会同意，这点自知之明她还是有的，当然，她也很不喜欢他。而在他们这个圈子里头，要是谁家的姑娘被退婚了，其他大企业家族的人，都会瞧不起她的。她跟陈晓峰，那是陈晓峰犯事儿在先，取消婚约也没什么，毕竟这一次是她提出取消的。但是跟林霄，他这样的出身……

就算她拿个广播，开着车围着全国跑一圈，高呼是她不要他，是她要取消婚约，也不会有一个人表示相信！大家都会坚定不移地认为，要是他俩没结婚，那一定是林霄不要她。林霄不要的女人，又有谁敢接手？他这根本就是想坑死她！

更没想到的是，她这话一出，林大总裁不仅没因为她的话有丝毫动静，还笑着上前一步，对着那帮记者开口道："不好意思，今天有些事情惹我女朋友生气了，所以她现在情绪不稳定，大家不必在意，我们的误会很快就会解开的。"

顾颜："……"他是不是疯了？她跟他今天才认识，而且三分钟之前，他还在对她说，他觉得他们是前世有仇，所以他很想找她麻烦。三分钟之后，她忽然就变成了他的女朋友，还即将订婚，他们正在闹矛盾不是吗？

林霄有精神分裂还是脑膜炎？她之前并没有听说类似"世界知名企业家林霄脑子有问题、精神不正常、行为举止诡异、超出正常人表现范围"这类传言啊！

站在大门口的Tom和弗瑞克也蒙了，这两个美国佬，都严重怀疑自己是不是因为最近工作太疲劳，所以产生了幻觉，或者他们这时候根本就是在做梦！两人几乎同时伸手揉了揉眉心，闭上眼冷静了一下，再睁眼，眼前的场景依旧如此，表明他们并没有产生任何幻觉。

接着，Tom咽了一下口水，上下打量了顾颜一番，虽然这个小姑娘长得还不错，身材也尚可。但和在林霄身边围绕，并无时无刻不想贴上去的众美女、名媛相比，顾颜还真的就是大众化到没有存在感的一个。林霄偏就看上她了？这不科学啊！弗瑞克更是完全不能理解。

记者们一听这话，再看林霄认真含笑的眼睛，登时就完全相信了，并且全部用一种"顾颜一定是上辈子拯救了火星，拯救了地球，拯救了太阳系，拯救了整个银河系，所以这辈子才这么好命"的眼神看着她，就像她捡了多大的便宜似的！气得顾颜脸都绿了。

她正想说什么，她旁边的林大总裁却先开口了，好听的声音，真的能让人觉得浑身酥麻，他温柔地道："颜颜，你不是还有事吗？"

这话倒是提醒了顾颜，她低头看了一眼手表，七点过一刻了，再不走就该被罚酒了！她横了林霄一眼，咬牙切齿道："多谢林先生提醒，还有，请林先生不要再胡说八道，并有劳您叫我顾小姐，非常感谢！”

颜颜？

她这个白眼翻过去，林大总裁盯了几眼，扬起嘴角，很犯贱地说：“顾颜，你本来长得就很一般，翻白眼就更难看了，就算我对你的容貌很包容，但你也要适当地注意一下自己的形象。”

“我去你的！”顾颜忍无可忍，终于把自个儿的鞋给脱下来对着他的脸就砸了过去！要不是他长得太高，她够不着，她真想把他按在地上，把他的脸抽成鞋拔子！

咚的一声，那鞋子当然没砸到他的脸，而是从他身侧擦过，掉到了地上。林霄看着她甩鞋的动作，忽然想起这场景和昨天晚上的某些情景，简直完全重合。这令林霄嘴角的笑意更浓了几分，那危险的气息也更重了几分。

这下，众媒体都沸腾了，纷纷拍起照来，打算将这件事情写进他们的新闻报道里。然而这时候弗瑞克已上前去拦着，并微笑道：“相信各位都是聪明人，知道什么样的东西不宜报道！”

他这话一出，记者们面面相觑，倒没继续拍了，并在弗瑞克有礼的疏散下，各自离开。不少女记者捧着自己碎了一地的玻璃心边走边想，林霄要跟顾颜订婚？也不知道顾颜是走了几辈子的好运，才撞上这样的好事。她居然还敢对着林霄摔鞋！果然是被偏爱的都有恃无恐。

不过，大概这个新闻明天登出去之后，国际、国内的名媛们，都得伤心疯了。也不晓得那个顾颜会不会被林霄疯狂的追求者泼硫酸……

记者们都走了。林大总裁的笑容虽然很好看，却莫名令人觉得惊悚。然而，顾颜根本就不害怕，就在这时候，顾颜的电话响了。

她光着一只脚，以一种近乎仇视的眼神，看了林霄一眼，这才按了接听键，接着，秦玲玲的声音就从电话那头传了过来：“颜颜，我们都到了。你面试怎么样了？出发了没有？”

秦玲玲这丫头是个大嗓门，顾颜的手机又从来是调的最高音，那丫头在电话那头一问，说的话就被林霄听了一个一清二楚。

顾颜原本就一肚子火，都是因为林霄，让她面试上了维密，不仅没有多少兴奋感，甚至还充满了忐忑不安，这会儿也是因为这个贱人，以至于她还在维密门口，都没出发！她回了一句："面试上了，正准备过去！你们先玩吧，我晚点儿到。"

"好嘞！"秦玲玲应了一声，语气很欢快，顾颜正奇怪她在欢快啥，接着那丫头激动的声音就传了过来，"颜颜你赶紧的，超哥今天带了好几个帅哥过来。个个身材长相都是一等一的，包你大饱眼福，真是看看都赏心悦目！"

这大嗓门儿一吼出来，林霄的眉峰蹙了蹙。

很多帅哥？大饱眼福？他嘴角微扯，看顾颜手里的手机的眼神，忽然变得不善起来，令人难以窥探他在想什么，却莫名觉得阴恻恻的。

顾颜根本懒得搭理他，一听秦玲玲这么一说，忍不住笑骂了一句："你个花痴，满脑子就知道帅哥！知道了，我马上就来！"

"那好啦，我先不跟你说了，我跟帅哥聊天去了。你快来，来晚了帅哥旁边就没有你的座位了！"秦玲玲风风火火地说完，就把电话给挂了。

顾颜无奈地摇了摇头，把手机往口袋里一装，单脚跳过去穿鞋，过程中根本没看林霄一眼。

她刚把鞋给穿上，头顶就传来他性感磁性的声音，带着命令的味道："关于跟维密的合作，我打算立即开一个紧急会议。顾颜，会议时间晚上八点半，你必须参加！"

顾颜脸一绿，穿好鞋站直了，盯着林霄的眼，开口道："林先生，按照法律规定，用人单位可以要求员工加班。但在非自然灾害、事故或者其他原因，威胁劳动者生命健康和财产安全，及非生产设备、交通运输线路、公共设施发生故障，影响生产和公众利益，必须及时抢修的情况下，当日加班延长时间不能超过三小时，否则员工有权拒绝加班！维密的下班时间是五点，您要求的与会时间是八点半，超过了三个小时，所以我拒绝！"

"看来顾小姐对《劳动法》很了解！"林霄点点头，做明白状，旋即扫了一眼还僵在门口的Tom，从容地说，"所以，顾小姐的意思是，对于你人生的第一份工作，你打算因为自己不想加班，让这个企划案告吹，让你的老板，为你不愿意为公司奉献付出的行为埋单？”

这下，Tom的脸色先青了。从林霄的行为来看，仿佛是在泡妞，但是以这么多年来，Tom对林霄的了解，这小子分明是在整顾颜！可是他挺想说，既然这是林霄和顾颜之间的矛盾，那么他们两个处理就好了，为啥非得扯到取消这个案子上来，让自己的心脏也跟着忐忑呢？

“你！”顾颜被他气得实在是不知道说啥好！她伸出一只手指着他，眼角的余光看见Tom瞬间变得苦哈哈的脸，一时间陷入两难境地。

深呼吸了一口气之后，她耐着性子开口道：“林先生，今天晚上我有一个很重要的约，是我的朋友们专程为我准备的聚会，我已经答应了。我重诺，已经答应他们的约，不能不守。所以我希望林先生能理性地对待这件事情，倘若这个会议真的这么重要，并且一定要我参与不可，林先生可以让人录音发到我邮箱，我回去之后一定认真听一遍，并用最快的速度整理出林先生希望我提出的建议以及看法！”

她并不是贪玩的性格，也不是非得去KTV玩不可，只是已经答应朋友的事情，她不愿意随便爽约。尤其这一场聚会还是为她准备的。

她这话一出，林霄讳莫如深，盯着她不说话。看她一张脸上的确满是为难与认真，眉梢还有淡淡的不悦。那种不悦的情绪在她那张漂亮的脸蛋上，让人看起来觉得有些刺眼。莫名地，林霄不想看见她这张小脸上出现这样的神情。他耸了耸肩，扫了弗瑞克一眼。弗瑞克立即拉开车门，接着听他说道：“上车！”

顾颜一愣，还没反应过来，就见他直盯着她。

停在门口的，是一辆限量版布加迪。纵然出入维密的人，大部分属于高收入群体，但不少人艳羡的目光还是扫了过来。不过也就只能远远看两眼，林大总裁跟前，从来都是保镖围绕，他们也靠近不了。

看她愣着不动，林霄重复了一遍：“上车！”

“上车干啥？”他不会一定要拖着她去开什么会吧？

林霄看她还是站在原地，耐心终于耗尽。他迈开大长腿走到顾颜跟前，跟拎小鸡似的把她提了起来，直接往车上走："你要去的地址。"

"喂！林霄，我警告你，你这是侵犯我的人身自由，你……"顾颜很生气，她的偶像Tom还在不远处看着呢，林霄这个浑蛋，竟然直接拎着她走，这像话吗？她在偶像面前的形象，她……

她好想打他！

她恼火的话说完，林霄看她一眼，语中带笑："来往没有车，你非得坚持自己叫出租车？"

他一问，顾颜瞬间沉默了，说的也是，她在这儿站了好一会儿，也没看见一辆出租车经过。这时候她已经迟到了，继续耗着只会迟到更长时间，现在有免费的司机，不用白不用！看她不挣扎了，林霄成功地把她拎上车。

Tom目瞪口呆地看了几秒，眼睁睁地看着那辆布加迪扬长而去。他觉得中国人真的太复杂了，和林霄认识也快十年了，从今天这件事情上，他完全看不懂林霄，不知道他到底是在打什么主意。

顾颜上车之后，也懒得搭理林霄，直接把KTV的地址报了出来。

司机看见林霄轻轻点头之后，加足马力，往目的地狂驰而去。前后都是护航的车，里头全是保镖，这让顾颜忍不住怀疑，林霄到底是做了多少缺德事，才必须出门的时候都这么谨慎，前后左右都是豪车护航，这么担心被人砍了？

她若有所思的表情，落入她身侧的林霄眼中。几乎不用多想，他就能知道这个心思都写在脸上的女人在想些什么。他性感的薄唇扯了扯，低沉好听的嗓音，却说出很找抽的话："怎么？在想你这样毫无优点的女人，到底何德何能，才能让我亲自送你？"

他这话一出，坐在前头副驾驶位置的弗瑞克先揉了揉眉心，两根面条泪险些掉下来。他实在不晓得少爷的行为是属于贱着玩玩，捉弄一下顾颜，还是属于没谈过恋爱，情商太低，所以根本不知道咋说，于是说出来的话全是花样作死！

顾颜额角青筋一跳，亏得她还因为他送自己，产生了是否要对他改观的念头。现在这么一看，他贱得这么有节奏，能改观吗？她嘴角一扯，扭头看着他毫无瑕疵的侧颜，语气很嘲讽，却捂脸故作羞涩："其实我不仅仅想着林先生说的这个问题，还认真地思考着，林先生是不是对我有意思。林先生是不是从来没见过我这样能跟您叫板的女人，看见彪悍的本宝宝，觉得本宝宝太特别了，所以林先生玛丽苏地对我怦然心动、非我不可？哎哟，我一路都在想这些有的没的，真是好害羞啊！"

"真是好害羞"这几个字，她是一字一顿地铁青着脸，从牙缝里挤出来的。

一听她这话，就是向来淡定的林霄，嘴角也忍不住抽了抽。然而，林霄毕竟是林霄，他竟看她一眼，认真道："顾颜，你的想象和你的容貌成反比！"

顾颜脸一青。所以他的意思是，她想得很美，但是长得很丑？

她假装没听懂，磨牙道："哎呀，您说得对！竟然想象自己被您看上，我也觉得我把自己的人生想得太凄惨了。这跟我美丽的容貌，根本完全不搭调，我以后不能这样瞎想了。"她正在心里努力地说服自己，不要生气，不要生气，不要跟这个嘴贱的浑蛋一般见识！但是她心里头明白，他要是再说一句惹她发飙的话，她可能真的会忍不住抽他一个大嘴巴！

他冰冷的眸子染笑，睨了她一眼："顾颜，你很有意思！"

"哈？"她怀疑自己听错，扭头看了他一眼，仿佛在看一个智障，完全就是关怀傻子的眼神。

林霄仿佛看不懂她的眼神，性感精致的唇角微微上扬："去KTV是吗？不介意多我一个人吧？"KTV里有许多帅哥？嗯？

弗瑞克一蒙。少爷向来不喜欢太吵闹的地方，对KTV和酒吧这类场所从来都是敬而远之，今儿个怎么有了这心思？

顾颜瞟了他一眼："我可以拒绝您吗？"

她话音一落，他忽然转过身，靠近她，男性的荷尔蒙气息和压迫感，让顾颜的屁股忍不住往后头挪了挪，跟他保持一定的距离。而近距离地看着他这张好看脸蛋的时候，她也有一点恍神："你想干啥？"

"顾颜！"他眸色微深，和方才那吊儿郎当，说话气她的贱样儿浑然不同，倒是透着几分身为商界王者惯有的威压和冷锐气息。他逼近她，薄唇几乎就要碰上她仰起的脸，声音很好听，却带着威胁的味道，“我认为，如果你足够聪明，不会随便拒绝我。毕竟，维密的企划案也好，顾氏的未来也罢，都是我一句话就能决定的事！”

维密的合约并没签，自然是一句话就能取消。即便签了，他林霄也不在乎赔偿那么一点儿违约金，总归吃亏的是维密。至于顾氏……

顾颜眉头皱起，维密的事情他拿出来说就算了，她早有心理准备。可是没想到，他竟然把顾氏也扯进来！这令她心头骤然冒出一把火，瞪着他道：“你的意思是，我要是不听你的话，你就会整垮顾氏？”

林霄瞳孔微眯，看着她气得脸皱成包子的小模样，莫名觉得很想笑。他微微扯起嘴角，轻声说：“顾颜，你认为我要是想动顾氏，需要亲自动手？只要我现在放句话出去，说顾氏得罪了我，明天顾氏的股票就会跌到顾建成破产，你信不信？”

这下，顾颜的脸色彻底难看了。

她当然信！林氏在商界是不能撼动、不可开罪的存在。要是让人知道他们顾家得罪了林氏，那么手中持有顾氏股份的人，都会忍不住赶紧抛售出去，因为谁都知道林霄狠厉的性格，他都放出这种话了，那就一定会整垮顾氏，所以股东们肯定会认为，顾氏的股票定然是赶紧卖出去的好，运气好还能保个本！那的确会让顾氏被整垮。

她没说话。林霄又凑近几分，那张脸好看得让人心动，却让顾颜只有踹一脚的欲望。他笑笑，看着她僵住的漂亮脸蛋，继续说：“你还打算继续拒绝我的提议吗？”

顾颜表示她完全看不懂他到底是在打什么主意。她这么明确地拒绝嫌弃，他竟然还威胁她，表示他非去不可。脸上表情扭曲了几秒钟之后，她磨牙道：“林先生，您如此执着，是因为您这辈子没去过KTV是吗？既然这样，出于人道主义同情，秉承爱国也爱人民的原则，加上您今天都这么认真地拜托了，我就勉为其难地答应您好了！现在请您坐好，稍微离我远一点儿！”

弗瑞克的心声：她还真的猜对了，少爷这辈子还真没去过KTV。中国人真的好热心啊，这么有同情心，看在少爷没去过的分上，她居然答应了！嗯，好像有什么地方不对……

话音一落，林霄笑了，倒是按照她的意思，坐正了身子，开始闭目养神。

顾颜黑着一张脸，瞟了他一眼，在心里默默地诅咒这货早点儿家徒四壁，早日遭到拿他的身家威胁她的报应，看他以后还得意什么。而林霄双手抱臂，并未睁眼，好像知道她在想什么，笑笑道："顾小姐，在我如你所愿，家徒四壁之前，你似乎还没有跟我抗衡的本事，所以至少眼前这段时间，你最好还是老实一点儿！"

"你是算命的吗？"居然连她在心里诅咒他家徒四壁都知道。

他竟闲闲一笑，偏头看她一眼："我不会算命，只会算人心。有的人很蠢，只一句话就能被我看透，而顾颜你蠢得比较杰出，所以，你不说话，我也能看透你。"

顾颜："……"她想杀人可以吗？

她正在心里衡量，是为了顾氏考量，忍一忍算了，还是揍他一顿，车子就到了目的地。她有点儿愣神，这么快就到了？

正奇怪着，就见那贱人把他那张完美的脸侧过来，对着她继续找抽地道："奇怪为什么这么快就到了？顾颜，当你发现跟我在一起，时间过得特别快的时候，说明你很可能在暗恋我！"

说完这话，他便下了车。

顾颜原本就铁青的脸色，这一秒钟又绿了！她这辈子虽然的确没见过比他更好看的男人，但也绝对没见过比他嘴巴更贱，更自作多情、厚颜无耻、臭不要脸的男人！她也明白，并非如林霄所言，她暗恋他，所以时间过得快，而是因为她这一路上都被他气得吐血，所以根本没注意到时间的流逝！

她愤恨地下了车，到了约定的地点——"TimeShow"KTV。

而这时候，整个"TimeShow"KTV的大门口，不少艳羡的目光看向林霄的那辆限量版布加迪。这世上很多东西是有钱就能买到的，但更多东西是有钱都很难买到的，能开这样的车，除了意味着身价不凡，还意味着在上流社会，有足够强大的人力资源。

出入“TimeShow”的，要么是创一代，要么是富二代、红三代，就这么一辆车，还是很能说明来人的等级的。

林霄和顾颜，很快成为焦点。保镖们也立即下车，站在两侧开道。弗瑞克一挥手，司机们开着车，先去了地下停车场。这架势一来，站在门口的贵公子、名媛们，都很自觉地往旁边让了让。投在林霄那张性感惑人的脸上的目光，都在刹那变得惊艳，并在认真地打量着这个近乎完美的男人。

投在顾颜身上的目光……

顾颜正把自己的脸遮着，她觉得自己是一个很低调的人，实在是不习惯林霄这样的出场方式，搞得所有人都看过来。她能站到一百米开外，表示自己不认识这个酷爱装的人吗？又不是明星在奥斯卡颁奖典礼上走红毯。

KTV门口齐齐站着两排帅哥美女服务员，对着他们弯腰鞠躬：“欢迎光临！”

接着就有服务员上来询问：“请问两位……”说着，他的眼神忍不住看向林霄。这真的是一个天生就有王者气场的人，往这里一站，就能轻易夺走所有人的目光，男男女女，都能为那张脸痴迷。然而他眉宇间的冷厉，又让人觉得不敢冒犯，让人看完一眼之后，就会马上收回目光。

“我有朋友已经先到了，在T102，带我们过去就行了！”顾颜遮着脸，飞快地说出这么一句话来。

服务员奇怪地问了一句：“这位小姐，你为什么遮着脸？”

按理说，顾客的行为，他们是不应该质疑的。但是出入“TimeShow”的，基本是社会名流和身份不一般的人，要是混进去来历不明的人，威胁到客人的人身安全，谁都负不起这个责！出于对顾客负责的态度，他很客气地问了一句。

这话也等于是问出了不少人的心声，其实他们也很好奇，能在那么出色的男人身边，这女人到底长啥样儿，以及她遮着脸是干吗。于是这会儿都竖起耳朵听着。

顾颜脸一臊，心里也有了几分尴尬，正打算把遮着脸的手放下来。林霄那贱人已经先她一步，回答了服务员的问题。他含笑的话，噎得顾颜险些吐出一口血："这位是我未婚妻，她每每跟我一起出门，都觉得自己配不上我，心里非常羞愧，所以常常遮着脸。"

"喔——"服务员恍然大悟状，竟然相信了。因为林霄这张脸、这身材，还有这排场，用脚指头想都知道身份地位不凡，标准的钻石王老五，指不定比普通的钻石王老五还高几个档次，有人在他身边觉得配不上他，这也是正常的。

旁边的群众也都是一副原来如此的表情，怄得顾颜不行。她放下遮着脸的手，一不做二不休，挽着他的手臂，对服务员说："哈哈哈……你还真的相信了？这是我养的小白脸，平时就是这么调皮，总喜欢这么开玩笑，你们不要往心里去！我遮着脸，就是觉得灯光有点儿刺眼。麻烦带我们去一下T102，谢谢！"

她的话说完，林霄下意识地低下头，看了一眼她挽着自己胳膊的手，听着她的一句"小白脸"，他嘴角微微扬了扬，笑得很是好看。弗瑞克在旁边默默地抹脸，他可太明白了，少爷笑得这么……好看，也就意味着，他很生气。

服务员和围观的群众也是蒙了，难以置信地看了林霄一眼。怎么也不能想象，看起来这么有气场的一个男人，居然是顾颜养的小白脸。简直了！不少名媛的眼睛都要冒绿光了，她们觉得自己就算不是随便的女人，可要是有养这么出色的小白脸的机会，她们也是会忍不住蜂拥而上的。

林霄倒没说话，只伸出手拍了拍她的脑袋，那是一个顺毛和压制的动作。一切尽在不言中。并不是所有的事情一定要讲明白，才能让大众清楚的，有时候一个很细小轻微的动作，已经足够说明问题了。比如，林霄这样一个动作，就会让人很不自觉地认为，这是顾颜在耍小脾气。

于是顾颜的脸又青了……她其实并不是一个暴躁易怒的人，但是今天已经被这个男人惹得不知道想发火多少次了！服务员也是看不懂他们了，干笑着在前头带路，倒是不少围观的群众，在林霄和顾颜从他们的视线中消失时，眉梢都皱了皱，刚刚那个男人，其实有点儿眼熟。

到了T102的门口时，里头传出一声狼嚎，不知道是谁的声音，总之很难听，顾颜被林霄气得还蒙着，没有心情去分辨。他们在门口站定后，林霄的那一群保镖立即在门口站了一排，保护得严严实实。还有人出门到大楼外去观察窗口，搞得仿佛来了哪国的领导人！顾颜向天翻了一个白眼，也没吭声。这白眼，自然也落入了林霄眼里，他也没说话。

服务员笑着推开门，顾颜迈步进去。

她刚出现在门内，包厢里头的张超就站了起来，他留着很长的头发，扎在脑后，下巴上的胡子也有点儿长。穿着一身很潮很潮的衣服，笑着走到顾颜面前，张开双臂："颜颜你可来了！等你好久了。陈晓峰那犊子的事儿，哥已经知道了，来，抱一个，安慰你一下！别伤心，一个男人罢了，明儿个哥送你个电动的！"

说着，他已经给了顾颜一个熊抱。林霄眉梢微微一蹙，嘴角的笑意深了几分。

顾颜的脑门儿上全是黑线，她避开张超的怀抱，象征性地拍了拍他的肩膀，张超这个人就是这样，嘴巴污得没救，跟"老司机"似的，开着车随便一跑就是几十公里，一说话全是污的精髓。顾颜无语地回了一句："好意心领了啊，电动的那什么，实在要买，买给子瑜，让她晚上好好伺候伺候你！"

伺候这两个字儿，顾颜咬得很重，暗示意味大家都懂。

张超立即做出一副被吓到的惊悚样儿，后退了一步："别这样！"他说着这话，抬头看见了门口的林霄，表情僵了僵，像是呆愣了一下，随即客气地伸出手，"林先生，幸会！"

林霄嘴角微扯，极有风度地伸出手和他握了握："幸会！"

一看张超仿佛认识林霄，顾颜立即像是对待一个皮球一样，果决地把林霄踢给了他："超哥，他是我公司老板的客户，我对他这个人实在是无话可说，所以就麻烦你帮我招待他了，拜托！"

说完她大步往人堆里走去，自顾自坐到秦玲玲身边。林霄眉梢挑了挑，看了这女人一眼。说实话，她真的很容易就能让人有想掐死她的冲动！她对他实在是无话可说？嗯，很好！

张超也是嘴一抽，在他的印象里顾颜不是这么没礼貌的人，林霄到底做了什么，能让她说出这么不客气的话来？但他认识林霄，却不代表林霄认识他，这个担子他可不敢随便接。他心里头也是奇怪，顾颜认识这尊大佛就很让人惊悚了，她居然还能把人给带来。

他干笑道："颜颜就是这么喜欢开玩笑，林先生不必介意！"随即以一副不卑不亢的态度，伸手做出一个"请"的手势。

事实上从林霄进来那一刻起，整个包厢内都安静了，扯着嗓子瞎号、从来自诩对帅哥不感冒的徐艳，都痴痴然拿着话筒看着林霄，傻站着，宛如一个智障。秦玲玲更是完全看傻了，直接一把扯着顾颜的胳膊，一脸花痴地瞅着林霄问："颜颜，从哪儿找来的这么帅的帅哥？你藏得够深啊！"

顾颜嫌弃地把她挽着自己胳膊的手扯下来，并且语重心长地小声教导："你别老是帅哥帅哥，看见帅哥就不知道自己姓什么，这世上有些人真的除了长得帅，一无是处，并且浑身都是缺点，让人听见他说话就想把他的脸抽成鞋拔子。这货就是个中翘楚！再说了，你心里装着的不是我哥吗？"

两人说话之间，张超已经带着林霄坐了过来，在张超的眼神示意下，顾颜旁边的人很快往边上挪动，把位置让给林霄。

林霄这一落座，看着他那张完美的脸，秦玲玲咂咂嘴，瞟了顾颜一眼："你这个人真是的，怎么对帅哥一点儿宽容的心都没有？长得帅的人有点儿缺点怎么了？我一向对颜值高的人特别宽容。过来过来，你不想坐他身边，让我坐他身边。"

说着，她很粗暴地把顾颜往她左边一扯，就这样换了一个位置。

四面的美女们一看秦玲玲这架势，一个个也忍不住了，全部贴上来，在林霄的左右坐了一个严实，林霄左边的顾颜和右边的张超，全部被挤到了一边去。林大总裁剑眉微微扬了扬，在这些女人凑过来的时候，眉宇间浮现出一丝不悦，已经动了点儿怒气。

而这时候，秦玲玲忽然神神道道地问了他一句：“哥们儿，说！你是不是看上我们家颜颜了？想不想追她，我教你啊！”说着一阵挤眉弄眼。

林霄愣了愣，眉宇间的不耐烦分散了一些，倒是客气地说了一句：“不必！”

KTV的声音有点儿大，徐艳唱的歌伴奏还开着，里头放着需要扯着嗓门撕心裂肺才能吼出来的歌。所以这时候已经被秦玲玲挤到一边的顾颜，在这么大的噪声之下，也听不清他们在说什么。然而就这么半分钟而已，他已经被四个美女包围了，这也让顾颜扯了扯嘴角，表情鄙视又嫌弃，好吧，还有一点儿嫉妒。

他还真是人生赢家，有钱有势有长相就算了，来个KTV都能被一堆美女包围。

林霄正打算起身，从这些女人身边挪开，这时候，门外忽然传来弗瑞克的声音：“先生，请出示您的身份证明，否则您恐怕不能进去！”

顾颜瞟了张超一眼，难道是超哥的其他朋友到了？要真是这样，人被林霄的人拦在外头，检查身份证件，不用说，肯定会被搞得兴致全无！这么一想，顾颜几乎是毫不客气地扭头瞪了林霄一眼。收到她的眼神，林霄抬了抬眼，声音不大也不小：“让他进来！”

“是，少爷！”弗瑞克听到了，立即打开门。

张超也有点儿奇怪，他的朋友该到的可是全到了，顾颜是来得最晚的，还有谁没来？门打开，出现了一张俊秀的脸，是个小鲜肉帅哥，然而，这里的大多是帅哥美女，他的容貌丢进来也是不出众的。尤其林霄那张脸，简直是造物主的杰作，怕是谁的脸到了他跟前，也是被比下去的，所以不认识他的，只是看了一眼，就收回了眼神。

顾颜和秦玲玲却愣了愣。顾颜还没什么反应，秦玲玲先怒了：“陈晓峰，你个王八蛋，你还有脸来？”

顾颜看着门口那人，心里很纳闷儿，他跑来干什么？

陈晓峰？顾颜即将取消婚约的未婚夫？见顾颜的眼神放在门口那男人身上，表情有些惊愕，还有点儿复杂，林霄眉梢微微蹙了蹙，身上莫名多出了几分戾气。他看向门口，性感磁性的声音听起来很不客气："说来意，或者立即滚出去！"

一听这话，其他人都愣了愣。大家大多不认识林霄，因为他从来都是出入在国际场合，也很少在媒体面前露面。张超是在巴黎留学的时候，偶然在一次上流社会的宴会上看到过他，但也只看到过一次，只是印象深刻，今天才能认出来。可没认出来，也没看到门口那么多保镖的人，听完林霄这话，就都为林霄捏了一把冷汗！

至少在A市，陈家的势力是足够庞大的，没几家敢跟陈家的人公然叫板，敢公然叫板的，基本上是一个圈子里头的人，彼此都认识。所以看林霄这么嚣张，他们有点儿为林霄的前景担忧，别说以后怎么样了，一会儿陈晓峰要是恼羞成怒了，直接喊几个人把林霄揍一顿也是有可能的。

陈晓峰也皱了皱眉，先是被秦玲玲骂了一句，又被林霄这样说，大概同性总是相斥的，所以他没计较秦玲玲那句话，却是看向林霄，下巴微仰，不客气地说："让我滚出去？你以为你是谁？你又知道我是谁吗？"

他的话刚说完，顾颜和张超都为他捏了一把冷汗。这会儿不知道谁是谁的，是陈晓峰他自个儿吧！

林霄倒来了兴致，随手拿起面前桌案上的一杯香槟，扬眉看向陈晓峰："哦？那你说说你是谁？要是能吓到我，这杯酒我请你喝了！"

陈晓峰冷笑了一声，一副根本不屑跟林霄说话的态度，直接就转脸看向顾颜："顾颜！你不觉得你太过分了吗？"

这时候包厢里头还有点儿吵，顾颜看了徐艳一眼，用嘴型示意她把音乐关掉。徐艳立即调了静音，包厢里立刻安静下来。

顾颜瞟了一眼她今天一直不怎么看得惯的林霄，模仿他装范的样子，也端起一杯香槟，拿腔拿调地开口："哦？那你倒是说说，我怎么过分了？"

说完顾颜也是得意上了，哎哟，这语气、这腔调，说出来之后，感觉还真的挺爽的。难怪林霄喜欢这么说话，说着都觉得自己很牛啊！

这两人都很拿腔拿调，让原本情绪就非常恶劣的陈晓峰心情霎时更加恶劣了。

他大步走到顾颜面前，表情阴沉，咬牙切齿地说："顾颜，你一点儿旧情都不念，坚持要取消婚约，这也就算了……"

"等等！我跟你可没什么旧情，你不要说得很暧昧，好像我以前很喜欢你似的。"顾颜眨眨眼，很不客气地打断了他的话，说完这句之后，她又继续说，"好了，你可以继续说了。"

林霄闻言，眉梢微挑，嘴角染上了笑意。这女人，真是……

陈晓峰一肚子怒火，说了一半的话骤然被人打断，继续说当然可以，但是他已经找不到感觉了。这让他原本就绿着的脸色，很快紫了，在包厢内五颜六色的灯光的照射下，显得更加色彩斑斓！他铁青着一张脸，瞪了顾颜半天，长长地舒了一口气，接着说道："你竟然当着媒体的面，把那种照片公布出去，你……"

"哟，有的人都敢做，还不敢让人往外公布照片啊！"秦玲玲冷笑了一声，忍不住在旁边接了一句。

顾颜也看向陈晓峰，表情看起来很纯洁："我觉得这件事情你应该怪贾甜甜，要不是她在我家酒店门口哭闹，说我是第三者介入你们之间，我也不会为了解围，把照片公布出去。你总不能让我为了你们一对狗男女的名声，把我顾氏的前途和我的名声搭上吧？"

"一对狗男女"这几个字，顾颜说得很顺畅。

陈晓峰听见这几个刺耳的字，脸又是一僵。他堵在顾颜面前，说不出话来，尽管顾颜的话其实在情在理，原本就是他和贾甜甜做了对不起她的事，她完全没必要为了保全他们两个的名声，拿她自己的名声和顾氏的前途开玩笑，但他陈晓峰的这种丑闻爆出去之后，明天陈家的股价必然会跌成狗。

不用想，他都知道整个陈氏的董事会已经乱成了什么样子。

顾颜看他不说话，把手里的杯子放下，笑着开口道："说不出话来了吧？那就请出门右转，立即离开，不要扫了我跟我朋友们出来玩的兴致。陈晓峰，如果你以为我顾颜是那种人家对不起我，我还要圣母心，善良大度地不惜牺牲自己来保全别人的人，那你就想太多了。那种人家捅我一刀，我还要在乎人家死活的女主角的人生观和价值观，我目前还学不来！”

她这话一出，林霄嘴角扬了扬，眉宇间的笑意又重了几分。

陈晓峰一时间也不知道说什么好。顾颜就这么下了逐客令，他觉得自己脸上一点儿光都没有，于是铁青着一张脸，指着顾颜的鼻子说道："也亏得你打算取消婚约，不然你这样心肠歹毒的女人，我也消受不起！”

“嗯，只有贾甜甜那样会爬上闺密未婚夫床榻的女人，和你才是绝配！我觉得你们两个很合适，祝你们百年好合，早生贵子！”顾颜手里的酒杯往前头送了送，一副敬酒的客气模样，脸上的笑容还很发自真心，没有丝毫被男人背叛的难过。陈晓峰就这么看着她的脸，竟莫名生出了几分挫败感。

他还以为顾颜来KTV是喝酒买醉，却没想到看她的样子，根本比谁都潇洒。所以自己和贾甜甜干的这件事情，除了砸了陈氏的名誉，毁了贾甜甜的名声，对顾颜并未造成任何不好的后果。这让他越想心里越是不服气！

他冷笑一声道："顾颜，我告诉你，你会后悔的！”

这会儿，倒是在边上坐了半天没吭声的林霄微微扬了扬眉梢，往沙发上一靠，手中还拿着酒杯，从容不迫地看向陈晓峰，闲闲开口："顾颜，听说你舅舅最近在跟陈家争一块地皮？”

“嗯……啊？”顾颜愣了一下，才扭头看过去，想了一下，点点头，“好像是的。”家里的事情，尤其是生意这方面，她其实不太管的，也就前几天去看外公的时候，听见舅舅提起过这件事，因为涉及陈家，所以舅舅说起的时候，不是很高兴。

林霄颔首，笑着说："告诉你舅舅，只需给出正常的价位，那块地皮就是他的了！”

他话音一落，在场好几个房地产家族的千金公子，面面相觑了几秒钟。陈家和顾颜她舅舅抢的那块地皮，其实他们早就有所耳闻，是一块处于开发区的地皮，只要买下来，以后一定价值大涨，所以两家几乎是使出浑身解数，抢得不可开交。这两家都抢成这样了，其他家也就没怎么动。

听说这两家是什么能用的、不能用的法子都使出来了，钱也都砸了不少，常言道买卖不成仁义在，就是生意不成，也不至于要成仇。可是这两家的当家人，竟然颇有要因此翻脸的架势，上次在一场宴会上还起了冲突。两大世家都争不下的一块地，这小子一口就决定了？这口气未免也太大了吧！

秦玲玲都忍不住扯了一下顾颜的胳膊，小声问了一句：“这人到底是谁啊？”嚣张成这样！特别是他刚才对陈晓峰说话的那个口气，完全就是常年站在金字塔顶端俯视的人，才能有的，再加上这么一句，她想不知道对方是个大人物，都很难了！

秦玲玲生平就爱两件东西：一件是车，一件是帅哥。

顾颜对她太了解，于是她也没说别的，就说：“他开的那个限量版布加迪，全球仅售五辆。就是你前几天指着屏幕，哭着说把你家的股份还有你自己一起全卖了，大概也买不着的那辆……”不仅仅贵，而且有价无市。

秦玲玲咽了一下口水，坐稳不说话了。她现在忽然觉得自己刚才和这么牛的人说了一句话，好荣幸啊。不知道再说两句，对方有没有可能把那辆布加迪借给自己开两天，不，两个小时，不……让她上去看两分钟她就满足了！

而顾颜的下一句话，险些让秦玲玲直接从沙发上栽下去：“对了，他就是下午咱俩讨论了很久的林霄。”

秦玲玲瞪大了眼珠子，险些被噎死：“纳尼（什么）……”

她们两个在这边交头接耳，是用一种说悄悄话的模式说的，陈晓峰自然没听见。他瞪着林霄，冷笑了一声：“哥们儿，你这牛吹大了吧？

长了一张小白脸，别是被哪个富婆包养的，过了几天滋润日子，不知道自己是谁了吧？”

顾颜嘴角一抽，莫名开始有点儿同情陈晓峰了。回过神来的秦玲玲，也和张超对视一眼，耸了耸肩，一同给了陈晓峰一个关怀猪头的眼神。

本来以为林霄听见这句话得发火，万万没想到，他竟然忽然起身，伸手一把把顾颜扯到怀里，再一次坐下，瞟向陈晓峰，笑道：“嗯，不错。我就是被这个富婆包养了！”

然后顾颜的脸又绿了！

她恼火地打算把他推开，然而他的手放在她腰上，胳膊用力，顾颜怎么也推不开。抬头看见陈晓峰一脸原来如此的表情，顾颜还没吭声，陈晓峰就先冷笑了一声，他额角的青筋还跳了几下。看着林霄抱着顾颜，他莫名有种自己被人戴了绿帽子的感觉：“好啊！顾颜，你有脸说我，你自己都养小白脸了，有什么资格指责我行为不端？”

这下顾颜才算是明白，林霄这个贱人，这行为其实就是在报复她之前在外头对服务员说他是她的小白脸。她又努力地扯了扯林霄的胳膊，说实话实在不习惯跟男人靠这么近，她没理会陈晓峰，只咬牙切齿怒道：“林先生，你能要点儿脸吗？”

秦玲玲和张超还有门口的弗瑞克默默地看着，咽了一下口水，他们表示他们也完全看不懂了。唯一合理的解释，是林霄对顾颜有意思。但是这可能吗？以前根本就没听说过这两人认识啊！

她这么一吼，林霄根本没理她，扣住她腰肢的胳膊反而更紧，让她更没办法推开他。

陈晓峰看着两人拉拉扯扯，纠缠不休，心头也不知道是怒火还是妒火，一阵一阵往上冒。他抡起拳头，对着林霄打了过去：“跟老子抢女人！”

然而，他的手还没到林霄跟前，林霄嘴角淡扬，伸手便截住了他的拳头。门口的弗瑞克眼神一冷，就要叫人进来。林霄眼角的余光却往门口扫了扫，示意他不要妄动，弗瑞克皱了皱眉头，没让人进来，由着自家少爷和陈晓峰周旋。

也是，少爷到底是在特种兵部队训练过的，司徒老军长一手调教出来的宝贝外孙，陈晓峰这种养尊处优的公子哥，根本就不可能是少爷的对手，他们也不用操什么心，少爷大概只是很不屑和这样的人动手罢了。

陈晓峰也没想到林霄居然能把他的手截住，这让他愣了一下，手顿在半空中，眼神一深，更加用力地伸手往前，想用蛮力跟林霄对战。却没想到，他脸都憋青了，拳头还是被林霄握在掌心里，动弹不得。

相较他憋青了的脸色，林霄却不动如山，嘴角还有几分淡淡的笑，显然根本没把面前这人放在眼里。他老人家还很悠闲地低头，看了被他扣在怀里的顾颜一眼，问了一句："顾颜，我这算是人生里，第一次为女人打架，你是不是应该奖励我一下？比如献个吻，或者立即发誓一定要嫁给我，照顾我终生，来表达感动？"

顾颜脸一绿，咬牙道："林霄，你想上天吗？你信不信我砍你？"这个臭不要脸、恬不知耻的男人，真的分分钟让人有砍死他的冲动！要不是她三观正，法律意识强，估计她早就忍不住拿刀了。

她恼火的话一出，林霄立即扬声笑起来，心情貌似很好。

陈晓峰看着他们若无其事地说着话，仿佛当他不存在，他的脸色更加难看了，拳头想往前伸不行，他就干脆往后缩，没想到用力扯了几下，还是不能把自己的手扯出来，却见林霄脸上的笑越发戏谑玩味，那眼神就跟看不起他似的。而他努力了半天，也没有把手腕抽回来半点儿的迹象！

最终他瞪着林霄，怒吼道："放手！"

继续这样僵持着，他只会更加丢脸。然而怎么也不能抽出自己的手腕，除了让对方主动放开，他已经没有别的办法。

他这一句话吼出来，林霄却好脾气地笑了，还真的听他的松开了手。

然而，陈晓峰在说这话的时候，整个身体还在后仰，努力想抽出自己的手腕，所以林霄一放手，他就往后一摔，一屁股坐在地上，成功地摔了一个四仰八叉。尤其那屁股落地的时候，尾椎骨还坐到了一个硬物上面！

咚的一声，又是一摔一滑，成功地造成了二次伤害。

尾椎骨处传来的疼痛让他眼泪都险些飙出来，那张还算俊秀的脸，几乎瞬间就扭曲起来，疼得他咬牙切齿，龇牙咧嘴。

顾颜下意识地回过头看了林霄一眼，从刚才林霄松手的力度和角度来看，她怎么觉得……让陈晓峰对着那个酒瓶子一屁股坐下去，是林霄故意的?

早就算计好方位和力度，让对方完美地执行了这么一摔?只是一屁股摔在地上，也就只是丢脸了，疼不到哪里去。但要是摔了尾椎骨，一切就都不一样了。大概以陈大公子的娇生惯养，不去医院躺几天，是不会出来了。

陈晓峰直接怒了："你……你……"

"怎么?一个小白脸都打不过，你还有脸恼羞成怒?何况是你让我放手的，不是吗?"林霄脸上带着几分笑意，从容不迫地盯着对方。与陈晓峰的暴怒相比，他简直淡定得不像话！

顾颜仰天翻了一个白眼，也算是明白了，林霄的行为就是在报复陈晓峰对他的不客气。"小白脸"这三个字，他老人家大概真的不怎么喜欢。就这只顾着讶异的工夫，她也忘了挣扎着从他怀里出来。

陈晓峰原本就因这一跤摔得脸色铁青，眼下更是被林霄这句话气得脸都绿了，爬都爬不起来，张超更是不客气地直接说："陈先生，我的朋友们都是冲着高兴来的，你要是来搅局，就是不给我面子。你要是没什么事儿了，你就请便，不要搅了我们的兴致！"

在场的人，除了林霄和陈晓峰，其他的能来这儿，基本都是张超的朋友。听见张超都这么不客气地下逐客令了，瞅着陈晓峰摔在地上的狼狈样儿，也没人上去扶。

陈晓峰杀人一样的眼神看向顾颜，仿佛是顾颜对不起他似的，坐在地上二话不说，掏出手机打算叫人来。都是这个圈子里头的人，一看他拿出手机，顾颜就知道他想干吗，她也不想因为自己的事情，弄得大家唱歌都不能好好唱，于是很善意地提醒了一句：“陈晓峰，在包厢门口，你应该看见保镖了吧？”

她话音一落，陈晓峰动作一僵，抬头看了顾颜一眼。

刚才他还没多想，只以为那些人是KTV的保镖，但是顾颜这么一说，他回忆了一下，他也不是第一次来这家KTV了，以前这里可是没有这阵势的。他抬头看向林霄，皱起眉头问了一句：“你到底是谁？”

要是那些保镖都是他的，那对方的家世一定在自己之上。

包厢里没出去看过的其他人，也愣了。这会儿都歪着身子往外瞟，去瞅顾颜口中的保镖。不看不知道，一看弗瑞克身后的那些人，众人都吓了一跳！这下大家才算是明白林霄刚才要把地皮划给顾颜舅舅的话，大概不是吹牛的了。

然而，林霄已经没兴致跟陈晓峰多话了。他瞟了一眼门口的弗瑞克，声音依旧性感而充满磁性：“丢出去！”

“是，少爷！”弗瑞克恭敬地一点头，一挥手，门口立即进来四名保镖，二话不说，上来直接把陈晓峰架了起来。陈晓峰长这么大，何曾受过这样的气，被人揍了也就算了，还要被架起来丢出去！整个A市，就是市长看到他爸，都要称兄道弟，眼前这个人，竟然有这么大的胆子！

他咬牙怒吼：“你知道我爸是谁吗？你这样做，想过后果吗？我爸要是知道你这么对我，你就是一线明星，也会弄到你被封杀为止，你信不信？”

他越想还真的越觉得自己面前的人是明星，长得帅，身材好，还会点儿功夫，出门带着保镖，这可不就是许多一线明星的标配吗？但在他的印象中，并不记得自己在电视剧或是电影中看见过面前的这张脸，这也是古怪。

在富二代的圈子里头，很多人自个儿没本事，生平最爱干的事儿，就是拼爹。因为除了自个儿的爹妈，他人生里也没有什么其他的事情值得骄傲，可以拿出来吹嘘，给自己撑台面的了。

林霄听了他的话，眉毛都没抬一下，直接瞟向门口的弗瑞克，问了一句：“有他爸爸的电话吗？有的话，给他爸爸打一个！”

“少爷稍等！”弗瑞克点了点头，立即打出一个电话，是他们公司信息部门的，让查询陈氏董事长的电话。跟他们林氏合作的，基本上都是国际企业，国内够得上门槛的，也就是顶尖的那几家了，陈氏目前只是A市的名企，还根本够不上跟林氏合作，所以他手头上并没有陈董事长的电话。

听见林霄竟然敢给自己爸爸打电话，陈晓峰也有些傻了。只觉得对方是在吹牛，于是眼睛一眨不眨地等着弗瑞克。

不一会儿，弗瑞克挂了电话，并收到了来自信息部门的一条短信。他立马打了过去，不必林霄多话，他就先开了免提。顾颜默默地抚了抚额头，觉得陈晓峰这回真的惨了，陈氏八成也惨了，至于她自个儿，这几天跟着林霄接洽案子的时候，还是尽量不要跟他对着干好了，免得把顾氏也给连累了。

嘟嘟几声之后，那边陈林的声音响了起来，带着些不耐烦和睡意：“谁啊？”他今天已经很烦躁了，儿子好好的婚事，因为一个十八线都没够上的小明星，就这么吹了。这还不算，现在报纸、电视新闻、网上，到处都在骂他们陈氏，整个企业形象大跌，股价也大跌。到了晚上，他已疲惫不堪，竟还有陌生电话打来找他。

自家老爸的声音，陈晓峰当然是听得出来的，他登时就蒙了。扭头看着弗瑞克，他心里还有一点儿幻想，希望对方是因为欺压了自己，怕陈氏发难，所以打电话先解释一下。要是这样的话，他很快就能扬眉吐气了！

然而，想象总是美好的，事实却完全不对号。

弗瑞克的语气倒是很客气，很有风度：“陈先生您好，我是林氏集团执行总裁的助理……”

话说到这里，包厢里事先不知情的人全愣了！齐齐扭头看向林霄。林氏……执行总裁？所以这位就是那个几乎已经被写进商界传说的林家大少爷、司徒老军长最骄傲的外孙——林霄？

陈晓峰这下是完全蒙了！

这下大家看顾颜的眼神都不一样了，她是怎么认识这位大少爷的？还有人眼神立马往林霄圈着顾颜的胳膊上瞟，好些人都露出了原来如此的表情，甚至因为林霄在名流的圈子里头站的地儿太拔尖了，所以他们都觉得顾颜八成要被人当情妇玩玩了。

顾颜很快意识到他们戴着有色眼镜的注视，一下子脸一绿，这才反应过来，她还在林霄腿上坐着呢，这让她又开始了第二轮挣扎。林霄却忽然低头看她，那笑容很魅惑，但是毫无温度："顾颜，你最好老实一点儿！继续动，我不保证会对你做什么！"

顾颜一僵，登时不动了。

而那边，陈林一听见弗瑞克的自我介绍，整个人顿时清醒了。话里头的睡意一点儿都没有了，客气中透着一点儿恭敬，恭敬中充满喜悦，以为什么商机来临，他笑声豪迈地在电话那头说："哎呀，是弗瑞克先生啊！失敬失敬。不知道弗瑞克先生找我有什么事？有什么需要我们陈氏效劳的，我陈林一定鞠躬尽瘁，绝不推托！"

陈林这时候是很高兴的，要是林氏真的要跟他们合作，他还怕什么媒体和网上对他们的谩骂，只要林氏肯伸手，他们别说是解决眼前这么点儿事了，就算他们已经破产了，想咸鱼翻身，那都是轻而易举的事！

弗瑞克看了一眼林霄，回了陈林一句："我们少爷亲自跟您说！"

"好好好！"陈林乐不可支，还处在一种十分兴奋的状态里。

弗瑞克说完就把手机放在桌面上，电话还通着，林霄也没接手机，声音含笑，直接就对着桌面上的手机开口："陈董事长，我个人认为，您的儿子很能耐！"

"嗯！是是是，啊？"陈林"是"了几声之后，忽然发现林霄这话仿佛有什么不对。一秒钟之后，他整个人都蒙了！语气也忽然一百八十度大转弯，从兴高采烈，变得小心翼翼起来，"那个，林总裁，是犬子做了什么荒唐的事情，让您不高兴了吗？"

陈林的语气都这样小心翼翼，陈晓峰的脸色更是变得一片灰白，他估计自己今天是丢脸都不够了。

早知道就不吭声，直接被扔出去好了，这下可好，让老爸知道自己搞砸了和顾氏的婚事不算，还得罪了林霄，就算他再宠自己，估计也得揭自己一层皮！

林霄从鼻子里发出一声嗤笑，继续说："倒也没什么不高兴的，就是骂了我几句而已！"

陈林听着前半段，还在心里感叹还好还好，听见后半句，整个人就吓傻了，赶紧说着："什么？那小兔崽子骂您了？瞎了他的狗眼了！他骂您什么了？！您千万别放在心上，等他回来，我一定好好教训他，让他登门向您道歉。我一定给他几个耳刮子！"

陈林的这话，听起来是很狗腿的，但是在场的人都知道，换了他们任何一个人的父亲，对待林霄大概也都是这种态度。因为林氏这尊大佛，是真的掀一下嘴皮子，就能逼得一些所谓的大企业无路可走。谁都不愿意得罪林氏，除非是不想继续开公司，打算从商界退出了！

陈晓峰一听他爸爸这话，立即面如土色。

林霄睨了他一眼，继续看向手机，说道："给他几个耳刮子，倒是不用。我林霄也不是小气的人，只是他刚才信誓旦旦地威胁，说要是他爸爸，也就是陈董事长您，知道我今天跟他发生了冲突，一定会给我一些后果，还要干什么来着？还要封杀我，我实在是有点儿害怕，所以才打电话问问您的意思！"

他这话一出，陈晓峰硬是吓得眼泪都要飙出来了。林霄说出"害怕"这两个字，并非林霄真的害怕了，而是他们陈氏应该害怕了。

陈林也完全吓蒙了，赶紧说道："林总裁，是犬子年纪小不懂事。您大人有大量，不要跟他计较。等他回来，我一定打断他的腿！"陈林已经意识到，陈晓峰这时候大概就在林霄身边，这让原本就很害怕的他更加紧张了。他一方面怕得罪林霄，另一方面也只有这么个宝贝儿子，生怕他在林霄跟前有个好歹，担忧之下，他说话都不利索了。

【第三章】

# 我其实是个贞洁烈夫

林霄沉默了几分钟，似在考虑到底要不要放过陈晓峰。

而这几分钟里，陈林并没有闲着，他在电话那头说了无数好话，拍了无数马屁，为儿子和陈氏求情，拜托林霄大人有大量，内容十分谄媚。这让在场的不少人听得尴尬症都犯了，实在是难以想象平素那个趾高气扬，在任何场合都傲慢得不得了的陈氏董事长，能成这熊样儿！

林霄听着陈林的话，那双冰冷的眸子却看着陈晓峰，似在欣赏他脸上的表情。

而陈晓峰的脸色，也的确是一阵青一阵白，他感觉自己受到了很大的侮辱。准确而言，是他们父子都在林霄跟前受到了很大的侮辱，让这么多人看着他陈晓峰受辱，让这么多人听着他爸爸孙子一样赔礼道歉，这让他已经不知道当以何种情绪来面对这件事情，不知道应该怨恨林霄这样侮辱他，还是后悔自己不该惹上他！

“林少，您不要生气，陈晓峰那个不成器的东西，我一定……”电话那一头，陈林还在说着。

林霄忽然开口：“够了！这件事情我不想再提起，不过很快，顾颜会成为我的未婚妻。所有关于她的不好的言论，不论是从你儿子口中，还是从你们陈氏的任何一个人口中，我都不希望再听到。我相信你明白我的意思，你应该知道这件事情该怎么做！”

“啥？”顾颜先蒙了。

她为什么会成为他的未婚妻，是他脑子有坑，还是她听错了？他们两个的关系，这时候就算不用剑拔弩张来形容，最少也应该是天生犯冲好吗！她到底为什么要成为他的未婚妻？他今天早上是不是吃错了什么东西？

电话那头的陈林也蒙了。

他万万没想到自己的准儿媳，被那没出息的儿子给搅黄了不算，对方竟然还攀上了林氏这棵大树，这要是顾颜对晓峰旧恨难忘，那他们陈氏的未来不就完了吗？然而这些也都是比较远的事情了，只能先把眼前的问题解决了再说。他慌忙开口：“是是是！林总裁的意思我明白了，这件事情我会处理好的，不会给林总裁和顾小姐留下哪怕一丝一毫的麻烦。请林总裁千万放心，并原谅犬子的有眼无珠，相信他要是知道是您，就是借给他一百个胆子，他也不敢开罪您的！”

这一点，陈林还是很确信的。他的儿子虽然没聪明到哪里去，但是绝对不蠢，要是知道那是林霄，巴结套近乎都来不及，哪里还会得罪他。

“嗯！”林霄应了一声，坐稳身子，电话那头陈林还在给自己的儿子说好话，并询问他们此刻在哪里，他立即过来致歉。但林霄已经没有听他继续说下去的意思，弗瑞克立即上前来，将电话给挂掉了。

没有了陈林讨好的声音，整个包厢都安静下来。

谁都不敢多说什么话，屋子里的人也都处于一种震惊状态，尤其震惊地看着顾颜。她即将成为林霄的未婚妻？这是真的吗？这真的不是在跟他们开玩笑吗？陈晓峰也愣了，原本在顾颜坚持要取消婚约的时候，他还想过他们会不会有回旋的余地。可到眼下，对方成了林霄的未婚妻，那他们怎么可能还有丝毫转圜的余地！

顾颜心里头很无语，正想说话，林霄先看向陈晓峰，出了声：“二十五岁的人，做事情需要父亲帮忙出头，惹祸了要父亲点头哈腰地致歉，怎么，这就是你陈大公子的能耐？就凭你这能耐，还好意思说我林霄跟你抢女人！”

这话里头，带着很明显的讥诮意味。

很显然，在林霄眼里，陈晓峰并非因为家世不如他，才被他看不起，而是对方除了父亲，一无所有，就连自己惹了事，承担责任的勇气都没有。刚刚他爸爸说话时，陈晓峰竟一句话都不敢吭，这样的人，林霄的确瞧不上。

这话无疑是在陈晓峰原本就感觉火辣辣的脸上，又扇了几巴掌。

顾颜觉得自己有点儿躺着中枪，因为这两个人嘴里的抢女人什么的，那个“女人”就是自己，但是这两个人都不像是真心喜欢自己的，所以抢女人是什么鬼？她能说她根本不认识他们，请他们争论的时候，只谈他们自己，不要扯上她吗？

陈晓峰更是直接抬起头看向顾颜：“顾颜，这就是你坚持要跟我取消婚约的原因？就是因为他？”

顾颜：“……我坚持要跟你取消婚约，不是因为你们弄脏了我的床吗？你这根本是实力甩锅啊！你自己干了上不得台面的事情，还要诬陷我因为其他男人要取消跟你的婚约！陈晓峰，你自个儿说，你觉得这么做合适吗？”明明是陈晓峰自己行为不检点，让她坚定了一定不能嫁给他的决心，怎么就变成了因为林霄，所以她要取消婚约了？

边上的秦玲玲扑哧一声笑了，也很是无语：“颜颜，跟这种奇葩你说不清楚的！”

这话顾颜倒是赞同，这世界上就是有一种奇葩，自己行为不检点，三观不正确，做了对不起旁人的事，还要做出一副普天之下他最无辜，就算他做错了那也是对的，别人要是责怪他，那就是别人不讲道理，别人不知道世事，别人对不起他的样子。陈晓峰完全就是个中翘楚！

陈晓峰又被秦玲玲刺了一句，脸色一阵青，一阵白的，非常难看。他看着林霄开口：“林霄，你今天对我的侮辱，我总有一天十倍百倍找你讨回来！”

“好！有骨气！”林霄满意地点头，旋即瞟了弗瑞克一眼，“趁着他还没能十倍百倍地找我报仇，你们赶紧把他丢出去，记得多侮辱侮辱他。毕竟他很快就要把我踩在脚底了，以后我大概很难再有机会侮辱他了！”

扑哧——包厢里有人笑了。就凭陈晓峰，无论从家世还是个人实力，他想有朝一日凌驾于林霄之上，那就是一种强烈的痴人说梦。

弗瑞克悄悄向天翻了一个白眼，少爷从来不会做这么无聊得仿佛赌气一样的事情，尤其像陈晓峰这种少爷瞧都瞧不上的人，只会让少爷觉得多跟对方说一句话都是抬举他。今天也不晓得少爷是受了什么刺激，居然跟陈晓峰这样的角色干上了，语气中还满是讽刺，完全不是少爷平日里的作风。

难不成，还真的是为了顾颜？因为男人之间的争风吃醋？

他也不敢多说什么，一挥手，保镖们就把脸色青灰的陈晓峰往外头扛。陈晓峰用力想要挣脱他们：“放开！我自己会走！”

但是没有一个人理会他的诉求，大家坚决不放开，并且坚定不移地将他扛了出去。

等陈晓峰被人从包厢里丢出去之后，整个包厢终于恢复清净，弗瑞克客气地弯腰行了一个绅士礼，才将包厢的门给关上。

而这时候，顾颜还坐在林霄的腿上，她回头看了林霄一眼：“林先生，现在可以把你的蹄子拿开了吗？你跟陈晓峰之间的斗殴事件，请不要牵扯到我身上。还有，谁将要成为你的未婚妻？你要是再胡说八道坏我名声，我把你的脸抽成鞋拔子你信不信？”

仔细想想，顾颜觉得，林霄说她是他的未婚妻，大概也就是为了更深程度地侮辱陈晓峰罢了，毕竟在陈晓峰那种直男癌的眼里，她以前是他未婚妻，以后的事儿，也能跟他老人家的名誉有关。

她这么一吼，林霄一怔，旋即扬声笑起来。顾颜还不得不承认，这个浑蛋笑起来的声音，还真的相当好听！他手一松，顾颜成功地从他腿上下来了。

她迅速坐得老远，跟他保持距离。秦玲玲没说错，这个包厢里头真的有很多帅哥，虽然跟林霄一比，这些帅哥都黯然失色，但“小鲜肉”这样的称呼，还是都够得上的。顾颜从他怀里出来之后，随便一坐，就到了一个帅哥身边。

那帅哥一愣，接着就感觉到一道不善的眸光落到了他身上，抬眼就看见林霄嘴角含笑地看着他。那笑容看起来，简直要被称为“和蔼可亲”，却一点儿都不让人觉得友好，只让那帅哥觉得自己浑身的鸡皮疙瘩都竖了起来。

他立马站起来，往边上一走，坐到了别处，跟顾颜保持距离。

他挪开之后，顾颜身边就变成了徐艳。林霄这才收回眼神。顾颜却觉得莫名其妙，完全不明白那个帅哥好端端的为啥挪动位置，难道是因为她看起来很讨厌，所以人家不想跟她坐在一起？

就在这会儿，门外的弗瑞克忽然推开门。他手里拿着手机，看向林霄，表情有点儿无奈：“少爷，您的舅舅打来的电话，说司徒老军长病了，让您立即去一趟司徒家！”

一听他这话，所有人都看了过去，顾颜也往那边扫了一眼。司徒老军长，那就是林霄的外公了，病了？

林霄剑眉微蹙，迅速站起身，像又想起什么，迈开大长腿，几个大步走到顾颜面前，伸出手像拎小鸡一样把她拎了起来：“跟我一起去司徒大宅！”

他这话一说出来，莫说是顾颜蒙了，就是门口的弗瑞克都蒙了。司徒家的大院儿那是什么地方？少爷可是从来不会带任何外人去的，这个顾颜……他要是没搞错的话，也就只跟少爷认识了一天而已吧？要是往久了说，也不过是今天一天加上昨天那个晚上。

就这么把一个认识才一天一夜的人，带回司徒家的大院儿，这真的合适吗？

顾颜也是蒙了，恼火地把自己的后领从他手里往外扯，心里也是无语到无以复加：“林霄，你是不是有病，你外公生病了，你去看他，带上我做什么？”又不是什么酒会，他正好没有舞伴，所以想请她一起去。现在是有人生病了，怎么探病也需要一个人跟着一块儿去吗？她又不认识司徒家的人，她一个外人，去了会惹人嫌的好吗？

“作为林家未来的媳妇，你有义务跟我去探望外公的病情！”林大少爷说着，根本没有半点儿要将她放下来的意图，很不客气地拎着她直接往外头走。他有天然的身高优势，身手也很好，就这么拎着顾颜，顾颜不管从哪个方位袭击他都不能把自己从他手里挣脱出来，只能由着他这么拎着往前头走。

顾颜那张小脸也成功地被这个浑蛋气得铁青："林霄，你胡说八道什么？到底谁是林家未来的媳妇？你真是……"

她骂骂咧咧被林霄拎着出门。

包厢里头的人，有的咽着口水，有的擦着眼睛，以确认自己的眼角是不是有眼屎，来保证自己看见这一幕的时候，其实视线清明。直到林霄拎着顾颜，从他们的视线范围之内消失，他们还完全不敢相信自己刚才看到的一切。

徐艳扭头看了张超一眼："那个就是传说中的林霄？"的确，林霄在商界圈子里头，早就被写进传说里了。只是没想到真人是这样的……怎么说呢，就是整个人看起来高深莫测，让人觉得不可靠近，笑容里头总是带着一股子阴冷的气息，让人知道得罪他就一定没啥好下场。

这样一个人，怎么说也该是让人觉得很可怕的，可是偏偏他对顾颜的态度和行为，瞅着完全就像个痞子。

张超点了点头，也摸了摸鼻子说："我也只是第二次见，第一次见的时候只远远地看了一眼，但应该是他没错！"

倒是边上的秦玲玲咂咂嘴，开口道："我有一种预感，咱们颜颜这回是遇到克星了！哎呀，踹了一个陈晓峰这样的浑蛋，捡了这么一个黄金单身汉，钻石王老五。颜颜这运气，我都有点儿羡慕了！原本我还以为林少只是玩玩，但他这都要带她去见他外公了，十有八九是来真的。不过，想起来颜颜刚才被拎出去的时候，那龇牙咧嘴、咬牙切齿、死不服气的样子……"

短期内这样子作，林少大概还会觉得她很有意思，但是时间长了，未来也是很难说的吧。

倒是徐艳比她理智一些，没有瞅着林霄是个超级大帅哥，就这么为他说话，也没有像其他人一样觉得顾颜跟他在一起就一定是赚了。她皱了皱眉头，开口道：“林少纵然外在条件很不错，但是也要颜颜喜欢才行。你们看刚才林少拎着她出去的时候，顾颜明显就很不愿意，一点儿都不希望自己被这么拎出去，所以我觉得……这种东西还是应该你情我愿。你们瞧瞧颜颜方才不乐意的样子……”

她的话说完，秦玲玲扭头看她：“徐艳，你的话挺有道理的。但你既然知道颜颜不乐意，你刚才为啥不冲上去为她出头，把林少掀开？”

徐艳摸了摸鼻子，很诚实地道：“我也想，但是我不敢。”

陈晓峰铆足了力气，也没撼动林霄一只手，再加上人家动动嘴皮子就能让自己全家都跟着倒霉的身家。她哪来的胆子上去拦着？

秦玲玲这一秒也变得很惆怅：“你刚才说的我岂会不懂，我又咋会不想把颜颜从林霄手里抢出来。奈何我也不敢……所以，就只能往好处想，希望他俩能成事儿！”

徐艳：“……”

顾颜被拎出了“TimeShow”，整个人在半空中不断挣扎，想要摆脱对方的桎梏。然而挣扎了半天，也并没有什么用处，在众人奇奇怪怪的眼神注视之下，她龇牙咧嘴地被林霄给拎了出来。

“林霄，你放我下来！”她真的很生气，也实在不明白自己到底是哪里惹到这尊神了，让他没事儿也要这样找她事儿！他外公生病了，到底为什么要她也一起去？他不觉得尴尬，她一个外人出现在别人家里，会觉得很尴尬的好吗？

她这一声吼出来时，已经到了门外。弗瑞克这时候也打开了车门，林大少爷完全不顾及顾颜意愿地将她放进了车内，自己也很快坐了上去：“开车！”

“是！”前头的司机应了一声，弗瑞克也迅速坐上了副驾驶的位置，车子往前头行驶。

顾颜的脸色很难看，扭头看向林霄，非常恼火地道：“你这样带着一个陌生人到你家里探病，你就不怕你家里人看见我不适应吗？”

林霄好脾气地扫了她一眼，似笑非笑地道：“现在是陌生人，今天去了，介绍你们认识一下，自然就不是陌生人了。以后你们会慢慢熟悉起来的！”

说完这句话之后，他不等顾颜回话，很快又说：“而且，顾颜，你大声说话的样子，和面部表情扭曲的神情，真的很难看。作为一名淑女，我建议你适当地温柔一些！”

顾颜：“你为什么会有我是淑女的错觉？”

“我知道你不是！”他说完这话，闲闲一笑，继续犯贱道，“就因为你不是，我这样提醒你，你才能意识到自己的不足，多加改进，知道吗？哪有女孩子无端端地会凶悍成你这样？”

顾颜额角青筋一跳，当即就奓毛了：“我也没见过你这样臭不要脸的男人……”

这两人就在后头争执了一路，过程中，弗瑞克还下车买了不少补品和好酒，作为送给司徒老爷子的礼物。而顾颜因这个人的嘴贱，几乎是分分钟能气炸！

等到车子停在司徒家的宅院门口，她才猛然意识到，最开始她想争执的事情，其实是她根本不想来司徒家。不是她不想来看望一下为国出过力的老人，而是怕尴尬。但是林霄这个贱人，在半路上成功地转移了话题，跟她掰扯一些有的没的，最后把她都吵蒙了，完全忘记了自己的初衷，正儿八经地斗嘴去了。

这下……

林大少爷看她一脸发蒙的样子，性感的薄唇扯了扯，老大不客气地把她拎下车放地上。顾颜脚落地之后，这个浑球还戏谑地说出一句话，充分地让她认识到了，什么叫作得了便宜还卖乖：“顾颜，你真的很有意思！”

一路上，他稍微引导了一下，她就把挣扎着坚决不肯来司徒家的正事儿给忘了，这妮子看起来很凶悍，但性子还是挺呆萌的。

他说这话时，司徒家宅院的大门已经开了。

宅院的大门，堪称金碧辉煌，门开了之后，就是几个车道。司徒老军长一生清廉，也向来不爱铺张。这个宅院还有这大楼，全部是林霄准备的，外孙的心意，老军长呵呵笑了一声之后，就收下了。

院子里头出来几名仆人，迎接林霄进去。

不一会儿，还出来一名中年男人，脸上的胡子剃得干干净净，着装也是一丝不苟。他出来之后，笑道：“霄小子，你可舍得来了！你外公天天念叨你呢，非得让我打电话给你，这位是……”说着，他看了顾颜一眼。

顾颜很尴尬，也不知道咋说。林霄却笑了一声：“小舅舅，这是我未婚妻，顾颜，领来给外公见见！”

“哟！你小子也找媳妇儿了？我跟你外婆刚才还在说你大概得打一辈子光棍呢！”林霄的舅舅司徒军直接扭头看了顾颜一眼，眼神上下打量，但很客气，丝毫不冒犯，不会让人觉得不舒服。

但是顾颜还是整个人都不好了：“不是这样的，我……”

“好了！好了！你也别不好意思，霄小子肯往这院里带的，你可是第一个，要说你不是，我这做舅舅的第一个不信。先别在外头站着了，霄小子的外公还在屋子里等着呢！”司徒军不问顾颜的出身，也不问旁的，直接就整出这么一句话。回头就跟林霄说话去了，料定了顾颜是不好意思。

他俩说着往屋子里走，顾颜尴尬症都发作了，黑着一张脸，在心里把林霄骂了八百遍，跟着他们一起往屋里走。

这时候弗瑞克跟上来，手里拎着的礼物里头还有酒。顾颜奇怪地看了他一眼，忽然觉得自己有点儿不能理解他们，这上门探病，带着酒干什么？难不成司徒老军长病着，他们其他人还有心情吆喝着一起喝一杯？

她的疑惑，在踏进门槛的那一秒，就被解开了。

当林霄出现在司徒家大宅门口时，老军长洪亮而中气十足的声音就传了过来：“是霄小子来了吗？快，快上楼来。外公在楼上呢！”

司徒老军长说着这话，脑袋从楼上探了出来，白发苍苍，长着一张威严的国字脸，样子看起来很激动，急急忙忙就打算下楼，身上还围着一个米老鼠图案的围裙！

顾颜一脸愣怔，这个人难不成就是司徒老军长？说好的生病了呢？说好的威严与勇武并重，德高望重的军长呢？咋看起来像个老顽童？还有这个围裙是什么鬼？

林霄嘴角微扬，带着玩味的笑，很显然，眼前的场景，并不在他意料之外。他仰头，似笑非笑地看着司徒老军长："嗯？不是据说生病了吗？"

司徒老军长整个人一僵，欢快的步伐顿了顿，马上扶着楼梯的栏杆，一步一步，故作艰难地往下走："哎呀，我最近的风湿筋骨痛啊，我的高血压啊，人的年纪大了，病痛就是多……"

顾颜自认不是一个笑点低的人，但这时候还是忍不住，扑哧一声笑了出来。讲真的，她是第一回看见这样的老人家，简直就是个活宝！

她这一笑，老军长大人装了半天，气氛就这样被打破，让整个场面变得有点儿尴尬，于是他扭头吹胡子瞪眼，看向顾颜："笑什么？"

军长自是有军长的威严，他这话一出，加上这吹胡子瞪眼的样子，顾颜赶紧捂着嘴，不敢吭声了。

倒是林霄轻笑了声："外公，您可别把您未来的孙媳妇吓跑了！要是吓跑了，我以后可不敢带媳妇儿来了！"

顾颜："……"她觉得林霄一定是不说话会死，一说话就找抽的人，外带臭不要脸。到底谁是他媳妇儿了？她怎么一点儿都不知道！

她一脸愤懑地瞪着林霄，倒让司徒老军长提起了几分兴致，摸着下巴看着顾颜："我就说你怎么会带个小丫头来大院，原来是你媳妇。难得！你外婆前不久，还在跟我说操心你的婚姻大事。不过啊，外公是个过来人，要告诉你，还是自由恋爱的好！相亲是错误的，不然就会像我和你外婆，她……"

"我怎么样？"一个白发苍苍的老太太，叉着腰站在楼梯上。

老军长识相地摸了摸鼻子："您很好！"

顾颜绷着嘴角没吭声，但事实上她是真的又想笑了。的确是不曾想到，在外面传得不苟言笑、严肃冷酷、执法必严的老军长，能跟眼前这种情况联系在一起。

“外婆！”林霄笑着打了招呼。

云淑点了点头，笑看林霄一眼，又看了看顾颜，接着才对林霄道：“快去厨房帮忙，把你的小媳妇儿交给我，放心，有我在，你外公上不了天，欺负不了她！”

“谁说我要欺负她了……”司徒老军长不服气地嘟囔了一声，但也不敢太大声。他心里却是一阵暗爽，这下可总算是把他装病骗林霄来的事情给带过去了。

顾颜有点儿惊讶，扭头看了林霄一眼。林霄也正看向她，语调听起来倒是很温柔：“在楼下等我。”

单看他这样子，顾颜要不是还记得他俩是如何一路争执、斗嘴过来的，她简直都要以为他们真的是恋人！而林霄说完这话，又笑看了云淑一眼：“外婆，你可也别欺负我媳妇儿，她胆子小，禁不得吓。”

说到这里，他似笑非笑的眼神看向司徒老军长，补充道：“颜颜还年轻，也不能学着说病就病，说好病就好了！”

“哟嗬，还没过门，就满脑子都是你媳妇了？”云淑调侃了一句，司徒老军长老脸一僵，这才明白自己想带过装病的事儿，压根儿不可能。林霄这小子精着呢！

云淑下楼就拉着顾颜的手往客厅走：“走，跟我去聊天。让他们祖孙两个去做饭！”

“唉……”司徒老军长闻言，不情不愿地叹了一口气，瞟了瞟林霄，扭头回厨房了。

林霄脱了风衣，伸手挽起袖口，随着老军长一起进了厨房，看得顾颜一愣一愣的。所以老军长围着围裙是因为他老人家在做饭，而林霄还真的就听话地跟着进去做饭了！她原本以为他这样的大少爷，在家中肯定是啥事儿都不用管，有人帮他收拾得妥妥帖帖的，万没想到……

在她愣怔之际，林霄的舅舅司徒军笑着开了口：“这是我们司徒家的传统，每个月的初一和十五，家里在家的男人们都得负责做饭。霄小子这么多年来，在司徒家也是锻炼出了一手好厨艺，嫁给他你以后可有口福了！”

司徒家为什么会有这样的传统？并没听说司徒老军长参军之前，祖上是开饭店的啊！奇怪之下，她看了司徒军一眼，询问："那您……"

"本来应该是我和爸爸做，霄小子今天来了，就让他们做好了。"司徒军笑着摸了摸鼻子，就站到一边去了。不是他不肯去代替自己的父亲，而是母亲在，勒令每回这种时候，父亲只要在家，都必须参与做饭不可。

云淑挥了挥手，示意司徒军到一边去。她拉着顾颜坐到客厅的沙发上，谆谆教诲道："小丫头，外婆告诉你，对男人的教育，要从小时候抓起。我们司徒家的男人，别的不说，只要出去的，那个个是疼老婆的。会洗衣做饭是基本要求，霄小子这些年，外婆也给你调教出来了，你嫁到林家之后，逢着用人、保姆不在家的时候，千万别自己做饭，让霄小子做，知道吗？"

"……"她是应该表示真的要让林霄做饭，还是先撇清自己跟林霄的关系？

但是不得不说，司徒家的这个"传统"，真的是在造福广大女性，灭杀直男癌啊！云淑说完这话，见顾颜没有回答她，但脸上是显而易见的赞赏，一时间心里也得意了。然后她问了顾颜一件正事："你和霄小子的婚事，你爸妈和他爸妈都知道了吗？"

"呃……不知道。"她能说她自己也不知道吗？至少在林霄开始胡说八道之前，她还完全不知道自己跟林霄有什么婚事。

云淑一听，也没太在意，拍着顾颜的手道："一会儿跟你外公下下棋，他最好这一口。"

云淑这一口一个外婆，一口一个外公的，让顾颜整个人都不好了。反驳也不是，不反驳也不是，只能干笑，点头道："好的。"算了，老人家都是一片好心，她跟林霄之间的仇怨，还是私下解决好了，这会儿也没必要把事情说破，平白毁了老人家的一片期待，伤了他们的心。

云淑看她话少，完全未料到这是因为人家跟自己的宝贝外孙其实也就认识了一天，所以根本没在状态，却以为对方拘谨，不好意思。于是她握着顾颜的手道："霄小子看上的丫头，定然不会有错的！他的眼光，我还是信得过的。以后有外婆给你撑腰，媳妇儿嘛，就是用来宠的。霄小子要是对你不好，外婆帮你教训他！”

老人家这话说得十分真诚，一双苍老却精神的眼睛，含笑看着顾颜。

顾颜在心里长长地叹了一口气，也不好拂了人家的好意，于是点了点头：“谢谢司徒夫人！”说着这话，她忍不住又在心里痛骂林霄。到底为啥要把她带来？她都快尴尬死了，简直想高呼一声“救命”！

云淑一听这话就不高兴了：“你应该叫我外婆，叫什么司徒夫人，多见外！”

“哟……这是谁来了？”云淑的话音一落，门口走进来一个帅小伙，容貌阳刚清俊，是一种张扬的帅气，贴身的衣服能看清身上的肌肉，一双黑亮的眼睛炯炯有神，嘴角扯着玩世不恭的笑，步履稳健地走进屋来。

顾颜看见他的时候，真心松了一口气。这简直就是为她化解尴尬来的，要不然自己要是真的被司徒夫人逼着叫外婆，那也太那啥了……毕竟她长这么大，从来就没有乱认亲戚的习惯。

司徒军看他进来，立即开口介绍：“这是你表哥的未婚妻，顾颜小姐。这是我儿子，林霄的表弟，司徒尧。”

顾颜点点头，立即站起身，笑着伸出手：“你好！”

“嗯，您好！”司徒尧听了司徒军的介绍，点了点头。进门之后，他就上下打量了一下顾颜，看着顾颜伸出来的手，也没有伸手去握，倒是几个大步走到顾颜跟前，恭敬地站定，认真地弯腰，“表嫂好！”

顾颜：“……”这司徒家都是一家子活宝吧？

从司徒老爷子，到这个林霄的表弟，言行举止都很出乎人的意料。不过她倒是挺喜欢这样的，可是她很不喜欢林霄这种臭不要脸，让人完全不知道他在想什么，宛如智障一般的男人，所以注定没法跟司徒家的人做亲戚，也是可惜。

正可惜着，林霄从厨房出来了，他手里端着盘子，盘子里头是精美的菜肴，嘴角是邪魅狷狂的笑容，举手投足之间，带着与生俱来的优雅与嚣张。他看云淑的眼神，是恭谨的，但看顾颜的眼神，玩味里头透着几分欠扁的戏谑，这让顾颜眉梢一挑，决定一会儿一定得好好为难他！

两人之间古怪的气氛，在场的人自然也看出来了。司徒尧更是两边瞟了一眼之后，嘴角微微扬了扬，转身去厨房帮忙："我来帮忙端菜。爷爷，我来吧……"看来他的表嫂对表哥似乎不怎么满意。也是难得，这年头竟然还有女人瞧不上表哥！

他哪里知道，顾颜哪是瞧不上他表哥，是非常讨厌！

几人落座，林霄坐在主位的边上，司徒军和司徒尧这样地地道道的军人坐下来之后，林霄的气势竟也不输给他们，甚至隐隐有超越的架势。他似乎天生就该是焦点所在，让人的目光忍不住往他身上瞟。云淑推了推顾颜，示意她在林霄身边坐下："霄小子的媳妇儿，就坐那边吧。今儿个不巧，林霄的大舅舅一家子出国旅游去了，就只有我们几个人了，不过今天多了霄小子的媳妇儿，倒是热闹了一点儿。"

顾颜被云淑这么推着，也不好驳了老人家的面子，只得不情不愿地走过去，并瞪了林霄一眼。

这一瞪，林大总裁就不乐意了，睨了她一眼，嘴角微扬，欠抽地道："颜颜，你刚才翻白眼的样子，毫无气质可言。你有空得对着镜子练练，如何翻白眼才优雅！"

"那不如林大总裁您示范一个优雅的白眼给我看看！"这句话是顾颜从牙缝里头挤出来的。她死死地瞪着他，内心深处很有一种咬死他的冲动，实在是不明白长得这么帅的男人，嘴巴为什么能这么贱，果然上天对每个人都是公平的，给他钱和权势的同时，也给了他一张讨人嫌的贱嘴！

她原本以为能噎林霄一下，万万没想到，他戏谑地一笑，欠扁地看着她，嘴贱地说："我这样有修养的男人，怎么会如你一样翻白眼。"

"你……"顾颜脸都绿了。要不是因为这会儿是在司徒家，还有长辈们在这里，她一定会忍不住上去抽他两巴掌！

司徒老军长奇怪地看了他们一眼，这两人剑拔弩张的，不像是想结婚的样子啊！

倒是云淑听到这里，登时就不高兴了，往顾颜身边一坐，瞪了林霄一眼：“霄小子，你怎么跟媳妇儿说话呢？这么多年来，我是这么教你的吗？你可别学你爸那德行，你要是成了你爸那样的人，下回来司徒家，我一定把你打出去！”

“云淑！”仿佛惧内很严重的司徒老军长这时候铁青着一张脸，警告了这么一句。

云淑也知道自己说过了，立即就不说话了。林霄的脸色也沉了下来，一双冰冷的眼眸幽深得可怕，他站起身，说了一句：“我出去透透气！”说完也没等人应声，就大步往院子里走去。

顾颜有点儿蒙，看了一眼桌上的饭菜，尤其盯着林霄不久前亲自端来的那一盘。原本心里头还琢磨着这道菜一定是林霄烧的，一会儿开始吃了，她故意挑刺，噎一噎他，给自己出口气来着，但是瞅着这情况……

林霄他爸爸咋了？

讲真的，每个大家族里头，都容易出现一些肮脏龌龊的事，而大部分时候都是遮盖着，没有让媒体报道出来。尤其如同林家这样的，根本没多少媒体敢上去触霉头，要知道林霄雷厉风行的手段，怕是轻轻松松就能让那些胡说八道的媒体通通关门！

所以，顾颜隐约听过的关于林氏的新闻，都是正面的。林霄到底有多厉害，她没了解太多，而林霄他爸爸有什么丑闻这一点，她也是闻所未闻。所以这算是啥情况？

司徒老军长似乎也是上了脾气，把刚刚握在手里的筷子重重一下拍在桌子上，瞪了云淑一眼：“你说话也是越来越没轻重了，明知道……”

云淑平日里张狂得很，但这件事情也是自知理亏，被老军长训了一句，也没出声反驳，撇了撇嘴角，一下子没了食欲。

但是顾颜还是有食欲的，林霄跟她关系这么恶劣，他刚才出去的时候，明显就是心情不好。这世上还有什么事情，能比看见自己讨厌的人心情不好更让人心情舒畅的？她强忍着心中的畅快，一脸遗憾地道："他怎么好好的不吃饭了？这么精美的一桌子菜，竟然忽然想透气。哎呀，不要管他了，我们还是吃我们的吧！"

云淑看了她一眼，欲言又止，看样子心情不是很好。

顾虑着云淑是为了给自己出头，才把林霄给弄成这样的，出于一种感激，也为了老太太还有心情吃饭，顾颜只得放下筷子，开口道："要不然你们先吃吧，我去看看他。"

她这样一说，一桌子的人登时松了一口气，云淑更是立即道："快去快去！霄小子是第一回带姑娘来大院，你去安慰他，他心里一定能舒坦很多。去吧，赶紧的！"

顾颜实在没好意思说她去安慰，他估计根本看都懒得看她一眼。

不过看着这一桌子人期待的眼神，仿佛她是他们唯一的救星，她嘴角抽了抽之后，摸着鼻子干笑着起身，往林霄刚才出去的地方走去。

她走出去之后，屋子里头的人面面相觑。

司徒老军长问了一句："这丫头去安慰霄小子，有用吗？"不知道为什么，他就是觉得他们之间的气氛很古怪，就是斗嘴的时候也完全不像是小情侣之间的打情骂俏，反而看起来……以他对林霄的了解，这小子是故意在逗这丫头。而这个丫头，倒像是真的很不喜欢他的宝贝外孙。

"不知道有没有用，但是决计比我们去有用！"司徒军摸了摸鼻子，应了一句。

司徒尧笑了一声，拿起筷子一下扎进盘中的馒头里，插起来就送到嘴里吃起来，驳了他爸的话："说不定她不去还好，一去表哥气得更厉害呢！"

他到底没有长辈们乐观，一眼就能看出未来表嫂对表哥的不待见，指望她去安慰……也不知道是去安慰，还是去幸灾乐祸、落井下石了。

他这话一说，司徒老军长就不高兴了，扭头瞪了他一眼，虎着脸道："吃你的饭！"

司徒尧笑了声，没再捻老爷子的虎须。

顾颜从屋子里出来之后，认真地思考了一下到底要不要去找林霄，她这么讨厌他，实在很担心如果他有什么不开心的事情说出来，她真的会忍不住开心一下，最后他变得更生气，那就不好看了。于是她在院子里头徘徊了半天，犹犹豫豫地瞎转悠。

事实上，这么大的院子，她也并不晓得林霄这会儿在哪儿。

司徒家的用人们也没人来这院子里头打扰。顾颜的方向感很差，走进院子里头，成功地把自己转蒙了之后，忽然撞上了一堵墙！是个有点儿硬的人墙。她抬头一看，他比她高太多，所以他忽然出现在她面前，这黑灯瞎火的，她竟也没注意到。

他低沉的声音，这时候听来有些性感："在找我？"

顾颜觉得这个人真的让人捉摸不透，一会儿冷酷锐利得仿佛一把利剑，一会儿嘴贱自恋得仿佛一个痞子，一会儿又……像现在这样，邪魅性感得有点儿勾人。很容易就让人沉醉在他悦耳的声音里，迷失在那张俊美得不像话的脸当中。

他忽然往前走了一步，顾颜下意识地后退一步。

背后是一堵墙，她贴在墙面上，他的胳膊支在墙壁上，是完美的壁咚姿态。他低下头，薄唇几乎要覆上她的唇，两个人离得很近，他的呼吸，就这样肆无忌惮地喷洒在她脸上，带着点儿烟草的气息。他声音很轻，仿佛是在调戏："顾颜，你可能不知道，你在院子里乱转的迷糊样子，看起来很可爱！"

若是一般的妹子，被这么俊美的男人壁咚一下，又听见对方说出这种话，难免会脸红心跳，害羞外带不好意思。

然而顾颜不是一般的妹子，她听完这话，白了他一眼："我觉得我在任何时候都是可爱的，如果什么时候你觉得我不可爱，那一定是你的眼光有问题！"

他从鼻子里笑出声，一双深邃的眸子这时候看起来更是令人觉得深不见底。

而顾颜眼角的余光扫到，在不远处栏杆边的台阶上，有几根已经熄灭的烟头，这也就说明了他气息中烟草味的由来。她蹙了蹙眉，看来他刚才是真的心情很不好才会出来，还没出来多久，就抽了这么多烟了。

正在她蹙眉之际，他却忽然低下头，亲了她一口。

她一呆。

而他这一吻，如同蜻蜓点水，大概也是很清楚自己要是不早点儿离开她的唇畔，以这个泼辣小女人的性格，说不定就会伸出手甩他一巴掌。纵然他不担心自己真的会被扇到，但是有些东西自然还是能避免就避免的好。

于是，在顾颜终于反应过来自己应该给他一脚，或者是抽他一下的时候，他已经离开她的唇畔，转身走到栏杆边上了。

顾颜一脸蒙然地站在原地，对对方这种吻完就走的行事作风，简直……想对他左右开弓！她恼火地上前一步，忍着抽他的冲动，给他一个改过自新的机会："林少，似乎我只是为了跟进企划案，才跟在你身边的。你不觉得你刚才的行为，太过分了吗？"

然而万万没想到，他居然一点儿悔改的意思都没有，笑看着她："你似乎说过，只要我不睡你，其他的要求你都会尽量满足。我只是吻了你，并没打算睡！"他那笑容看起来非常欠扁，该死的俊美，也是该死的欠抽。

顾颜成功地被这句话噎住，感觉整个人都非常不好了，并且感觉林霄这个人真的挺厉害的，能够轻而易举地挑起人的怒火。她还觉得自己仿佛掉进了一个大坑，并且在这个坑里头，她接下来还会吃不少亏，还是有苦说不出的那种亏！还有，这世上为什么会有人臭不要脸到这个份儿上，能脸不红心不跳、如此淡定地说："我只是吻了你，只是吻了你，只是……"

正在她恼火无语之际，这个贱人仿佛还嫌不够，睨着她笑道："当然，如果你希望我睡你的话，我也可以勉为其难地满足你！"

"满足你妹！"她终于忍不住，脱鞋甩了过去！

这是她今天第二次对他甩鞋，他伸手接住了，但是那双冷厉的眸中，也闪过几分不悦。显然林大总裁今日对她似乎很有包容度，但是这并不表示，他能接受有人这样完全不将他看在眼里地冒犯。但那一瞬间的不悦很快就消失了，转化为几分笑意。

他把鞋子递给她，又问了一个他方才已经问过的问题："出来找我的？"

"呃……"顾颜被他这么一打岔，鞋子也甩出去之后，被成功地转移了注意力，但还是很不高兴地冷笑了一声，"可不是我想来找你，是大家看见你走了，都没食欲了，为了大家能安心进餐，我只好牺牲我自己！"

说完这话，她的肚子咕噜叫了一声，表明她也饿了。

这让他又笑出声，似乎欣赏她的窘迫，就非常能够愉悦他老人家一般。同时，他也在她因为他这笑容动怒之前，笑道："想回去吃饭吗？"

"想！"她应了一声，脸色依旧很黑，拒绝接过他手中的鞋子，干脆把另外一只鞋子脱掉，拎在手里，打算什么时候不高兴了，可以随时拿着鞋子再抽他一下。

"嗯。"他点头，也不再坚持把鞋子递给她，却伸出手道，"想的话，就把手机借给我用用！"

"你没手机吗？"顾颜狐疑地看着他。

他也不解释，一直伸着手等着她把手机递过去。她的肚子这时候又不合时宜地叫了一声，也的确是真的饿了，天大地大，吃饭最大。她最终还是把自己的手机递过去了，反正借他一会儿也不是什么大事，她本来也不是吝啬的人。

他把手机握到手里，修长好看的手指看得顾颜在心中直骂苍天无眼，这么好的外在资源，为什么要给他这样的浑球。

"密码？"他低沉好听的声音传了过来。

手机是指纹解锁的，指纹不对，当然需要密码打开。顾颜面无表情地报了四个数字："2333！"多么清新的密码。

她一报，他抬眼看了看她，眼睛里头有几分难以名状的戏谑，看得顾颜脸发烧，她仿佛在密码上暴露了自己二货的本质。

接着，他不知道在里面按什么。

顾颜正想看看，他低沉磁性的声音缓缓说道：“密码不许改！身为林家未来的媳妇，你有义务随时面对我的盘查，避免有人想挖我的墙脚。自然，为了公平起见，我的手机你也是可以查的，密码我也会改成2333。接受你随时查验！”

顾颜：“……”这都是什么跟什么？她为什么要接受一个才认识一天的陌生人查验她的手机？还有，她为啥要对查验他的手机感兴趣？从前真的没听见什么报道说林霄的脑子有毛病啊！

看着他认真地按着，她无语地道：“我觉得你没必要查验我的手机，我也不会查验你的。毕竟人是应该有自由、有各自生存空间的，你这样……”

“既然选择在一起，为什么还要自由空间？”他扬眉，扫了她一眼，旋即笑道，“我认为，坦诚相待和给予彼此安全感，比所谓的自由空间重要得多！一味追求自由空间，是没有‘自由’够的人才会有的自私想法。另外，顾颜你要明白，不允许你盘查手机的老公，才有更多出轨的可能，我允许你查，是因为我心中无鬼，对婚姻忠诚！你要是肯查，我会高兴，这证明你在乎我。同时，你若查了，也能反映出我没有给你足够的安全感，证明我有问题，而不是你的问题。明白吗？”

顾颜一噎，好像无法反驳。

的确，她看见身边不少已婚的男性朋友，在面对老婆检查手机的时候，总是一副“你为什么不相信我”的厌烦态度。可换句话说，既然你觉得自己这么值得相信，为什么要反感盘查呢？难道盘查就一定要被注解为不相信你，然后变成一个男人发火的理由，而不能是男人自个儿琢磨着，这是我媳妇在乎我，这是因为我让她没有安全感？

其实那些所谓的“不相信我”“你这样做我没有私密空间”，说白了就是以自我为中心，是自私的表现。

她想了半天，忽然反应过来什么，抬头看他一眼：“林先生，你是不是疯了？在别人面前胡说八道也就罢了，我姑且还能认为你是有什么难言的理由，但是为啥现在只有我一个人在这儿，你还在胡说八道，我到底跟你有什么关系？什么未来的媳妇，什么老公？我们为什么要无聊到彼此盘查陌生人的手机，为什么……”

简直有毛病好吗？

没想到她这么几句话，似乎碰到了他的逆鳞。他骤然往前一步，顾颜怕他又吻自己，赶紧后退。可他步步逼近，剑眉微扬，性感磁性的声音带着危险的味道：“跟我没关系？陌生人？”

看着他凑近的脸和恐怖的模样，顾颜有点儿孬地咽了一下口水。

但很快她又挺直腰板跟他对视，撞入他那双冰冷而深不见底的眼眸中，继续坚定地道：“本来就跟你没关系好吗？不是陌生人是什么？”

所以，她是真的对昨天晚上的事情，一点儿印象都没有了？

他眸色渐冷，而顾颜又想起什么一样，瞅着他们这时候似乎还能够正常地沟通，忍不住又问了一遍：“还有，我并不相信您老人家下午那一句觉得我们前世有仇，所以要找我的麻烦的话，如果你不介意，我是否可以麻烦你解释一下，到底为什么一大清早您要在我们家酒店搜查我？吓得我爸居然让我不要住在家里了，赶紧出去借住，并让我这几天就赶紧收拾东西，立刻出国。我到底对你做了什么禽兽不如的事情？快说出来，千万别把你自己给憋坏了！”

顾颜根本想不到自己昨天晚上睡了并且还甩了一百块钱的人，就是眼前这位。她心里只觉得这个人是无事生非，她一点儿都没觉得自己做过啥对不起人家的事，只觉得是他在没事找事地欺压她。

他听到这里，眸色冷了冷。没想到顾建成那只老狐狸，想方设法不让自己找到顾颜就罢了，竟然还打算让她出国。

到这会儿他倒不打算多说什么了，只低头看了一眼自己手中顾颜的手机，飞速地按了一下拨号键。接着他口袋里的手机就响了起来。很显然，他拿顾颜的手机，就是为了拨他自己的电话，以知道顾颜的手机号码，同时也让顾颜知道他的号码。

接着他挂断，把手机递还给她，用一种命令的口吻道：“我的号码，存好！”

顾颜脸一青，心里很后悔自己把手机给他，搞半天他是为了这个。

她劈手把手机夺回来，不冷不热地说了一句："我觉得如果你想知道我的手机号码，多的是办法，根本没必要整这一出！"

"不错！"他点头，嘴角慢慢扯起一抹邪肆的笑，继续道，"今日调查你的私家侦探，在上交调查结果的纸上，也写了你的手机号码，但我没记。有些东西还是要亲自来，尤其是对你。比如以后，我也会亲自操练你！"

说完这话，他不等顾颜反应，转身回了饭厅。

顾颜在原地站了一会儿，回味了一下他刚才话里头的信息量，一下子整张小脸都青了。私家侦探的调查结果？这句话的意思是他找人调查她了？他调查她干吗？那么，这是不是意味着，以自己的资历，就这么轻而易举地被维密录用，这其中跟他有一定关系？

还有，他口中的亲自操练她是什么意思？是她想的意思吗？她真的没有想错什么吗？

正恼怒之际，他人已经走远了，而且从那贱人的背影来看，他说完这话，心情还相当不错。

顾颜恼火地低头看了一眼自己的手机，通话记录里面的第一条是一个陌生的电话号码，就是刚才他拿着她的手机打出去的第一通电话，显然这号码是他的。怀着一种恼火的心情和内心深处对这个人的厌恶，她几乎毫不犹豫地往右边划动，打算调出删除键，将带有他的号码的第一条通话记录给删掉。

然而，当删除界面出现时，她的手刚要按上去，已经在前面走了老远，都要走出她视线范围的男人，这时候忽然顿住脚步，仿佛知道她要干什么。他头也没回，低沉悦耳的声音带着几分玩味的笑意和危险的味道："顾颜，你要是敢删除我的号码，你就尽管删。如果下回我打你的电话，接通之后你不知道是我，后果可是需要你自己承担的！"

他这话一说，顾颜都快按上去的手指头，就这么成功地僵住了。她咬着牙，老老实实地取消了删除记录的打算，并飞快地打字，存下这个浑球的电话号码。

在打出"林霄"两个字之后，她盯着手机的屏幕，嘴角一扯，把

“霄”字删掉，在“林”字后头加上了一串后缀，最后变成了——林姓臭不要脸的欠抽浑球。

干完这么一件幼稚的事，她心里才觉得怒气得到了一定程度的纾解。

正要按保存键，前头那贱人闲闲的声音，又带着几分难以名状的笑意，传了过来：“我的小颜颜，你要是在手机里把我的名字存成浑球，或者加上臭不要脸和欠抽的后缀，我也许会忍不住把你的名字存成——没有林霄活不下去的小颜颜！”

顾颜：“……”他的第二职业真的不是算命吗？都没回头，就知道她先是想删除通话记录，后是用不怎么友好的姓名保存了他的电话号码。是他真的聪明得超神了，还是如他之前所说，因为她傻透了，所以很容易就被他看透？

但不管是因为啥，眼下她被看穿是不争的事实。

她脸色青了青，为了避免他真的把她的号码存成那么恶心的名字，咬着牙又把那几个字删了，重新改成了林霄，但是她好不容易舒缓的心情，这时候又重新变差了。她也不知道自己这是造了什么孽，才会遇见这么一个男人，仿佛在他面前，她简单得像一张白纸，连她接下来的每一个举动，他都能轻而易举地看透。

顾颜表示，自己非常不喜欢这样的感觉。

不情不愿地存好了他的号码后，顾颜就跟着他回了饭厅。司徒家这一家子，大概看见林霄的心情真的不好，所以他们也没什么心思吃饭，于是两人出去了这么半天，他们几乎没怎么吃。这会儿看见林霄回来了，其他人也都不怎么说话，埋头吃起饭来。

其间老军长找了几个话题，和林霄聊了聊。而老太太整个人都蔫了，不敢多吭声。

在这种诡异的情况之下吃完饭，顾颜就被林霄霸道地牵着手告辞了。老军长夫妇大概也知道今天谈到了不好的话题，所以这时候林霄要走，他们也没开口留。就是老军长抹着自己眼角并不存在的泪花，依依不舍地对林霄说："臭小子，你有空的时候，可千万别忘记常回来看外公。毕竟外公的风湿筋骨痛，指不定什么时候就又发作了呢！"

听到他这话，顾颜直接被逗乐，噗了一声。

林霄似乎也对自己这个活宝一样的外公无可奈何，轻笑着点点头："外公您放心，我得空了就会回来看您的！"

老爷子这才算是满意了，看了一眼喷笑的顾颜，板着一张脸，故作严肃地道："笑什么？以后嫁给这臭小子了，要记得孝敬老爷子我，没事儿就拉着他回来看我知道吗？"

"呃……"顾颜蔫了，这话她没法接。她觉得自己的人生，至少一直发展到现在都是有喜有忧的，就是倒霉也不至于太凄惨。但要是嫁给林霄，她实在是不敢想象她未来会凄惨成什么样子，而且她也并不觉得自己面前这个人，是真心诚意地要娶自己，所以就更不能接了。

顾颜没接上话，倒是云淑这时候支支吾吾地看了林霄一眼道："霄小子，外婆刚才的话，你别往心里去，外婆……"

她话没说完，就被林霄轻声打断："您也不必往心里去，当年的事情，我是受害者，您同样也是。真正应当觉得抱歉的，是我们林家。"

他这话令老太太愣了愣，她最终点点头，回过身去抹泪了。

司徒老军长见爱妻流泪，也是心疼，回头哄媳妇儿去了，只挥了挥手，示意林霄可以带着自个儿的媳妇儿先回去了。

回去的时候已经过了凌晨，林霄正闭着眼，双手抱臂，人靠在后座上，看样子是在闭目养神。但单单从他这状态，还有整个车子里头压抑诡谲的气氛，不难看出他心情并不好。

出了司徒家的大院，弗瑞克询问："少爷，我们先去哪里？"

林霄也没睁眼，冷沉着语调，缓声回了一句："回黎雅云端！"

"那个……你们打算啥时候送我回去？"顾颜立刻问了一句，黎雅云端她是听说过的，在本市的山顶上，有一片小草原，早上的日出很美，晨起看日出的时候，还能看见烟雾缭绕。而黎雅云端是一座私人别墅，屹立在山顶，是林霄的个人地产，包括那座山，目前的产权也在林霄的手上。

所以那个地方顾颜是听说过，也神往过，但是根本没想过自己有朝一日能上去瞅瞅。至于今儿个……她似乎有机会跟上去看看，但是她表示拒绝！她根本一点儿都不想上去，不想跟这个危险又可怕的男人在一起多待一秒钟，尤其还是在大半夜！

她问完这个问题，就见林霄骤然睁开眼，似乎不悦。

她嘴角一抽，赶紧补充道："如果你们不方便送我回去的话，可以把我在这里放下来，我自己叫个车回去。"总之她拒绝跟他们一起上山，拒绝跟林霄一起去黎雅云端。当然，要是他不打算去黎雅云端，只准备让她一个人上去瞅瞅风景，她还是愿意的。但是他也要去的话，那还是算了吧。

听她这么说，林霄骤然凑近她。

这么近的距离，看着他这张勾人沉陷，诱人垂涎的脸，顾颜迅速往后挪动了一下自己的屁股，跟他保持距离，并飞快地伸出手，捂住自己的嘴巴，生怕自己又被这个臭不要脸的男人占便宜。

然而，她这样捂着自己唇畔的可爱反应，倒逗得他低笑起来。旋即，他几乎是贴着她的脸，轻声道："放心，黎雅云端房间很多，就算你想跟我睡一起，我也没打算就这么便宜你！"

他这话说完，就是一副不打算再给顾颜任何反驳机会的样子，闭上眼靠了回去，变回之前的姿势。

而司机当然也是听林霄的，直接将车往山上开，去往黎雅云端。

顾颜铁青着一张小脸，看着车子往山上飞驰，没一会儿就进入了盘山公路。已经不是第一次感受到林霄的嘴贱了，她这时候其实已经能够说服自己慢慢淡定下来，但是她实在是不能理解，为什么林霄跟她说话的时候，总是喜欢把俊美的脸凑过来，给她造成难以名状的压迫感……还有，她这样强制性地被人带上山，她能考虑一下打电话报警，请警察来帮她维权吗？她这根本是人身自由都被人限制了好吗？

她正恼火地想着，耳畔又传来那贱人不痛不痒、漫不经心的声音："顾颜，与其思考着是不是要打110报警，你不如多回忆一下你到底做了什么，才让我开始关注你。你要是早一点儿想起来，我心情好了，或许就不欺负你了！”

所以他也知道他这是在欺负她？！

顾颜的脸色很不好看，但听了他这话，也的确静了下来，开始认真地思考。林霄这样的人，虽然她是真的很讨厌他，但是不能否认的是，到他这个层次的企业家，基本上每一分钟都是钱，他老人家忽然放下赚钱的事不干，跑来为难她，这决计不会是因为他吃饱了撑的……

然而，她已经问了他两次，他始终拒绝告诉她原因，到这时候更是明确地让她自己去想。这让她也不禁开始抓耳挠腮，苦思冥想起来。想得太认真了，也就完全忘记了人身自由和报警这档子事。

见她完全沉浸在思索之中，已经不强调着要下车，林大总裁的心情也好了不少，薄唇微微扯了扯，勾勒出几分笑意来，倒也没再说什么话刺激她，由着她在那儿思索。

飞机场。

无数镜头灯光之下，接机厅早已被狂热的粉丝占据。当男人从机场的弯弯道道中走出来，两旁护送的保镖和他身边的助理，都下意识地做出了一个护住他的姿态。

“啊——”粉丝们的尖叫声响起。

女粉丝狂吼：“啊！老公！看这里，啊……”

“你滚！长得那么丑，老公怎么会看你！”一胖女子扭头就是一句，回头再看向那个身材高挑的男人，一秒钟变成花痴羞涩脸，“老公……看我，看我！”

“你个臭不要脸的……”

推推搡搡争执之间，有些疯狂得过分而且完全不知道什么叫理智的粉丝，已经成功地扭打在一起！记者们也围了上去，虽然被保镖们隔离了老远，但还是拔高音量对着话筒狂吼：“叶先生，您这次回国，有传闻说您回国之前，与原经纪公司的CEO（首席执行官）发生冲突，您是打算回国发展吗？”

吼出这句话之后，那人就把话筒对着男人的方向。

男人头上戴着一顶鸭舌帽，硕大的墨镜把那张脸遮了一半，精致的薄唇微微扯了扯。他抬首之间，看见机场内的一个LED（发光二极管）屏，里面正在重播昨天中午顾颜对着镜头说话那一幕。

他取下墨镜，仰头看过去。

那张脸顿时引起粉丝们更狂热的尖叫，漂亮精致的脸蛋透着儒雅温柔的气息，而那双丹凤眼里，又冰冷得让人看不到丝毫情绪。大概也就是这样轻风拂面般的温柔，眼底深藏的高不可攀，才令粉丝们更觉得他不可亲近，对他也更加痴迷。

而他眸中微冷的光芒，在看见屏幕上的顾颜，看见那张漂亮的脸蛋之后，刹那间温柔得几乎能滴出水来。那一瞬几个女粉丝竟忍不住捂着自己的胸口，白眼一翻，直接晕了过去。

整个机场，除了疯狂的粉丝们，还不断有不小心瞥见那男人侧颜的人，都忍不住捂着胸口惊叹："这男人到底是怎么长的……"

"世上竟然有这么好看的人……"

"我居然跟他是同一个物种……"

然而他们想再多看一眼，却很快被粉丝们挤到了后头，挡住了视线。

四下惊叹如瀑，记者们也都激动询问。而男人的眼神并未落到他们身上分毫。他好听的声音很轻，只有他一个人能听见："颜颜，我回来了！"

这个晚上，各大电视台几乎都疯了，直播或者转播，包括微博、微信朋友圈，都在疯狂刷屏一个消息。

叶昌硕回国！

国际超模叶昌硕，被誉为全世界身材最好的男人，长着一张让男男女女都为之神魂颠倒的脸，更是被不少西方的媒体和粉丝评价为"来自东方的璀璨之星"。各大时装、高级成衣定制、奢侈品牌，都以能请到他代言为荣。他追捧者众多，粉丝数量不输于任何一个拿过奥斯卡的好莱坞一线明星！

要说这世上，有谁能在外形上跟他一较高下，大概也就是林氏那位极少在媒体面前露面，但据说不少西方国家以及迪拜等的皇室，见过一面都惊为天人，为其容貌所深深沉醉的林霄。

而叶昌硕，不仅仅有如此出色的外在，出身也好。叶昌硕是叶氏董事长叶旭的独子，而叶家是A市几大龙头产业之一，虽然跟林霄是没办法比，但也是豪门子弟。也是因为叶昌硕的存在，叶家的生意近年来才如日中天，慢慢有挤掉顾氏、陈氏，还有其他几家名企，成为A市大哥的架势！伴随着叶昌硕的归来，财经报道也开始推断，叶氏的股价至少将上升好几个点！

毕竟有着这么强大的粉丝群体，就算叶氏的家底没有陈氏和顾氏那么雄厚，被粉丝这样一捧，疯狂地购买一番，怕这A市老大的位置，也能立即坐稳。果然，叶氏的股价在一夜之间高涨，据闻叶氏有一个身体不太好的股东，见股票这个涨势，发现自己一夜之间身家翻了好几倍，激动得心脏病突发，送去抢救了。

这个激动人心的消息，很快传遍了国内的每一个角落，消息不闭塞的人，几乎都能知道。

然而，刚刚到达黎雅云端的顾颜，就属于那么一个消息闭塞的人。平常她闲着没事儿，也会刷刷微博和朋友圈，今天完全是因为被林霄给刺激了，一路上不是被他怄得生气，就是琢磨着自己到底干了什么，以至于根本没有心情想别的事。

进了黎雅云端，纵然自家也是开顶级度假酒店的，可看着里面富丽堂皇的布置和设施，她眸中还是掠过几分惊叹。梦想成为国际时装设计师的顾颜，自然也有对时尚和设计的强大鉴定能力，而眼前这栋别墅的设计，简直能够媲美国际顶尖名家设计师的作品，甚至更为高端。而她所了解的名家里面，没有一个是这样的设计风格！

她在惊叹之中，扭头看了林霄一眼。但鉴于对方比她高了近三十公分，她穿上高跟鞋还是比他矮许多，于是只能看见他的脖子，仰头才瞅见他俊美无俦的侧颜。她撇开内心深处对他的厌恶和成见，询问：“林先生，您能不能告诉我，这别墅是谁设计的。”

简直了好吗！可以说这栋别墅里面的一切设备，都是用钱堆起来的，而各种铺张奢华之下，透出的却不是土豪的气息，而是高端皇室贵族般的气息。东西方设计的融合，有东方的古典美，也有西方的奔放典雅。跟她前几个月突发奇想的时候画的设计图，从根源上有相似的理念。

追求东西方建筑魅力的融合，华美而不失大气优雅。而且，这栋别墅的设计，比她画出来的东西更加大胆张扬，几乎是一秒钟就给了她会心一击，让她认为自己的作品几乎在瞬间暗淡无光。很显然她的设计能力比不过设计这个屋子的人，但鉴于在根源理论上有相似点，要是知道这栋别墅是谁设计的，说不定她还能跟设计者在未来的某一天成为知己！

她正想着，弗瑞克在旁边笑着回了一句：“顾小姐，这栋别墅的设计和选材，都是少爷亲自决定的。除了建筑是工人们的事，别墅里的一草一木，都是按照少爷的安排和吩咐做的！”

“……”顾颜的脸色一下子又不好看了。这是林霄设计的？这个恶劣又臭不要脸的人，这个拿他手中的林氏实力来威胁她的万恶的资本家，竟然还有这能耐？！这确定不是在逗她？

而前一秒钟，她还在想，自己说不定能跟这栋别墅的设计者在未来的某一天成为知己……这一秒钟，回忆起她方才的念头，那感觉无异于人处在极度兴奋的情绪之中，可嘴里骤然被塞了一坨不明物体，噎得厉害也难受得厉害！

那种感觉，简直能用难堪来形容。

林霄回眸睨了她一眼，几乎不必多问就知道这女人在想什么。“天使的羽翼”能成为她最喜欢的作品中最重要的一件，并且让她产生崇拜之情，那就意味着那种设计风格，一定能与她灵魂深处的设计理念融合，也会慢慢对她的设计风格起到一定的影响和引导作用。

如果她足够有灵性，那么对于房间的设计，应该会产生一定程度的共鸣。

他磁性悦耳的声音轻缓地问："你有过理念类似的设计？"

"不错！"顾颜的眉头皱了起来，他问得很精准，是理念类似，而非作品的成品类似。理念类似，是设计师之间风格的影响传承，或者只是正好彼此有相似看法，这是正面的。但成品类似，就有抄袭嫌疑了。她的成品完全不同，但从根源的理念上来看，是类似的。

尽管她很不想承认自己跟他有类似理念，但既然是事实，她也并不打算隐瞒。只是说完这句话之后，她的脸色有点儿灰败。她的设计理念的确跟这个类似，但是比起他的作品，却远远不及，这其实有点儿挫伤她的自尊心。

林霄看着她灰败的脸色，闲闲地笑了声："你的设计类似，但并不完全相同，对不对？"

"嗯！"顾颜的眉头完全皱了起来，并不知道他说这个是想表达什么，但她还是继续道，"我的设计风格，一直有点儿受Tom先生的影响，尤其受他那件"天使的羽翼"的影响，当然从来没有刻意模仿，所以还是能明显看出不同。可我始终觉得，我的设计好像缺点儿什么。"

她设计出来的东西，其实已经拿过不少国内、国际的奖项，纵然并不是特别厉害的奖，但也已经是对她实力的认可。然而不知道为什么，她总觉得自己的作品缺一样很重要的东西。也有一些很知名的设计师，曾经看过她的作品，都很为她的设计能力赞叹，然而他们摸着下巴，赞叹半天之后，最终又会摇摇头，大概也是跟她一个看法，觉得缺点儿什么。

她这带着几分迷惘的话说出来，林大总裁嘴角微扬，那张俊美的脸上，浮现几分似笑非笑之色，他盯着顾颜道："如果你亲我一口，我就指点你一下，你到底缺了什么。大概除了我、Tom和掰着五根手指头就数得出来的几个国际知名设计师，还真的没几个人能点出你到底缺什么。"

他这么一说，顾颜的脸色又绿了，很认真地忍了忍，才没猛抽他一巴掌！但还是从牙缝里挤出三个字："亲你妹！"

好不容易好好说几句话，没想到说着说着，这男人忽然又犯贱。

他是天生为犯贱而生的吗？还亲他一口！也不知道他到底是从哪里来的脸！

她这暴躁的反应一出，立即逗得他扬声笑起来。

弗瑞克看了看这情况，不知道为什么莫名觉得自己像电灯泡，尽管他们两个看起来一点儿都不相亲相爱，但是这种自己是电灯泡的感觉还是来得那么猛烈。他摸了摸自己高挺的鼻子，默默地退后好几步，不动声色地先出去了。

而林霄并没在意他，看着顾颜被气绿了的小脸，竟忍不住伸出手掐了掐她的脸蛋，掐得她脸色铁青，顾颜正打算伸手把他的"猪蹄"挥开之时，他开口问了她一句："李白是哪一派的诗人？"

她一愣，不太明白他怎么会问出这么一个风马牛不相及的问题来，但她还是皱着眉头回了一句："浪漫主义诗人。"

"毕加索的作品是什么画？"他带笑的声音，又缓缓响起。

顾颜怔了几秒之后，心里头已经明白了什么，有种云雾在渐渐被拨开的感觉。她回了一句："抽象画！"所以，他的意思是……

"还不明白吗？"他剑眉微微扬了扬，眉眼里头含着几分笑意，以及几分几不可察的期待，还有几分莫名的信任，是信任这个女人，能明白他想表达什么。

顾颜深呼吸了一口气，吐出一句话："我明白了，你是想说，风格！属于个人独特的风格！"

不错，近年来，她的作品一直在得到认可，也总是会令人惊艳，她也有过不少件成熟型作品，但始终让她觉得有缺失。眼下听林霄这么一提点，她倒是真的反应过来，是缺一种独特的风格！

她正沉思着，听得他磁性低沉的嗓音里带着赞赏，是对她悟性的赞赏。旋即，他补充道："世界上有很多成功的设计师，红极一时的很多，但是真正出名的，并没有几个。那是因为时代在变迁，后来者很快追撵上来。而悲哀的是，这些红极一时的人，他们的作品缺少独特风格，这意味着缺少标志性。所以，任何一个成熟型的设计师，若是有心，都能设计出一模一样的东西放在你跟前。"

顾颜听到这里，已经不需要他多言，就反应过来对方想表达什么。她眼神慢慢晶亮起来："所以……我的作品里面，缺的是将我骨子里独有的东西融合进去，创建属于我自己的独特风格，构建我的作品的标志性，让人能一眼就辨别出，这东西是我的。就像Tom先生的作品，除了那件'天使的羽翼'，一直让我觉得跟他一贯的风格不搭，其他从他手中设计出来的作品，只需要一眼我就能看出来是出自他手！而我接下来要做的，就是完成这一点！"

他低笑了一声，掐着她脸蛋的手，这时候又微微用力，从那姿态看来，这根本就是在逗弄小猫。她的话令他眉梢微扬，赞赏之下，他又提点了一句："光有自己的风格还不够，你还需要把它做到极致，做到世上模仿你的后来者千千万万，但是没有人可以取代甚至超越你！"

他不轻易对任何人示警，也不轻易指导旁人，今天能对顾颜说这么多，算得上是他生平头一遭。

顾颜听完这句又是一怔，尽管心里头对自己面前这个人的行事作风，在内心深处有无数意见和不满，但她不得不承认，他说的话的确很有道理！岂止设计师这个行业是如此，世上许多行业都是如此。一个红极一时的作家，如果作品没有属于自己的独特风格，那么被丢在许多出色的作品里，没有人能通过阅读，就判定哪部作品是你的。一个画家，如果画作没有自己的独特风格，同样也失去了标志性，这样的话，就容易被取代。

而且林霄说得也不错，标志性这种东西，一旦成型，就会有许多人模仿。也只有做到极致，做到在这种独特风格的方向，所有能攀顶的东西，她都做完了，那就等于是没给模仿者任何超越她的机会。

她觉得跟他这么聊了一会儿，她眼前的路几乎是在一瞬间就明朗了。遮挡在眼前的雾霾，让她摸不清前路的路障，可在他的几句话之下，迷雾退散得干干净净。困扰了她这么久的问题，今天竟然被一个认识才一天，甚至彼此都不那么喜欢对方，爱整她，令她神烦的人给点破了。这种感觉……还真的是很复杂！

而这会儿，黎雅云端的用人们，心里的感触都是很古怪的。

少爷这么多年来，可从来没有带过任何人来黎雅云端。这里仿佛就是他一个人的私人区域，不论是男是女，跟少爷多好的关系，都无缘上来造访。这也令他们心中都在认真猜测，今天来的这位小姐，跟少爷是什么关系……

难不成……就是他们未来的少夫人？

在大家都胡思乱想的当口儿，顾颜扫了林霄一眼，情绪复杂地开口："多谢提点！"她向来是非恩怨就很分明，他找她的麻烦，她不喜欢他；他帮助她，她也不吝于表达感谢。

然而，令她觉得很不美好的是，她说完这句话之后，他竟挑了挑眉梢，戏谑又欠抽地开口："你若是真的想感谢我，不如……"

"我忽然不想感谢你了！"顾颜根本没听他说完，只觉得这个家伙就说不出什么好话来，所以她拒绝多听。

"哈哈哈……"林大总裁见着她这可爱的反应，朗声笑了笑，足见他此刻心情很不错。他睨了楼道一眼，开口道，"南面的房间是你的，你可以先进去沐浴洗漱。"

他这话说完，楼道上立即下来一个用人，对着顾颜弯腰道："小姐，楼上的洗浴用品和设备，都是全新的，并且已经消过毒了，您可以放心使用！"

顾颜听完这话，防备地看了林霄一眼，这毕竟是他的房子，在他的别墅里头沐浴，这真的安全吗？尤其这货动不动就忽然变成个痞子，这让顾颜实在难以对他的人品放心。

然而林霄这时候似笑非笑地看了她一眼，开口道："顾颜，你去你的房间沐浴，我才能放心回房沐浴。毕竟你在这里，我实在担心你什么时候会化身女流氓，对我行不轨之事！"

"……"她真的败给他了好吗！她长这么大从来没有见过这么臭不要脸，还如此擅长往自己脸上贴金的男人。好吧，他长得这么帅，身材这么好，尤其是这双大长腿，是真的很容易让人心生绮念，忍不住想对他做点儿什么，他老人家有这样的自信也不奇怪。

只是她还是忍不住咬牙切齿地说了一句："您放心，我这个人品德高尚，是不会对您做什么禽兽不如的事情的。当然，如果您真的不放心，实在担心晚上我对您做什么的话，您可以回房之后，把门锁好，再上防盗锁，把房间里面的床、桌子、板凳，全部移到房门口来堵住，把门封严实！啊，当然，如果您还是不放心，还可以装上一个高压电网，以保证您的安全，确保我不会进去觊觎您的美色，相信以您的财力，在一个小时之内，让人在门上装上高压网，不是什么难事。"

说完这话，她不等他回话，转过身大步往房间里头走，去沐浴洗漱。其实折腾到这个点，她已经很困了。但是这个浑球，还是要惹她生气。

目送着她上楼的背影，他眸中染上几分笑意。

顾颜没注意到的是，她今天在很多时候，已经被他吃得很死了，他很会转移她的注意力，就比如这会儿，他说了这几句犯贱的话，顾颜方才的小心谨慎和对自己的防备已经全部卸下，回房去沐浴了，根本忘了她之前担忧的问题，忘了她在这个陌生环境下沐浴存在的安全隐患。

门口的弗瑞克也担忧地看了一眼，少爷对顾颜若是认真的，那他真的很为顾颜的未来担忧，这还没开始呢，她性格中的弱点就被少爷抓得死死的了。怕是早晚得掉进少爷的坑里！

等到别墅的正厅只剩下林霄一个人的时候，弗瑞克这才从外头走了进去。

"有事？"林霄头也不回地问了一声。寻常情况下，在他已经很明确地说了立即要沐浴的时候，弗瑞克应当不会进来打扰他的，但是对方这时候竟然进来了，那就说明有事，而且还是值得一提的事。

弗瑞克点点头，恭敬地开口道："少爷，叶昌硕回国了！A市的财经发生了很大的动荡。"事实上，就粉丝经济时代而言，能有叶昌硕这种带动能力的明星的确不多。虽然他们林氏的市场，从来都在国际上，并不在A市这一亩三分地上，但是这个新闻，自己有义务告知少爷。

林霄闻言，扬了扬眉，漫不经心地询问："那个从中国出去，震动模特界的国际超模？"

叶昌硕在时尚界的名声，林霄自然听过，没有一个对时尚圈有所了解的人，会不知道叶昌硕，就如同没有一个国际上流社交圈的政要以及知名的企业家，会不知道他林霄一样。

“是的！”弗瑞克应了一声。

林霄表示了解，但不知道为什么，对这个未曾谋面的叶昌硕，林霄没什么好感。这种感觉来得莫名其妙，好似有什么预感，对方会在未来的什么时候给自己找不痛快。他素来相信自己的第六感，瞟了弗瑞克一眼：“我不希望他接下来在中国也太顺风顺水！”

“呃……”弗瑞克愣了一下，少爷想封杀一个明星，哪怕对方是国际一线，也都是轻而易举的事，没几个品牌的老总以及经纪公司，会不给少爷面子。但问题是，叶昌硕哪里惹到少爷了，他没事儿整人家干吗？

看出了弗瑞克的疑惑，林霄自己也蹙了蹙眉。事实上他相信自己的第六感，却很少按照第六感去行事，弗瑞克有疑惑，也是正常的。

弗瑞克忍不住问出声：“那少爷……是封杀吗？”平常要能让少爷专程去封杀一个明星，那基本上都是对方得罪了少爷，并且让少爷非常不高兴，他才会这么做。但是这个叶昌硕，他根本就没听说过人家什么时候得罪过少爷啊！

“那倒不必，给他找点儿事就行了！”直觉告诉他，要是不给叶昌硕找点儿事，对方说不定会来找自己的事。这世上能找他林霄的事的人自然并不多，叶昌硕即便再有号召力，与站在商业帝国顶端的人，当然也没有可比性。故而，林大总裁自己也不太明白，他为何会觉得对方会来给自己找事儿。

直到眼神落到不远处，二楼紧闭的房门上，那是顾颜的房间。

似乎对方只要找事儿的话，也只能从她身上下手。这令他冰冷的眸中骤然浮现几分戾气，但愿是他的直觉错了。

“玲玲，颜颜回你那儿了吗？”半夜里，秦玲玲被一个电话吵醒，从被窝里爬了出来，不情不愿地攥着手里的电话。

听见这话，她睡意稍微少了一些，情绪也低落起来："还没有呢！不过她跟林少在一起，应该不会有什么事吧？林少是从我们面前把她带走的，相信他也不会做什么出格的事儿，毕竟这么多双眼睛都看着呢，颜颜要是有什么好歹，肯定第一个就会先怀疑上他。所以，我就没联系她……"

电话那一端沉默了几秒钟。

那头是张超，他问了一句："你是真的完全不担心颜颜的安全，还是人太怂，不敢打电话过去，怕他们若是正在干什么，打搅了林少的好事，你怕吃不了兜着走？"

"呵呵呵呵呵……"秦玲玲一阵傻笑加干笑，摸着自己的鼻子说，"超哥，你果然了解我！你这么晚打电话给我是担心颜颜吗？你打给她了吗？"

超哥要是担心颜颜的话，这个电话应该先打给颜颜啊，为什么会打到自己这里？还是超哥也跟自己一样，不敢打电话过去，怕触怒了林少？

张超被她这么一问，瞬间也有些尴尬了，在电话的另一端摸了摸鼻子。他也很想直接打给颜颜啊，但是想想颜颜要是还没回来，这大半夜的，都是成年人了，指不定她跟林少正在外头干什么呢。林少的虎须，他也不想捋，他的PR服装潮牌刚起步，不想因为得罪了林少就此夭折。尤其颜颜应该也不会出啥事儿，毕竟林少那时候说颜颜是他的未婚妻来着不是吗？

秦玲玲感受到了他的沉默，心里也明白对方跟自己的顾忌估计一样，两个人都是怂的，谁也没必要嘲笑谁。于是她顿了顿，问了一句："那超哥，你这大半夜的打电话给我，是为了啥？"

睡不着，打电话给自个儿？他也不怕子瑜削他。

听她这样一问，张超才找回来一点儿底气，问了她一句："新闻你看了吗？微博都刷爆了，还有各大电视台，都在播报消息……"

"请讲重点！"秦玲玲打断了他，有啥话其实可以直接说，干啥在前头加上这么多前情描述。她从KTV回来就直接睡觉了，所以也没看啥新闻报道。

接着，被要求讲重点的张超，丢出一个重磅炸弹："叶昌硕回来了！"

"什么？"秦玲玲一个鲤鱼打挺，直接从床上蹦了起来，睡得迷迷糊糊的状态在这一秒钟完全清醒了。整个人像是打了鸡血，嗓音也骤然提高了不少分贝，"叶昌硕回来了？为啥我之前一点儿风声都没听到？"

"我也没听到啊！"张超远比秦玲玲更加震惊，他在巴黎时尚界还是有不少朋友的，包括PR潮牌的创建，也从巴黎时装展开始。按理说叶昌硕这样在国际上知名的大咖要回来了，他不可能没听到风声啊，可是对方说回来就回来了，没有一点儿防备，也没有一丝顾虑，就这样出现了！

秦玲玲这会儿整个人活脱脱跟被雷劈了没两样，有点儿语无伦次地道："你真的不是半夜里睡不着，专程打个电话捉弄一下你真诚的老朋友，也就是我吗？我可告诉你，你要是扯淡骗我的话，咱俩的友谊小船可是会翻的！"

张超也顿了顿，问了一句："你觉着这么大的事儿，我会随便开玩笑吗？"

"不会……"大家都是一个圈子里的，也都知道叶昌硕和顾颜从小青梅竹马的关系，纵然颜颜昨天对自己说了，她跟叶昌硕没什么，并没有男女之情，叶昌硕就跟她亲哥似的。但就是兄妹之谊，一个人忽然从自己面前消失，一走就是十几年，没有一点儿音信传回来，稍微知道点事儿的，都不会随便在顾颜面前提起这个人的名字。

所以，张超就算要开玩笑，也绝对不会如此无聊，开这么大的玩笑。

电话那头，张超也叹了一口气："说实话，他进了艺人圈之后，我在巴黎那几年也没见过他。只知道他还是我们认识的那个人，但……总觉得他已经从我们的圈子离开了，不会再回到我们身边了。大概颜颜也是这样的想法，所以即便这些年经常能得到他的消息，知道他在哪里，颜颜也不曾主动出国去找他！”

一个人已经从他们的圈子里面淡出去，甚至都没留下一句话，没有留下一个联系方式，这就很容易被注解为，这是要就此撇清关系的意思。他们也都不是厚脸皮的人，人家都这个态度了，他们自然也不会自己贴上去，毕竟这世上也不是谁离了谁就不能活。

秦玲玲的语气，忽然尖锐起来：“他既然走都走了，还回来干什么？那时候颜颜知道他走了多难过！就算颜颜这几年提起他，都是云淡风轻的态度，但是那年她那么难过，我们都是看在眼里的。”

“还不知道他回来是干什么的呢！”张超提醒了秦玲玲一句。

毕竟人家回来是干啥的他们都不知道，也许并不是为了颜颜回来的呢，所以玲玲也没必要这么激动。而且，作为男人来讲，他很诚挚地说了一句：“其实也许那年他出国，是有什么难言之隐，毕竟他那时候也还小，并没有自主权。”

毕竟他的年纪，比顾颜和秦玲玲他们都大上快十岁，所以看事情也全面、冷静一些。

他这话说完，秦玲玲的情绪也慢慢平复下来。也是，她毕竟不是当事人，叶昌硕当年对颜颜的好，也是作不得假的，他为什么会忽然出国，这件事情也的确谁都说不准。她轻轻地吐出一口气，旋即开口道：“要真的是这样的话，这个消息，我们要不要告诉颜颜，呃……林少……”

讲真的，如果林少没有忽然出现在他们面前，并且强势地表明颜颜是他的未婚妻，那这时候叶昌硕忽然回来，而且要是他当年出国，真的是有难言之隐……两个人把事情说清楚了，正巧颜颜和陈晓峰的婚事也告吹了，秦玲玲认为这或许还是天作之合，一段青梅竹马的完美恋情，就这样谱写出华章。

但是林少忽然插进来……

而且最可怕的是，林少昨天才插进来，今天凌晨叶昌硕就回国，这就很尴尬了。这到底算是林少插进来得太不是时候，还是叶昌硕比较倒霉，就晚回来一天？

张超犹豫了一会儿，开口道："告诉也行，不告诉她迟早也会知道。至于林少……呃，也许叶昌硕回来只是来看他爸妈的，或许他真的已经把我们和颜颜都忘得一干二净了，这个问题你就先别想了。"

反正越想越觉得颜颜未来的生活会"丰富多彩""鸡飞狗跳"。他们这些旁观者，也就只能关心关心。至于其他的，也就都不是他们能左右的了。

秦玲玲点了点头，表示了解："超哥，那你先睡吧，我先想想这件事情到底要不要第一时间告诉颜颜。"

不告诉吧，大家都知道了，明明知道颜颜会在乎这个消息，在知道的第一时间却不告诉她，难免显得不仗义，颜颜知道了估计也不会高兴。可要是告诉吧，这时候合适吗？要是颜颜正在和林少做不可描述的事……颜颜自个儿估计都会尴尬。

"好！晚安！"张超应了一声，他知道她的犹豫。事实上在打电话给秦玲玲之前，对这件事情他也一样犹豫，但是鉴于姜还是老的辣，他犹犹豫豫没办法解决，所以很不仗义地打了一个电话给秦玲玲，把事情丢给她去想了。

秦玲玲还浑然不知道自己被老姜算计了，亲切地说了一声："晚安！"才埋头倒了下去。

在床上翻来覆去半天，也实在是不晓得应当如何是好，最终被子一捂，把自个儿蒙了进去。她努力地思考着，到底要不要现在打电话给顾颜，想打又不敢打，不打又憋不住，这真是纠结的人生啊！

秦玲玲瞅了一下时间，已经凌晨两点了，要不然明天早上再说？

黎雅云端。

顾颜沐浴完，穿着浴袍走出浴室时，就听见门口有人在敲门，她问了一声："谁呀？"

"顾小姐，是我！"门口传来用人的声音，是个女人，顾颜自然也没太在意，走到门口把门打开。用人手上端着一个托盘，客气地笑道，"这是少爷吩咐，让人给您准备的新睡袍，少爷已经让弗瑞克先生去给您购买适合您尺码的衣服。您的脏衣服，如果您不介意的话，可以交给我，我会帮您清洗干净，明天早上您离开之前，送到您的房间。”

不得不说林霄家的用人的确充满了职业素养，也很有修养。客气不必说，在提起顾颜的脏衣服的时候，说的是为她清洗干净之后明天早上送来，而不是反正弗瑞克已经去为她准备新衣物了，她的脏衣服就直接丢掉好了。没有那种有钱人家的高高在上和不可一世，听着就让人觉得很舒服。

顾颜点点头：“那就谢谢了！”人家都说有什么样的主子，就有什么样的手下，也不知道林霄那样嘴欠的浑球，家里怎么会有这么有礼貌的用人。

那用人轻轻点了点头，进屋去收拾顾颜的脏衣服，不长舌，也没多说一句不该说的，收拾完东西之后就退了出去。

顾颜正打算关上门，便见着隔壁的房间门开了，林霄出现在门口，身上很随意地套着一件浴袍。从微微敞开的领口，可以看见他的胸肌，还有那一眼看去，便知充满力量的大长腿，让顾颜在门口呆立着盯了几秒之后，鼻头忽然热了热，感觉有什么液体要滑出来。

她自认不是一个大花痴，但是眼前的美景，也的确能让人轻而易举地心旷神怡，产生某些不应该有的冲动！

她看见他的瞬间，他也看见了她。两个人之间，也就两米不到的距离。

看着她娇小的身躯裹着浴袍，松松垮垮的，露出一截雪白的脖子，他几乎不自觉地就想起他们前天晚上的疯狂，那是一段能令人食髓知味的回忆。他眸色骤然深了一分，凝眸扫向顾颜，语中含笑：“怎么，看呆了？”

顾颜收回视线，在心中暗骂自己一顿，看谁看呆住不好，偏偏看这个浑球看呆！她也是没出息。

没嘴硬反驳他的话，她只抬眸看向他：“林先生，请问我们什么时候离开这里？”她一个妹子，被一个男人带到他家里，而且还是一个浑身充满了危险气息的男人。她觉得自己待在这里一点儿安全感都没有。如果条件允许的话，她简直想开火箭马上离开！

她完全就是一副避之如蛇蝎的态度，盯着他，并询问着什么时候可以从他的地方离开。这令林霄眼神微沉，眸中掠过几分不悦，甚至看起来还有些危险。

见他眼神不对，顾颜心里咯噔一下，琢磨着自己势单力孤，还在他的地盘上，这时候激怒他，也是一件挺危险的事。顾颜啥都不敢多问了，直接关上门。

林霄嘴角微微扯了扯，没说话，但从他冰冷的眸色中不难看出，因为顾颜的话，他的心情变得不好了。

用人在边上看了这么一会儿，也不敢出声，悄无声息地从他们身边过去，轻手轻脚地下了楼梯。能够如此轻易地左右少爷的情绪，看来这位小姐在少爷心中的地位真的很不一般！

而顾颜关上房门之后，想了想，还是有点儿不放心，特别小人之心地把门给反锁了。

反锁好之后，她盯着门看了几秒。这个房间的隔音效果很好，听不见外头的声音，所以她并不知道林霄这时候是回房了，还是仍在外头。她也懒得管了。这才回头看了一眼房间的构造，巨大的落地窗边，是一个玻璃门，门口是阳台，阳台里头摆着桌具和板凳。

跟客厅的华美设计不同，这里的布置，都带着一种欧式家居的典雅。

阳台之外，就是一片漆黑。不知道明早往那边看，能不能看见传说中的山顶小草原。她认真地想了想，总归都来了，现在也不能走，不如就好好欣赏一下好了。本来黎雅云端也是许多人做梦都想上来的地儿，她以前也想过来看看。所以，也不用太纠结，完全可以明天起个大早，看看日出。

为了明天能早起，她看了一眼床上随手扔着的手机，摒弃了她每天晚上都要刷一下朋友圈和微博看看最新的新闻才睡觉的习惯，直接往床上一躺。睡觉！

于是，错过了现在就知道一个轰动新闻的机会。

扯着被子，睡到半梦半醒之际，她忽然听见一阵敲门声，声音还很响。作为一个有起床气的妹子，她眼睛都没睁开，就从床上跳了下去，带着一种被吵醒的不悦，扯开防盗锁，打开门劈头盖脸就是一阵吼："谁呀？大半夜的，还让不让人睡觉了？！你再敲一下试试看，老娘让你知道花儿它为什么这么红！"

吼完后，她迷蒙着眼，看着自己面前站着的人。准确地说，她眼前是一堵胸口，还是个男人的胸口！她脑子忽然清醒过来，抬头看了他一眼，俊美无俦，让人失魂，正是林霄。他似乎也愣了一下，没想到这女人的起床气能大到这种地步。但也只是一愣，那愣怔的情绪很快便转化成玩味的笑意。

但是顾颜蒙了！

瞅见他之后她才清醒过来，也才反应过来，自己是在人家的地盘上。她一下子结巴起来，盯着面前这张俊脸道："那个，大……大半夜的，不睡觉，你想干啥？"

他很自然地伸出手，像拎小鸡一样，拎起了她的衣服后领，往他房间里走："我睡不着，你陪我睡！"

"啊？"顾颜吓得脸都青了，人被他拎在半空中疯狂地挣扎，"喂喂！林霄，你说了你不睡我的。你睡不着不一定要我陪着，你可以数羊啊，你不会数我来教你，是这样的，一只羊、两只羊……五只羊、四只羊……"

顾颜吓得说话都不利索了，"一二三四五"也数不清楚了。

她很想挣扎着从他手中下来，然而他力道太大，她根本挣脱不出来，并且深深地意识到，再挣扎几下，保不齐人没脱困，身上的睡袍先从她身上掉下去了！于是，她捂着自己的睡袍，也不敢瞎挣扎了，人也被他抛在了他的大床上。

顾颜下意识地起身打算跑，但他已经关上门，把她按回了床上，躺在她身边。

他长臂环住她的腰，低沉性感的声音缓缓地道："你陪我睡，放心！我其实是个贞洁烈夫。只要你晚上老实点儿，我不会对你做什么！"

顾颜："……"

## 【第四章】

# 我认定你了，你就跑不掉

他今天的种种表现，她实在看不出哪一点可以证明他是贞洁的！还烈夫？！烈夫是不是意味着，如果她想对他做什么，他会为了保证自己的清白和贞洁，以死明志？

他的铁臂就在她腰上，并没见他真的用多少力，但顾颜整个人就这么被束缚着，根本动弹不得。想翻身去看看他这会儿是什么情况，但鉴于翻身后他们两个就是面对面了，那样会更加尴尬。

于是，她身体不敢动，只敢卖力地扭过脖子看向他。

她觉得自己要是颈椎不好，这么一扭，简直能直接把脖子给扭断。回头一看，这家伙一双邪魅锐利的眼早已闭上，呼吸还很均匀。仿佛他老人家是真的睡不着，把她这个人形抱枕拉过来抱着，他就能成功地摒弃人世间的烦忧，忘记他过于居心叵测而睡不着的主因，成功地进入梦乡，投入睡神的怀抱！

但是她呢？

她扭回头，一脸悲催，两根面条泪蜿蜒而下。她根本就不敢睡觉了好吗？要是这个浑蛋老实了一会儿，等下又醒了，对她做点儿什么，这个谁能保证？！她安静地睡着，也不敢再吭声，怕把他给吵醒了之后，引发什么不愉快的事。

房间里头一片漆黑，林霄似乎没有亮着灯睡的习惯。

而这导致顾颜啥也看不见，想找点儿什么来吸引自己的注意力好坚决不睡觉都不行。山上的夜晚温度很低，还有点儿冷，然而背贴着他温暖的怀抱，反而觉得温度适中。房间里空调的温度，也正好适合两个人一起睡。

男性的气息从身后一点一点涌入，带着让人安定和撩动人心的魔力。也就在这样的环境之下，原本就很困的顾颜，登时更困了，太舒服造就的结果，就是眼睛闭上之后就能立即睡着。她心里是很明白这一点的，所以她一直很努力地睁着眼，坚决不睡！

用尽全力支撑着自己的眼皮，顾颜在脑海中想着各种开心和不开心的事情，希望有什么可以让她高兴到开怀大笑，或是让她多想一下就要流眼泪。

她撑了很久，久到她自己都不知道到底是多久之后，终于还是没能撑住她的眼皮，不知不觉就睡着了。

待到她呼吸均匀了之后，她身后的男人才睁开眼。

漆黑的房间里，那一双邪魅狷狂的眼，像能发光，似猎豹在暗夜里发出的喘息。嘴角微扬的愉悦弧度，足见他心情很好。他轻轻揽了揽顾颜的腰，让她更贴近他，缓缓闭上了眼。

而顾颜的房间里面，她遗留在床头的手机响了一遍又一遍。

秦玲玲简直都快急死了。她犹豫了很久之后，还是决定第一时间告诉顾颜，叶昌硕回来了的事情。然而鼓足了勇气，冒着得罪林少的风险，打通电话之后，根本……没有人接！这种情况，秦玲玲就有点儿担心了。

在正常情况下，顾颜是不会让手机离开身边的。打电话过去没人接，那是什么情况？出事儿了，还是手机丢了？不管是啥情况，这大半夜的，顾颜一个妹子，没回来也不接电话，这都是一件很危险的事。这番担忧之下，她一遍一遍地打了过去。

在隔音效果这么好的房间里面，顾颜就是不睡着，也难以听到隔壁房间的手机铃声，何况还睡着了。

但是林大总裁就不一样了，作为曾经接受过特种兵训练的人，他的听力自然要比其他人好上许多，隔壁的手机铃声他自然听见了。门外的用人这时候也上了复式楼梯，看着顾颜大开的房门，房间里却并没有人，只有手机不停地响着，心里不由得着急又紧张。

顾颜是客人，就算她的房间里没有人，用人当然也不能随便进入对方的房间。

但是少爷的耳力一向很好，顾颜的手机不断响起，是一定会打扰少爷休息的。如此犹豫着，用人站在门口，不知道该如何是好。但很快她的眼神就坚定下来，为这件事情找到了一个解决的办法。一切当然应以少爷为先，回头若是顾小姐有什么不高兴，她再道歉好了。

她正准备进去把顾颜的手机静音或关掉，林霄的房门忽然打开了。用人吓了一跳，正要打招呼，林霄已经抬手给了她一个噤声的指令，担心她吵醒顾颜。用人立即会意，不敢乱看，也不敢再吭声，回身轻声下了楼。少爷既然出来了，自然会把这件事情处理好，也就不用自己担心什么了。

林霄从房间出来，大步进了顾颜的房间。

他盯着手机，屏幕上是秦玲玲的名字，也就是昨晚凑上来跟他说话，并显然很维护顾颜的那个女人。所以她们两个的关系，应该很好。他也没在意别人的电话他不能随便接，在林大总裁眼里，就只有他不想做的事，没有他不能做的事。

他直接按了接听键，那边秦玲玲风风火火的声音就炸了过来："颜颜，你要死了？！夭寿了你？打这么多电话不接！你知不知道我多担心，你……算了，不说你了，我给你说个事儿，你听见了可别激动，叶昌硕回来了！这事儿你知道了吗？"

秦玲玲的脾气从来说风就是雨，也是个不会拐弯的直肠子，否则不会这么轻而易举地让老姜张超把这件事儿扔到她身上来。这不，电话接通之后，都还没听见顾颜的声音，就噼里啪啦说了一大堆，先是骂人，接着说出了自己打算说的消息。

林霄听着，剑眉微微蹙了蹙。

看来他的第六感真的没错，叶昌硕的确跟顾颜有关系！也是，叶氏和顾氏同为A市几大龙头产业之一，富二代的圈子，也就这么大，顾颜要是不认识叶昌硕，才是真的说不过去。他没说话，眸色却沉了下来。

秦玲玲一句话炸出来之后，没听到顾颜回话，这下她心里也紧张起来。是不是颜颜听到这件事情受刺激太大了，所以说不出话来了？她心里也开始斥责自己想事情不够周到，早知道这样，说这话之前，她应该先对顾颜做一下心理建设啊。这下倒好，把颜颜刺激傻了。

“那个……颜颜，你还好吧？”秦玲玲咽了一下口水，在床上调整了一下自己的坐姿，开始了安慰的行为，“其实也没什么大事，你也不用太在意，事情都过去这么多年了，嗯……说不定超哥说得对，他就是回来看看他爸妈的，说不定都不认识我们了，大不了我们就集体无视他好了。颜颜你别不说话啊，你不说话我很紧张……”

她看了一眼手机屏幕，是正常的通话状态。她也素来心大，这时候也没意识到自己应该先“喂”两声，等对方有所回应了再说话，还觉着顾颜是刺激受大了，才没吭气搭理自己，不由得怀疑自己刚刚是不是说错什么话了，让顾颜听着心里更不高兴了。

于是她接着道：“颜颜，那个，超哥也就是乱猜的。说不定他是为了你回来的呢！不过你跟林少到底是怎么回事儿？你回来之后有空可得好好给我说说，不是说你不知道为什么得罪了他，他还搜查你来着？怎么忽然你就变成他的未婚妻了，他还带你去司徒家的大院……”

秦玲玲又说了半天，并且刻意转移了话题，说到林霄身上，可还是没听到顾颜的回话。这么久都一声不吭，这完全不是顾颜的作风。这让秦玲玲更加确信对方一定是被叶昌硕回来的消息刺激到了，于是她声音忽然压低了许多：“颜颜，叶昌硕……你要是觉得你们还回得去的话，他这次回国，说不定你们还能……”

“回哪里去？”林霄不冷不热的声音，终于响了起来。

“哈？！”秦玲玲吓得整个人一哆嗦，手机差点儿飞出去，整个人也是险些直接掉下床去。这个声音，这种低沉悦耳又充满磁性，听完耳朵简直都要怀孕的声音，搁在谁身上，大概听过一次之后，这辈子都不会忘记。

这是谁……

林少！

秦玲玲整个人都吓蒙了，完全没想到顾颜半天没接电话，居然被林霄给接了！而自个儿刚才说了啥？说顾颜和叶昌硕回得去的话……这不等于是在林少面前，表示要挖他的墙脚，怂恿顾颜爬墙吗？惊慌之中，她攥紧了自己的手机，哆嗦着干笑："林……林少，怎么是您啊？颜颜呢？颜颜在干啥呢？呃，我刚才……"

她真的好想哭！心里也把顾颜骂了几百遍，好端端的为什么要把手机交给林霄，还让林霄帮她接电话，顾颜这妮子真的考虑过其他人的感受吗？考虑过她朋友们的安全吗？这不，她说了这么作死的话，还不知道林少会怎么对付她，怎么敲打秦家。

林霄眉梢微凝，也没心思废话，单刀直入，冷声询问："顾颜和叶昌硕，以前是恋人？"

"呃……"秦玲玲哽了一下，觉得这个问题，林霄要是真的想知道的话，应该去问顾颜，而不是问自己这么一个局外人。因为她是真的很担心说出什么不该说的，林少生气了迁怒于她，"那个，这个问题，您不如去问颜颜吧。"

他当然知道这个问题他应该问顾颜，但是以顾颜目前跟他的关系，以她对他避之如蛇蝎的态度，她愿不愿意说，已经很难说，说出来的是真话，还是故意跟他作对的假话，就更难说。所以，他直接问秦玲玲了。

至于为什么敢问秦玲玲，而非其他人，并相信秦玲玲定然不会说出什么对顾颜不利的话，林大总裁认为，这一点儿识人之能，他还是有的。

他原本有些冰冷的声音忽然缓和了一些："秦小姐，你在明知道顾颜是我的女人的前提下，却还说出她和叶昌硕回不回得去这样的话。难道你不认为，你应该对我作出一些解释？"

他也不想恐吓顾颜的朋友，这是他此刻语气稍缓的主因，但这并不代表他能接受在他已经当众说过顾颜是他未婚妻的情况下，有人这样肆无忌惮地找顾颜谈论其他男人。

秦玲玲一听这话，头皮不可抑制地开始发麻。很显然，林少是真的生气了，而且已经成功地把她刚才的言论当成了挖他的墙脚，对他挑衅。她简直想抹一把辛酸泪，擦一擦即将流出来的鼻涕。她觉得超哥真的把她害死了，为什么要把这个消息告诉她，让她去犹豫要不要跟颜颜说！这下可好了吧，这下……

嗯？对了，超哥为什么不直接对颜颜说，却要先打电话问自己？

秦玲玲这么一想，脸又青了。就这么短短的几秒钟，她的内心经过了重重不太美妙的折磨，却又不得不保持清醒，去应对电话那一端的林少。悲怆之下，她只能哭丧着脸，开口道："林少，您千万不要误会我的意思！我说的颜颜和叶昌硕回到过去，是指他们两个的朋友关系。我曾经认真地问过颜颜她和叶昌硕之间的关系，颜颜表示，叶昌硕就跟她亲哥似的，也一度认为，当年的她宛如一个假小子，所以叶昌硕估计一直把她当弟弟。"

说到这里，秦玲玲悲伤地抹了一把脸。

她当然只能这么说，不能说她和超哥他们都认为叶昌硕对颜颜是有意思的，这种话她一声都不敢瞎吭。要是林少对颜颜是认真的，那她说出这种话来，说不定会给颜颜招事儿，甚至连叶昌硕都得倒霉，毕竟谁敢跟林氏作对啊。

她这样一说，林霄原本不悦的心情倒好了许多，他接着道："继续。"

他语气缓和了不少，秦玲玲心里的负担也轻了很多，觉得自己的生命安全不那么受威胁了，估计也不用被林霄拎去跟中东土豪们的大型猫科动物做任何亲密接触了，她才继续道："本来他们两个关系是很好的，家离得也很近，就面对面。两个人青梅竹马，呃……"

说到这里，她意识到什么，赶紧补充了一句："虽然是青梅竹马，但是并没有两小无猜！"其实那么小的年纪，谁知道他们两个算不算两小无猜啊，但是为了避免林霄找颜颜的麻烦，比如吃个醋什么的，所以她赶紧补了这么一句。

"嗯。"林霄应了一声，单单从他的语气，并不能听出他这时候在想什么，也不能判定他生气了没有。

秦玲玲战战兢兢地说了后续：“后来……就是我们小学的时候，还没毕业呢，叶昌硕家里不知道出了什么事，听说他爸妈那时候差点儿离婚。然后他就出国了，他家原本在顾颜家对面，他出国之后，叶家也搬家了。然后我们就再也没有过叶昌硕的消息。就是这些了。”

然而，林霄听到这里，岂会相信事情真的就像秦玲玲说的这么简单？要是真的只是两个孩子年幼的时候家住得近，关系亲密，那多年前的小伙伴，出国之后回来了就回来了，高兴还来不及，怎么会有秦玲玲的那一句，能不能回得去？

他扯了扯嘴角，语气微冷：“秦小姐，你确定他们两个之间，就只有这些吗？”

“呃……”这个秦玲玲要怎么说？难道要坦诚地说，他们两个从小关系就非常好，上小学的时候，叶昌硕家里有车不坐，非得自己骑车载着颜颜去上学？两个人六七岁的时候，跟他们一起扮家家酒，他俩就常常扮夫妻，而她秦玲玲就不幸地扮他们家孩子？

可是这都是小时候的事情啊，谁细数一下自己小时候，还没跟人扮个家家酒，假扮一下夫妻什么的。屁大的孩子都懂什么？她不认为这算是什么大问题，尤其颜颜自己也说只是兄妹之谊。颜颜这个人从来说一是一，说二是二，根本不扯谎，所以她也不质疑。但是她了解颜颜，就是不知道林霄了解不，她要是把这些都给说了，林大少爷会不会喝一桶醋，然后和颜颜闹个没完？

林霄没有再说话，秦玲玲也在犹豫，但是她已经感觉到自己的脊背越来越发麻，并渐渐蹿起一股凉意。那边没吭声，显然就是等着她继续把话说完。她已经深深地意识到了，自己要是再不说，对方估摸着就没耐心了，他要是没耐心了，那自己八成就玩完了！

于是，她干笑道：“其实也没什么大事，他们两个就是小时候比我们其他人要亲密一些，但是您也知道，十来岁的孩子都知道什么？我呢，就是小说看得比较多，一直觉得青梅竹马的爱情很美好，所以没事儿就喜欢瞎猜他俩关系不寻常，但是既然顾颜都说了没啥，想必也就不会有什么问题，毕竟颜颜这个人不爱扯谎的，所以您可以放心！”

她真的想哭了，在她人生的半段，她都没想过自己能和传说中的林霄搭上话。然而为什么好不容易搭上话之后，面对的是这种情况？她觉得自己一个说不好，就会成为大型猫科动物们的食物。

话说到这里，林霄已经大致清楚他们小时候的情况了。

他眸光微沉，缓声开口，语气里头没啥威胁成分，但听起来也绝对算不上友好："秦小姐，关于叶昌硕的这件事情，我会亲自对顾颜说。我想请你以后尽可能不要在顾颜面前提起这个人的名字。就算她要提起……"

"就算她要提起，我也一定会提点颜颜，当初是叶昌硕那个浑蛋一句话不说，说走就走，让颜颜不要理他。我还会告诉颜颜也别随便跟他做朋友，指不定什么时候，他又走了，一点儿都不讲义气。我还会让颜颜不要太把他当回事！"秦玲玲认真地说着，并加重语气，表示自己一定会这么干。

说完这些之后，她又继续道："如果林少您对颜颜是认真的，我也会在颜颜面前多说您的好话，说你们两个比较合适，您比叶昌硕靠谱！"

秦玲玲说着说着，人就狗腿起来。

但是，她和林霄都不会忽略她话里面的那一句前提，那就是他对顾颜是认真的。换言之，尽管秦玲玲很害怕他，但在不确定他对顾颜是否认真的情况下，也不会站在他这边，更不会支持顾颜跟他在一起，避免顾颜受到伤害。

所以，自己的判定并没有错，秦玲玲跟顾颜的确是很好的朋友，这个女人，也的确是真正在为顾颜着想。而现在还躺在自己口袋里的那一百块钱上头"不够请找玲玲拿"这几个字，说的也绝对是秦玲玲。

明白了这些，他扬了扬唇角："既然有秦小姐的这些话，那我就放心了！那，顾颜和陈晓峰呢？"

问到这里，他额角的青筋也跳了跳，又是叶昌硕，又是陈晓峰，他现在有点儿想把睡在自己房间里的女人抓起来打一顿的冲动！

"您尽管放心！至于陈晓峰，那您是完全不用操心的，本来让颜颜跟他结婚，就是颜颜妈妈的意思，我们颜颜根本看不上他。现在也好，他跟贾甜甜搅和在一起，万事大吉，颜颜也摆脱了麻烦。不过以前颜颜跟贾甜甜关系挺好的，那小蹄子这么干，颜颜还是挺伤心的！”秦玲玲回了一句，这句话回完之后，她忽然想起什么，问了一句，“对了！林少，为什么接电话的是您，颜颜呢？呃……不会……”

是啊，半夜三更的，她打颜颜的电话，为什么是林少接的？现代社会，手机这种东西，应该是谁都不会轻易让其离身的，颜颜不太可能把手机落下然后人跑了。那眼下这是什么情况？而且从林少跟自己的交谈来看，颜颜这会儿应该不在旁边。也就是想起这个太奇怪了，所以她没顺着顾颜因为贾甜甜太伤心还喝了酒的事说下去，要是说下去，说不定她就会反应过来问问林霄，前天晚上他俩到底咋回事，林少昨天一早为啥搜查颜颜。

可惜，她思维太跳跃，没问这个事儿。当然，即便她问了，林霄也未必会说。

林霄听她问顾颜的下落，轻笑了一声，回了一句别有深意的话：“她太累了，已经睡着了。关于我问你的这些问题，我不希望顾颜知道，相信秦小姐明白我的意思。秦小姐还有其他事情吗？”

“呃……”秦玲玲立即嘿嘿地笑起来，飞快地说，“没事了，没事了！您也赶紧休息吧。您放心，我不会再在颜颜面前提起‘叶昌硕’这个名字的，我这个人别的优点没有，但是一向说话算话！啊，还有，今天我和您通话的事情，我也不会告诉颜颜的，您可以放心地删掉通话记录！”林霄这句话听起来太暧昧了，颜颜太累了，睡着了？这很容易让人联想到他们晚上做了什么，因为他太勇猛，所以颜颜累得睡着了。所以秦玲玲整个人都笑得猥琐起来。

要是顾颜真的跟林少在一起了，她觉得自己以后都可以跟着顾颜一起横着走路了，标准的让顾颜带她装×带她飞。

“嗯！”林霄应了一声，对秦玲玲的识相很满意，随即挂了电话。

秦玲玲摸着自己的胸口给自己顺着气，有种劫后余生的感觉。鉴于刚才通话的过程中，她已经意识到自己是被张超给坑了，所以二话不说，在林霄挂掉电话之后，她就赶紧打电话给张超，找张超算账去了。

而林霄挂完电话之后，看了一眼顾颜的通话记录，把刚才的通话记录给删了。他并不担心顾颜知道他动过她的手机，他也不担心顾颜知道他甚至未经她允许，拿着她的手机和秦玲玲通话，只是他一点儿都不觉得，自己在背后向秦玲玲打听叶昌硕的消息是什么有面子的事，所以林大总裁很果断地把通话记录删了。

同时，他也在通话记录里面看见了陈晓峰的电话，剑眉蹙了蹙，眉宇中有了几分厌恶。

他将手机调回主屏幕，放下手机后，出了房间。

看来，他对叶昌硕的第六感的确没有错，让弗瑞克去给对方找点儿事的决策也没有错。鉴于秦玲玲刚才如此确定地表示，按照顾颜的论述，顾颜和叶昌硕之间不会有什么男女之情，林霄便也没再决定去找叶昌硕更多的麻烦。

回了自己的房间，看了一眼在床上睡得四仰八叉、毫无形象、嘴角还有可疑的透明液体，但偏偏看起来很可爱的女人，他嘴角微微扬了扬，躺回床上，把她抱入怀中。顾颜半梦半醒之中，并不知晓是谁在动她，但觉得不是很舒服，在他怀里挣扎了几下之后，舒服了，人也就老实了，安然入睡。

林大总裁这会儿抱着顾颜却睡不着了，并且莫名觉得心烦。

他很清楚自己在心烦什么。于是，躺在床上的林大总裁，在心烦了半天之后，再一次下床，到了隔壁的房间，用“2333”把顾颜的手机锁打开，在通讯录里面找到了陈晓峰的电话，删除之后还将对方的电话拉入顾颜手机的黑名单，林大总裁才算是高兴了，放下手机，回去睡觉。

果然，把陈晓峰的电话删除并拉入黑名单之后，他不悦的心情立即得到纾解，抱着顾颜很快就睡着了。

第二天一早。

顾颜醒来的时候，发现自己似乎有什么不对劲。迷迷糊糊地睁开眼，就看见自己的睡袍不知道啥时候散开了。有一只“八爪鱼”正缠在她身上，一只“蹄子”搭在她的胸口。终于反应过来这是什么情况后，她的脸登时就青了！

条件反射之下，她就想一脚把这浑蛋踹开！

正要动手，但是看这浑蛋似乎是睡着了根本不知道发生了什么，说不定就是无意识的，要是她一脚把他踹醒，让他看见了什么，并且意识到他占了自己的便宜，他估计会更得意，到时候更尴尬的反而是自己。

于是，顾颜的脸色青了几秒，白了几秒，又紫了几秒之后，终于深呼吸了一口气，做出了选择和衡量，决定吃下这个哑巴亏。

在心里给自己做了许多心理建设，并强忍下在他脸上抽几下的冲动后，她才慢慢地抓着他的手腕，把他的手往边上移。然而，这浑蛋故意跟她作对似的，人没醒，手却不肯走，这下顾颜的脸色更难看了。

她努力地跟他做了十多分钟的斗争之后，才终于完成了这么一场“革命”，成功地甩走他的咸猪手，并扯好自己的衣物，扎好！

顾颜扭头看了他一眼，很认真地在心里想了想自己这两天跟他的仇怨，更加认真地琢磨了一下，要不要趁着这会儿他没醒，抽他几个耳刮子，以消心头之恨？然而想了想，要是真的把他给抽醒了，他老人家不高兴了，反过来揍她，或者把气全部撒到顾氏身上……

她青紫着一张小脸琢磨了许久之后，不得已放弃了这个打算，这时肚子叫了一声，意味着她饿了。她正预备起床，她旁边的人迷迷蒙蒙地睁开了眼，他原本就非常俊美，这种将要醒而没有完全醒来的迷蒙之态，看起来竟有点儿萌。

他也是真的很萌，萌到人都没清醒，就一头扎进顾颜的胸口蹭了蹭。

顾颜脸一绿，严重怀疑这个人是真的刚刚醒来，还是在故意占便宜！她二话不说，一巴掌就对着他的脑门儿拍了过去，并怒吼了一声：“林霄！”

她刚醒来的时候，看见他的手搭在她的胸口，就已经很恼火了，只有天知道她多努力才把心头的那把火给压下去。万万没想到这家伙还没完了，醒来之后，神志都还没清醒，就又占她便宜。

她的巴掌，在半路上被他拦截住，手腕落入了他的掌心。

他也低低地笑出声，到底没有再犯贱，抬起头来笑看向她。一大早看见这么一张帅炸天的脸，最可怕的是他脸上还是从容不迫的笑容，迷人到不行，一般人其实是hold（控制）不住的。顾颜强迫自己坚决不被他的美色迷惑，铁青着脸瞪着他，语气不好地道：“起来！”

“好！”他倒是很配合，真的起来了。

压在她身上的腿和放在她腰间的胳膊，也全部收了回去，并很快起床。他这么配合，而且不再犯贱，这让顾颜很是惊讶，真的没想到这浑蛋今天会这么好说话，简直有一种天在下红雨的感觉。

然而，她这感觉还没完，也没能高兴多久。

只见那个走到门口，正在开门的浑球，回头笑看她一眼，眼神落在她胸口，闲闲地道：“手感不错！”

说完，大步出门。

顾颜反应了几秒，登时明白过来刚才他根本就是在装睡，不然他怎么知道手感？！手感……二话不说，她抄起枕头对着门口他离开的方向砸了过去！然而，那贱人犯完贱之后，已经出门去了。她这一砸也没砸到他，枕头落到了门上，又掉到了地上。这令她的脸色又青了。

她觉得自己今年一定没有烧高香，才遇见这么一个浑球。

顾颜怒气冲冲地起床，也回头看了一眼左侧，前方是一个窗台，外头已经艳阳高照。这意味着她已经成功地睡到了大中午，根本没机会看日出，心里头不由得有些遗憾。好不容易来一回黎雅云端，却没看见传说中的日出，搁谁身上都会遗憾的吧。

她叹了一口气，又在心里把林霄骂了一遍，要不是因为他昨天晚上硬把她拉过来，跟他一起睡觉，她怎么会吓得大晚上睡不着，最后到这个点才醒来，成功地错过日出？

正在心里怒骂那个浑球，他已经回来了。他大步进门，似笑非笑的眼神，在顾颜身上流连了一圈，随后双手支在床上，问了她一句：“要洗漱吗？还是要我帮你？”

顾颜骂了一句：“流氓！不用你多事！”就站起身，往浴室走去。

走了几步忽然想起这是他的房间，而且那个浑球就在自己身后，她二话不说，躲瘟疫似的从他的房间奔出去，并砰的一声重重地把门关上，然后就到隔壁她的房间去了。

对她“可爱”的反应，他轻轻笑了笑，整理了一下自己的睡袍，也进了浴室洗漱。

客厅的用人，内心是纳闷儿的。

少爷来黎雅云端，基本上不会在这里用餐，常常是晚上有时候情绪不太好了，就回来一趟，第二天一大早就走了。今天倒是奇怪了，睡到大中午不说，起床之后第一件事情，就是出来吩咐她做饭，然后才回房间洗漱。

所以，这到底是少爷饿了，还是那位顾小姐饿了？

弗瑞克还算是比较了解林霄的，今日林霄的种种反常，他自然也全部将之跟顾颜挂钩在一起。他的纳闷儿，主要是少爷这个人从来就很嚣狂，处事也非常随性，根本不在乎别人的感受，今儿个怎么会忽然在意起顾颜的感受了？也是奇怪了。他向上帝保证，这真的是他第一回看见少爷对哪个人这么——特别！

顾颜回了自己的房间，看了一眼自己床头的手机，下意识地打开翻了一下。

电话没有，短信没有。她扯了扯嘴角，心里有点儿不愉快，自己一整个晚上没回去，秦玲玲这妮子竟然一点儿都不关心她，也不打个电话问一下她在干啥，她表示自己现在对秦玲玲的“心宽”，非常不满。就是昨天晚上顾忌林霄不敢打电话，好歹今天早上也该发个短信问问自己在哪儿啊。

然而这都大中午了，电话没有，短信没有，啥都没有，仿佛根本就不在乎她的死活似的。她觉得友谊的小船，简直已经快翻了！

她哪里知道，秦玲玲昨天已经打过电话了，而且和林大总裁进行了相当秘密的交流，对顾颜的处境简直放心得不能更放心，所以根本就没考虑过还需要如何关心她。

放下手机，她直接去洗漱了。

用人这时候也送来了衣服，托盘上头放了两身，一身在右边，全新的，上头的logo（标志）已经全部取下了，但是从衣服的材质来看，也知道是奢侈品牌的高级定制。另外一边是顾颜自己的衣服，已经洗干净了，并且吹干熨好，放在上面。

顾颜毫不犹豫地从托盘上把自己的衣服取了过来，并开口道："麻烦替我谢谢弗瑞克先生的辛苦！"没穿弗瑞克准备的衣物，但是谢意还是要表达的。

说完她对着用人礼貌地一笑，用人也笑了一声："好的。只不过，如果真的要道谢的话，顾小姐应该谢的是少爷，毕竟这些衣物都是少爷吩咐准备的。"

顾颜想起一大清早那个人把她气得心情完全崩裂的流氓作为，别说谢他了，直接就冷笑了一声，但也没为难这个无辜的用人，只开口道："谢谢你了！如果没事了的话，我就先换衣服了。"

"好的。"用人笑着转身离开，心里也很是赞叹，顾小姐真的很和善，一点儿都不因为自己是用人，就对自己大呼小叫，脸上也没有半点儿有钱人，或者飞上枝头的人惯有的傲慢和得意。就是平平淡淡，宠辱不惊，对任何人都一视同仁，仿佛她眼中没有上流社会和底层人群之分，所有人在她面前都人格平等的样子。

顾颜立即关上门换衣服，换好之后出了门。

她手里拿着手机，下楼之后，林霄已经坐在客厅里了，他穿着一身家居服，看起来简单随意，面前放着一台笔记本电脑。修长的手指在键盘上飞快地敲着，窗外有阳光照射进来，落到他完美的侧颜上，一眼望过去，便让人忍不住瞬间心动。

果然，男人在认真工作的时候最有魅力，这句话没有错。尤其还是这种简直帅到逆天的男人！

他回过头，视线落到了她身上。

顾颜也不等人招呼，直接大大咧咧地在他对面坐下。人家一大清早都占她的便宜了，她实在不认为在这种情况下，自己还需要非常礼貌地对待他。礼貌这种东西，应该给同样有礼貌的人，林霄显然不在这范围之内。

她这样招呼都不打地坐下，林霄也只微微扬了扬嘴角，并未多说什么。眼神落到她这一身衣服上，见还是昨天那一身，他剑眉挑了挑，问了她一句："弗瑞克挑选的衣服，你不喜欢？"

他身后的弗瑞克一听这话，心情就不好了。他向来对自己的眼光很有自信，不少跟他们有过合作的好莱坞女星，在穿衣的时候，偶尔也会咨询一下他的意见，怎么到了顾颜这儿，他挑选的衣服，就看不上了呢?

事实上他挑选的衣服，顾颜只扫了一眼，只知道颜色和材料，完全不清楚款式。她根本都没好好看，也没什么喜欢不喜欢之说。她瞟了林霄一眼，又客气地冲弗瑞克笑笑，礼貌地道："对于弗瑞克先生的眼光，我是绝对信得过的。只是无功不受禄，我自己有衣服穿，没有必要受您的人情。"

她向来没有贪小便宜的习惯，喜欢什么衣服自己去买就是了，虽然她很少伸手找家里要钱，可能有些衣服太贵她买不起。但买不起的，就可以作为自己的奋斗目标，让自己努力拼搏，凭借自己的实力得到心头好，那样的成就感，才是完美的，没必要穿人家送的。尤其还是她跟林霄这样不太好的关系，她就更没理由穿他送的衣服了。

林霄嘴角扯了扯，也没继续在衣服的事情上纠缠。顾颜坐下之后，瞅着林霄没什么事儿找她，就拿出手机，打算看看微博和新闻啥的，没想到，她刚刚用指纹解锁打开主屏幕，林霄就从她手里把手机抽了过去!

她正要发作，砰的一声，一沓文件落到了她面前。

接着，他似笑非笑的声音响了起来："顾小姐，这几天你要负责完成这一项设计，用你的实力，来向我证明你现在的公司——维密，有合作的价值。为了你能心无旁骛地完成工作，不受外界的影响，这几天你的手机我来替你保管！"

顾颜："……"他如果真的想知道维密是不是有合作价值，不是应该选择一个维密的老设计师来接洽这件事情吗？选她一个刚进入公司的新人来做这件事，能看出啥来？尽管她对自己的设计水平很自信，但是她不得不说，就她的新人身份而言，林霄拿她的水平来测评维密，这其实对维密来说是非常不公平的做法。

还有，为什么把东西交给她设计，就要没收她的手机？从来就没有听说过哪家有老板管这么宽的。不都是任务交给你，指定时间之内能做完就做完，不能做完就给我滚蛋吗？怎么还要把她的手机拿走，让她全神贯注地干活？

所以林霄收走她的手机是让她更大程度地发挥自己的潜力，是非常希望她能干好这件事儿，他完全是为了她好，还是这根本就是他再一次闲着没事找事？

看她盯着他不说话，他轻轻笑了声："怎么，顾小姐对我的话有疑义，还是不愿意再跟进维密的合作案？"这语气听起来似乎没什么大事，但顾颜还是明确地感受到了他的不悦。

看了一眼被他收过去放在他电脑旁边的手机，又低头看了一眼那些文件上的设计要求，她认真地想了想，失去手机固然是不好的，不过瞅着这文件上对设计的要求，这几天手机就算在她手里，她估计也没心思玩。她又回忆了一下Tom那种只许成功不许失败的态度，决定为了自己的偶像Tom，也结合她应该没空玩手机的情况，再忍一忍。

并且她深深地认为，她再忍几次，忍者神龟再看见她，都要羞愧得绕道走了。

"没有疑义！"她伸出手把文件按住，拖到自己面前，同时抬头看了林霄一眼。忍来忍去，她也实在有一句话没忍住，很果决地吐了出来，"林先生，您这样为富不仁，迟早要遭报应的！"

可不是为富不仁吗？仗着自己有钱有势，就拿跟维密的合作案来威胁自己。

说完这句话，她也深知他素来嘴毒且贱，根本不给他任何反击自己的机会，就拿着手里的文件以及桌上的签字笔，开始在文件上做记号。她表情十分认真，其程度大概可以注解为，不管林霄接下来再说什么，她也听不见。

林霄扯了扯嘴角，似乎也不在乎她能不能听到："我觉得要娶顾小姐为妻，已经是老天对我最大的惩罚了！"

顾颜额角青筋一跳，实在是没办法强装淡定，假装自己什么都没听见地继续看文件。她抬头看了他一眼：“这么可怕的报应，怎么能发生在林先生身上？这是您不愿意看见的，也是我不愿意看见的。所以我认为，林先生可以适当地克制自己，不要继续自说自话了。毕竟婚姻大事，一个人自作多情是成不了事儿的！”

简直了好吗？从一开始所谓的未婚妻什么的，就是他一个人在胡说八道，自说自话。她从来没有答应过！结果这个人还说上瘾了。他自己臭不要脸地蹭上来胡言乱语，还要说这是他遭了报应的后果！有这样的吗？

“自说自话？”林霄睨了她一眼，似笑非笑，“看来颜颜是在怪我没有先问一下顾董事长的意思了？”

啪的一声，顾颜一巴掌拍在桌子上，小脸微微泛青：“我觉得你应该先问一下我这个当事人的意思！”她的意思，当然是不同意！结婚的事她都不同意，还问她爸爸干吗？现在是什么社会了，她有婚姻自由的权利，难不成他还打算拿她爸来压她？

她的意思是什么，林大总裁自然再清楚不过，那双冰冷邪魅的眸子扫向她，看起来很危险，说出来的话却完全是臭不要脸的：“顾小姐，你昨天晚上都把我睡了，这是有目共睹的事情。对我们的婚事，难道你除了赞同，还能有别的意见？”

“哈？”顾颜严重怀疑自己是不是年纪大了，导致听力故障！昨天晚上她把他睡了？分明是这个臭不要脸的把她从她的房间拎出来，拖到他的床上，强制性地压制着不让她走，一大早还占她便宜。她没有表示自己要报警告他控制她的人身自由，对她性骚扰，已经很客气了好吗？像他这样的流氓，根本就应该被剁手、化学阉割才对，他居然还能颠倒是非，说她把他给睡了！

而且他俩昨天晚上根本啥事儿都没发生好吗？

昨晚目睹顾颜被林霄拎走全程的弗瑞克和用人，这时候也觉得少爷不要脸得让人有点儿不忍直视，都默默地看了一眼天花板。当然，如果各方需要他们做证，说出昨天晚上的真相的话，他们还是会坚定不移地站在少爷这边的，毕竟少爷才是给他们发工资的boss。至于对正义的坚持和对真理的维护，还是先往后面排一排吧。而且跟少爷这么出色的人结婚，多少人做梦都梦不见，顾颜也不亏。

“嗯。”林霄不痛不痒地应了一声，随即把自己的袖口挽了起来，手臂上赫然一条鲜红的抓痕。事实上这是顾颜前天晚上喝醉酒的时候干的，但是林大总裁很果决地睁着眼睛说瞎话，“这就是你昨天晚上对我做的事，怎么，天亮了就不想承认了？”

顾颜完全蒙了。

她认真地盯了他的手臂半晌，很确定昨天晚上他们两个绝对没有滚床单。但是那个抓痕，看起来也的确是崭新的。鉴于她从前跟秦玲玲一起睡觉，抢被子的时候，也有过在睡着的状态下抓伤秦玲玲的记录，以至于秦玲玲在通常情况下是拒绝跟她一起睡的，所以这时候她也不敢一口咬定这不是她昨晚干的。

呃，少爷胳膊上的抓痕？

弗瑞克踮着脚看了一眼，悄悄地摸了摸下巴，这个抓痕似乎昨天在司徒家少爷做饭的时候，他就看见了。不过顾颜当时被老太太拉着，应该没看见。只是少爷的胳膊上，无缘无故的怎么会有抓痕呢？再结合少爷这几天种种不正常的行为，还有前天早上在顾氏酒店少爷的房间里看见的碎了一地的注射药物，难道……在那个他不知道到底发生了啥的夜晚，少爷和顾颜……他这么想着，立即捂住了自己的嘴，避免自己惊呼出声。

然后他心里默默地佩服起顾颜来，真的挺有能耐的。少爷的自制力一向很强，他绝对相信少爷要是不愿意的话，就是催情药的效果，少爷也能克制住，什么事都不干。然而……这要是真的干了，只能说顾颜太有魅力了。

林霄看她一脸呆愣地看着自己的胳膊，小脸上全是蒙然迷糊的表情，与她大多数情况下的凶悍截然不同。

林霄不禁又低笑出声，这时候，用人正好过来了。弯腰站在他们面前：“少爷，早饭已经准备好了，您和顾小姐是吃中餐还是西餐？”

“中餐！”顾颜飞快地开口表达了自己的意见，并且一脸苦大仇深地瞪着林霄，希望他就算是喜欢吃西餐，最少也能接受他俩各吃各的，西餐她实在是吃不惯。

他扬眉轻笑，对着用人吩咐了一句："中餐吧！"

话说完，他看了一眼顾颜，漫不经心地笑道："所以，我觉得我们还是很合适的，就连喜欢吃中餐这一点，都完全一样！"

弗瑞克听完，默默地抽了一下嘴角，给了自家少爷一个嫌弃的眼神。少爷根本就更喜欢吃西餐好吗？怎么他忽然就开始跟顾颜一样喜欢吃中餐了？骗鬼呢？

鉴于他胳膊上的痕迹，顾颜还不晓得是不是自己干的，毕竟内心深处很是心虚，所以她也没说出特别不友好的话，只不冷不热地道："喜欢吃中餐的人很多，林先生和我，都只是其中之一而已！"

所以，要按照爱吃中餐来判定是不是合适的话，跟他合适的人也太多了。

林霄扯了扯嘴角，不置可否。

用人们很快端上丰盛的早餐，放在不远处饭厅的桌上。林大总裁过去用饭，顾颜也立即站起来屁颠地跟过去进餐。吃饭的过程中，顾颜回忆起昨天晚上跟林霄回了饭厅之后，在司徒家吃的那一顿，不得不称赞一句，林霄那厨艺，是真牛！

不过，这顿饭用人们做得也很不错。顾颜发现在黎雅云端，风景不错，环境不错，住宿条件不错，食物也不错，要是这里没有林霄这个很惹人讨厌的人存在的话，简直就是天堂。

这一顿饭，两个人吃得还算和睦。

但这时候，外界已经翻了天。叶昌硕回国这个消息就够轰动了，接下来来了一个更轰动的，据说林氏嫡系的分支，大小姐林青青，也就是林霄的亲堂妹，放话说要嫁入叶氏。并且是直接对着话筒和镜头，隔空向叶氏总裁喊话，大致意思就是看上他儿子了，希望他给予回应。

当然，这个事是弗瑞克在林霄的"给叶昌硕找点儿事"的授意下，给整出来的。

林青青虽然只是林霄的堂妹，但她这话一放出来，用屁股去思考这个问题，也知道是叶氏高攀了不知道多少，毕竟只要跟林氏扯上关系，一人得道鸡犬都能升天。甚至于在他们富二代的圈子里，平常只要有谁提起自己跟林霄的远房表亲有点儿啥关系，其他人都会立即礼让三分，何况还是正儿八经的亲堂妹要嫁叶昌硕。

这个消息出来的第一时间，粉丝们都炸了，有人骂林青青臭不要脸，想霸占她们的老公、男神，也有人表示男才女貌，很可以啊。在相对理智的粉丝眼里，男神自然是不可能真的跟自己有什么关系的，既然她们得不到，他当然应该配世上最白富美的女人，林霄没有亲妹妹，堂妹就已经算得上是第一名媛了。

甚至已经有新闻媒体开始报道，猜测叶昌硕回国之后，要是第一时间攀上林氏这高枝，莫说是他的演艺事业，整个叶氏的身价都会翻上好几番。不少人都已经开始对叶昌硕的人生表示妒忌，甚至有些跟他有竞争关系的模特，还在采访中说了一些酸溜溜的话。

可在各大电视台都纷纷猜测这件事叶家会怎么处理，以及粉丝们或激动开心或骂人的时候，叶昌硕不顾自己经纪人的阻拦，发了微博表态：早安，中国。配图：一只恶搞的兔子。图片配字：我爱单身，单身使我快乐。

我爱单身，单身使我快乐。

这句话就等于拒绝了林青青。这下整个粉丝群体又炸了，百分之八十的粉丝是兴奋的，没有什么事情比男神还单身更让人心潮澎湃的了。而有些粉丝虽然觉得有点儿可惜，错过了迎娶第一名媛的机会，但这种可惜又很快被淹没在兴奋当中，毕竟谁都不希望好好的男神忽然名草有主！

微博的评论，短短几个小时就刷了几十万条，基本是兴奋的言论，再有就是："哈哈，男神变成二货了！"

毕竟叶昌硕在他们眼里从来都是高冷的，微博常常也就是发街拍和走秀图，这是第一回如此"亲民"地发这玩意儿——一只恶搞的兔子。短短一天，所有跟兔子有关的图全红了，各大群聊、论坛、贴吧都是各种各样的兔子图片，大家一言不合就发兔子。

恍恍惚惚兔子觉得自己很无辜。

然而，叶氏和叶昌硕的经纪人却险些崩溃，公然跟林氏作对，就是再红的明星，再日渐厉害的叶氏集团又怎么样？都是架不住林氏动真格的来找事儿的，他们都很着急很担心，但作为当事人的叶昌硕却很淡定，仿佛这些事情跟他没什么关系，他也并不在乎在时尚圈的前景。

顾颜当然完全不知道这些，吃完饭之后，她就低头在琢磨林霄给她的文件，把里头的设计要求做标注。毕竟是自己最喜欢的工作，她很快就一头扎了进去，根本不能顾到其他，弗瑞克也早就为她准备好了设计图纸需要的东西以及电脑。

当然，电脑里面已经下载好所有可能用上的设计素材，所以根本没有联上网络。

这时候的弗瑞克，还不是很明白，少爷好端端地为什么要夺走顾小姐的手机，并且把她的网给断掉，这根本就是要切断这几天顾颜对外头所有消息和新闻的接收，他实在不明白少爷此举到底何意。

而秦玲玲这个实在的孩子，还天真地认为，林霄真的会把叶昌硕回国的消息告诉顾颜，完全不需要她再有任何转达。她哪里知道，林霄什么都没告诉就算了，还把顾颜的手机没收了，网也断掉了，让她彻底跟相关消息隔绝。他老人家一点儿都不愿意让顾颜知道哪怕一点点跟她青梅竹马的小伙伴有关的消息。

顾颜在对面认真地做事，林大总裁在处理完公司的事情之后，睨了她一眼。

随后他就在他身后的弗瑞克不可思议的目光之下，打开搜索器，查询关键词：叶昌硕。这三个字出来之后，搜索引擎自动补全了后面，第一个消息就是叶昌硕拒婚，第二个消息是叶昌硕被隔空求婚，第三个是叶昌硕回国，以及各种乱七八糟的后缀。

点开拒婚，各大媒体的报道，直指他的一条微博。

林霄扫了一眼那张图片，单单从图片来看，叶昌硕似乎很享受单身生活，根本没有要给自己找事儿的意图。然而，按照林大总裁素来多疑的性格，他自然不会相信这张图片。他漫不经心地回眸，扫了弗瑞克一眼：“你知道该怎么做！”

“是！”弗瑞克虽然不知道这个叶昌硕到底怎么得罪了少爷，但不管怎么说，叶昌硕这样公然拒绝林氏小姐的求婚，无异于不给林氏面子，当众打了林青青的脸，就是少爷不说，老爷和青青小姐的父母，也不会善罢甘休。

顾颜冷不防听到林霄这句话，抬头看了他一眼，不知道对方是在吩咐啥。

而在她抬眼的同时，林霄嘴角微扯，忽然凑近了几分：“怎么，想我了？”

他这句话落下，顾颜根本不想再跟他有任何交谈，也完全丧失了探知他刚才到底吩咐了啥的兴致，低下头继续忙活自己的。

林霄交给她的任务，看起来很简单，其实很难。

维密在中国有市场，也建立了分公司和总部，但是一直在中国市场的外围打着擦边球，并不能让大部分人接受他们的品牌。因为他们过于大胆的设计风格，在传统观念占主流的中国现代社会，还不为大部分人所接受。这就导致维密的设计风格在国外很受喜爱，在中国的受众面却很小。

他要求她设计出第一件能广为中国女性接受的作品，说起来就是一句话，做起来却很难。而与此同时，她心里也清楚，一旦这个企划案开始，维密不管是美国总部的国际知名设计部，还是中国总部的知名设计部，也都在设计这个图纸。既然决定正儿八经地打入中国市场，自然就要尊重这个民族的现状和传统。所以，林霄可以说是给她出了一个难题，也给了她一个莫大的机会！

第一件，就等于是开先河，如果能够设计成功，在维密走秀上，必然会成为压轴作品。相信维密所有的设计师都不会放弃这样一个机会。而这样的机会，林霄也给了她。这是一个一战成名的机会，人都说，如果一生中能遇见几个贵人，那么路会好走很多。

顾颜觉得，如果林霄这个人不那么贱的话，只就他给她这么一个机会而言，他都算是她生命中的贵人了！

她画得很认真，而林霄也很喜欢她这种认真的态度，因着刚才他跟弗瑞克的一句话，就让她抬了头，很明显外在的声音会对她造成影响。于是破天荒地，他竟然长时间没有犯贱。在她工作的时候，他如果要移动，脚步也很轻，不曾打扰到她。

顾颜也算是很敏感的人，人家对她怎么样，她很快就能感受到。对他这种长达几个小时不打扰、不干扰的体贴，她心里还是有点儿感谢的。投入到事业里面的女人，很容易就会把其他事情放到一边，她在纸上勾勒着，在电脑上勾画着。

有时候林霄会搭把手，递给她一支笔，或是递给她一杯茶。

她都会很自然地接过，甚至因为低着头在设计，根本没注意到是他在边上。她随手接过，头也不回地说一声谢谢，心里还觉得林霄家的用人真的太厉害了，竟然能如此精准地知道她什么时候需要用什么，什么时候会口渴，这么一项技能，的确非常厉害。

当天色渐黑，用人已经准备好饭菜的时候，顾颜还扎在设计稿里面，根本无法拔出来。

她感觉到口渴，伸手去接茶杯，这一伸手，她的手骤然被林霄攥住，宽大温暖的掌心把她的手包裹住。这令她愣了愣，回头一看，便撞进他带笑的眼里，那一瞬间她觉得有些失神，心也忽然跳得特别快。他神情似乎很温柔，似笑非笑的，轻易就带走了人的心魂。

她失神之际，他低沉性感的嗓音带着笑提醒："该吃饭了。"

顾颜这才回过神，看见自己的爪子正被他修长的手攥着，脸一下子变得有点儿红又有点儿青，不知道这是怎么回事。一个俊美到逆天的男人，温柔地执着你的手，说该吃饭了，这会让人觉得自己是公主，正在被王子珍惜地对待，从而面红耳赤、心跳加速。但是，想了想这个贱人这两天的种种行径，顾颜不仅仅感到非常不高兴，还深深地为自己竟然被这个人弄得心跳加速而感到羞耻！

羞耻之下，顾颜赶紧把自己的手抽回来。为了化解尴尬，她回头看了一眼站在客厅边上的用人："谢谢你刚才的帮忙！"

“啊？”用人愣了一下，很快意识到顾颜在说什么，飞快地道，“顾小姐，刚才给您端茶递东西的，是我们少爷，不是我！”

“啊？”顾颜难以置信地回过头，再一次看向林霄，严重怀疑自己是不是听错了。他能有这么好心？而且林大少爷会亲自伺候人，这话说出去有人相信吗？她觉得如果这一切是真的，她又想把这件事告诉秦玲玲的话，至少要花三个小时认真地组织语言，那丫头才不会觉得她是在吹牛……

她怀疑地看着林霄，林霄嘴角扯起几分玩味的笑：“我的未婚妻，对我的伺候还满意吗？”

“到底谁是你的未婚妻……”顾颜真的无语了，对这件事情，她感到自己在他面前反驳一百遍也没什么用，他还是能够臭不要脸地自说自话。

林霄也没跟她纠结这个，只闲闲地道：“小颜颜，我们还是先吃饭，再来好好沟通一下未婚妻的事。”

“小颜颜”三个字用他性感低沉的嗓音说出，听来便令人有几分酥麻的感觉。但酥麻之后，顾颜就浑身一个激灵，回头看了一眼自己的设计稿，无情地拒绝道：“我不饿，你先吃吧！”

确实，在忙事情的时候，人是不容易感觉到饿的，至少顾颜这时候就没有丝毫饿的感觉，她只想快一点儿把事情做完。尽管她很清楚，如此重要的设计稿，没有几天她根本不可能完成，但是她依旧没有想吃饭的欲望。

她话一说完，就打算回头应付自己的稿子。

结果后领就被林霄给拎了起来，他比她高很多，力气也很大，很随意地就把她拎起来了。拎起来不算，还直接扛着她往饭桌边上走：“你不饿，我饿了！”

顾颜被扛在他的肩膀上，屁股朝天，头朝地，登时整个人都不好了，恼火地开口道：“你饿了自己吃饭啊，关我什么事？”好不容易才对这个人产生的一点儿好感，就在他这样丝毫不顾及她感受的霸道行为之下，消失殆尽！

亏得刚刚在她忙稿子的时候，他如此体贴地不说话，尽量不发出任何声响，还给她端茶送水，她还认真地怀疑过，也许他是个好人，只是因为自己对他的偏见太深了，所以才觉得他这么讨厌。现在可好，他一下子又暴露本性了。

然而他把她放在板凳上按住之后，说出来的第一句话，一下子就让顾颜定住了。

他沉声道："顾颜，你必须按时吃饭。你的身体远比一切重要，你不饿，但是你的胃饿了。"话音刚落下，他便把筷子放到她手里。顾颜僵了僵，这样霸道到令人讨厌的态度，却莫名地让她心头一软，甚至鼻子有点儿发酸。

她不是容易被感动的，但事实上，林霄的确是她人生中第一个告诉她，她必须按时吃饭、身体远比一切重要的人。

尽管他似乎是在强制性地命令。

女人的心能很硬，在任何时候，都能竖起尖锐的刺，如同带刺的玫瑰，刺伤别人，也保护自己；女人的心也很软，在被人一句话戳到心中软处，在体会到有人在对自己好的时候，就很容易被感动，很容易对这个人产生好感。

看她忽然沉默下来不说话，但那张牙舞爪的小模样已经消失不见，低着头乖乖地吃起饭来，林大少爷表示很满意，也坐下用饭，却在看见她低下头，不知道在想什么心事，甚至眸中有水光闪烁的时候，微微怔了怔。

他问了她一句："是我太凶了吗？"

说完这话，他也有点儿懊恼。二十七年来，他没谈过一场恋爱，也没试过跟女人这样接触。现在回头想想，他总是不顾及她的意愿，做他认为对的事，这样对一个比他小许多，刚刚出校门的小姑娘来说，或许是有点儿欠考虑。

而这大概也是林大总裁人生中第一次，在做完什么事情之后，如此认真地反思自己吧。

边上的弗瑞克就这么看了一整天。看少爷破天荒地伺候一个女人，给她端茶递水，到这会儿还强制性地拉她过来吃饭，关心她的身体，甚至到眼下，竟然还问她自己是不是太凶了，显然有一种检讨的架势。他已经明白，少爷大概就是被丘比特代表着爱情的黄金箭给射中了！

他只希望在少爷这种活了这么多年也未曾对女人动过心的男人，被爱神射中之后，丘比特他老人家射给顾颜的，也是代表爱情的黄金箭，而不是拒绝爱情的铅头箭羽。

“你的确很凶也很讨厌！”顾颜抬头瞪了他一眼，眼里的泪意已经被她完全压了下去，“不过你身上也有可取的地方，还可以被拯救，并没有完全丧心病狂到只能放弃治疗的地步！”

说完这话，她开始大快朵颐。没吃饭的时候不觉得，一开始吃了，她才意识到自己是真的饿了。她风风火火地吃着，林霄愣了几秒之后，忽然明白了什么，轻轻笑了起来。看来他面前的这个女人，凶悍不过是表象，内心还是很柔软的。

吃完饭，林霄接了一个电话，是林氏公司的事情。

他打开电脑去处理他的事，而顾颜根本没空搭理他，在另一边处理她的稿子。两人互相并不影响，但这样的场面看着，还真的没来由地和谐。弗瑞克曾经也想过将来陪在少爷身边的会是什么样的女人，他脑海里过滤过各种女人的样子，最终都被他推翻。今天看见顾颜，他摸了摸下巴，就这样还是挺合适的！

市中心，别墅酒店里，避过了狂热粉丝的重重围堵，直到晚上，叶昌硕才终于到这里秘密下榻。

在沸沸扬扬的求婚和拒婚事件之后，他身边的经纪人科迪有些纳闷儿地问了他一句：“你不打算回家吗？”按理说，叶昌硕回国之后，第一件事情应该是回家看望一下双亲，但是看眼下这个人的意思，他根本就没有一点儿要回家的意图，甚至他似乎并不想知道他爸妈这时候到底怎么样了。虽然科迪早就知道，叶昌硕跟他家里的关系并不好，但见对方回国之后都不打算回家看看，他才意识到他们家庭关系的不睦，远远比他想象的更加严重。

坐在床榻上的男人抬了抬眼。

那张堪称精致漂亮的脸蛋，让每天跟他面对面的经纪人看着都有点儿脸红。和林霄那种撒旦般嚣狂的俊美不同，叶昌硕的美，就像大天使一样温柔精致。两种不同的极端，却同样能让男男女女为之痴狂。

他的声音也很好听，像是大提琴弹奏的声线。对助理的这个问题，他很淡然："不回去了。明天帮我看房子，选址在顾氏大宅附近，A市众所周知的顾氏，只有一家。随口一问，你就能知道我说的是哪家。"

科迪扬了扬眉毛："我能问问原因吗？"

回国之后不回家，在外头另立门户，这也就算了，这是他的个人自由，他作为经纪人也管不着。但是要住在顾氏附近，这又是什么目的？会不会引起一些后续的骚乱？要知道叶昌硕这么多年来在时尚界和模特圈能这么顺风顺水，除了他俊美到实在让人无法忽视的外貌，再有就是出道之后的良好口碑。这么多年来，他几乎是零绯闻！

没有绯闻女友，也拒绝跟任何女星暧昧，行事很注意风度和品格，挑不出他一丝错处。所以在粉丝眼里，他就是完美男神，浑身找不到一点儿黑点的男神。包括这一次，林青青放出这样的话，如果他想借机炒作，要拒婚也可以等到求婚的事情闹大，传得沸沸扬扬，他再轰轰烈烈地拒婚，这毫无疑问可以在头条上多待几天。

但是他似乎并不在乎自己回国之后，是不是能借这一个热点炒得更加火热，也不在乎自己能霸占多久娱乐和财经头条。看见这消息的第一时间，他就直接发微博拒绝，拉都拉不住！这样的作风虽然不是正确的营销宣传手段，但毫无疑问可以增加他在粉丝心中的好感度。

一个没有绯闻、从不炒作、完全凭借出色的外形和品格，拥有超模界如此高地位的男人，在这样的IP（知识产权）、粉丝经济时代，自然意味着强大且不易被折损的号召力。所以，他必须搞清楚，不住家里就算了，为何还要住在顾氏大宅附近。

顾氏大宅附近有什么？

要是真的让他住到那里去了，是不是会惹出什么事、搞出什么绯闻来。这个问题他一定要事先确定一下，如果有什么不好的微妙因素存在，那么他认为自己应该很坚决地斩断叶昌硕的念头。

而叶昌硕也是个很坦诚的人，对自己的经纪人，也同样坦诚。他精致的薄唇微微扬了扬，好听的声音缓缓地道："顾氏大宅里有我喜欢了很多年的女孩，很多很多年。我出国是无能为力，但这些年，我这么努力，就是为了……为了有朝一日，能回来找她！"

"what？"科迪张大嘴，惊悚得简直能塞下一个鸡蛋。他看着面前这美成天使和妖精结合体一样的男人，用一种含笑神往的语气，描述着自己喜欢的女人。他就这样说着话，真的像画一样美。但是说出来的内容，要不要这么可怕!

从叶昌硕出道，自己就一直是他的经纪人，这些年多少国际女星对他示好，甚至有名媛贴上来诱惑过他，他都一直不为所动，媒体和粉丝们纷纷评价他洁身自好。但是讲真的，作为一个正常男人的科迪，常常看见他对女人们的诱惑这么视而不见，其实曾经认真地怀疑过叶昌硕是不是性无能，不然怎么会对身材那么火辣的明星们都毫无感觉?

但是到今天，听了他这一段话，他忽然明白了。

下一秒他就疯了，飞快地摆手："不行！不行！要是这样的话，你住在顾氏大宅的附近，目标太明显，很快就会让人知道你想干什么。要是你喜欢的那个姑娘也喜欢你的话，说不定你们还要被拍到一些绯闻。你现在是最红的时候，不宜闹出谈恋爱的事情来，你懂我的意思吗？"

不管是哪个圈子里头的明星艺人，只要谈及正在谈恋爱，或者结了婚，纵然会有大部分粉丝继续支持，但难免还是会掉粉，降低一些粉丝的狂热度。叶昌硕在这个时候要搞出这种事情来，科迪的第一反应就是拒绝。

"科迪，我也要有我自己的生活。"叶昌硕并不激动，语气淡淡地回应，声音一贯好听和温柔，但也坚定地表明了他的态度。

科迪一下子沉默了，也是，如果一个人奋斗了十几年，一直只是为了那么一个目标，为了那么一个人在坚持，那么要他因为事业，或者其他任何事，而放弃自己想做的事，这对于他来说，是极度残忍的，也很不公平。

科迪忽然想起在叶昌硕决定回国的那天，他似乎在对方的电脑屏幕上看见了一条来自中国的新闻。说是顾氏和陈家联姻，也就是那天，叶昌硕跟经纪公司的CEO大吵了一架，幸好自己进去拉架，这事儿才了结。在艺人合同还没有到期的情况下，跟自己经纪公司的CEO吵架，是任何一个明星都做不出来的蠢事，因为不管你多红，这都意味着可能被雪藏，慢慢过气。

但是那天叶昌硕偏偏干了，而且干得肆无忌惮。他一度怀疑叶昌硕那天是不是发烧了，才能干出……用中国人的话怎么说来着，对，是干出这么驴的事情来！现在看来，一切真相已经浮出水面。尤其在登上回国的飞机之前，他似乎也在翻看一则新闻，陈家和顾氏的联姻生变。

科迪叹了一口气，开口道："你要想清楚，如果真的这么做，这可能意味着什么！"

顾氏和陈氏联姻的事情出来了之后，他就坚持要回国，协商了很长一段时间，经纪公司才终于同意放人回来。事实上经纪公司并不想同意，但是那时候叶昌硕的态度，基本上就是不管你们同不同意，我也非走不可。

在这个过程中叶家的人也插过手，表示不希望他回国，但还是拦不住。于是，最终让叶昌硕把手上的几个通告接完了之后再回来，这是经纪公司做出的最大让步。他当时并不明白叶昌硕为什么那么激动地要回国，后来说缓一段时间，把通告做完他也答应了。现在想来，一切都通了！

为了那个女孩子，他要回来。大概也是顾虑到他们只是订婚，婚期还在几个月后，所以他才答应完成工作。跟经纪公司各退一步，大概也是报答经纪公司的知遇之恩。

"我知道，我会尽可能小心的。"他很清楚，一旦他对顾颜的感情浮出水面，她就会跟他一起暴露在镜头前，也许她会从此没有私生活，甚至受到一些不理智的粉丝的言语和行为攻击。他不希望她受到任何伤害，所以他会很小心地约束自己的行为。

科迪叹了一口气："用你们中国人的话来说，世上没有不透风的墙。如果你靠近她，迟早会被发现，她……"

“科迪，我跟公司的合约期只剩下四个月，是否续约是公司跟我的双向选择。如果我的职业会对她造成不好的影响，为了保护她，在合约到期后，我会为她退出时尚界和超模圈！”叶昌硕很平静地打断了他的话，在十几年的努力之下，他已经成功地摆脱叶氏家族的桎梏，是不是继续留在模特圈，对他而言，其实并没有太大的影响。只是做了这么多年的事业，他有一分尊重和喜欢，故而到目前为止，他没有直接做出要退的决定。

科迪倒吸一口冷气，也知道自己是拦不住他了。要是不由着他的性子，对方真的来一出退出超模界，拒绝续约，公司是可以捧新人，但是捧不捧得出叶昌硕这样的，会不会交给自己来捧，这可太难说了！他科迪也不想失去国际王牌经纪人的位置。

正在他心里头还有点儿犹豫的时候，叶昌硕再一次开口，嗓音依旧温柔动听，不具有任何攻击力：“科迪，你应该清楚，这些我本来可以瞒着你的。而不瞒你，是因为我觉得你我之间应该坦诚，毕竟你是我的经纪人。所以同样，我也希望你能对我坦诚！”

这话里头的意思，就多了。

科迪作为世界知名的王牌经纪人，能捧出叶昌硕这样的苗子来，自然也是有不少心计和手腕的。要是他在背后做点儿什么，甚至从顾颜那里下手，弄出点儿什么事情，这都是有可能的。叶昌硕对于这个问题，当然不能不防。

两个人也算是相伴了十多年，叶昌硕在说什么科迪心里也明白。他沉默了几秒钟之后，开口道：“放心，在你不做出有损公司利益事件的前提下，我不会做任何影响我们之间关系的事！你交代的事情，我也会全部帮你安排好。但是作为交换，关于林青青的事情，你不要再发声，我不希望公司总部因此受到林氏的压力，对你做出制裁！”

不损害公司的利益，这是科迪的底线。同样，维护自己手下的艺人，也是科迪必须做的事情。

在叶昌硕干出这么一件公然开罪林氏的事情之后，科迪其实头都要炸了，他在美国的公司总部，所有能调动的资源这时候已经都调动起来了，让关系好的朋友帮忙看着，林氏是否有跟上面打招呼。林氏在国际上的地位非同小可，要是真的因此对公司施压，最后事情会变得很麻烦。

他这话一说，叶昌硕倒也干脆，精致的薄唇微扯，轻声道："成交！"

而在林家，林青青哭得梨花带雨。她喜欢叶昌硕也不是一天两天了，当然，并不是因为他俩认识，她被他的人格魅力所征服。也就是跟叶昌硕的一般女粉丝一样，为他完美男神的形象神魂颠倒。作为林氏这一代唯一的女儿，标准的第一名媛，她是不应该随便在外头说要嫁给他这样的话的。

可是，弗瑞克忽然打电话给她，说她要是喜欢叶昌硕的话，放心大胆地去追求，不管她做出多疯狂的事情，她的堂哥林霄都是绝对支持她的，就是不小心捅了娄子，也有堂哥给她收拾烂摊子。堂哥这个人一直不容易亲近，在他们这样的家族，要说兄弟姐妹之间有多深厚的情谊，那也是个笑话。

但是堂哥是不屑说谎的，既然他都说了，就是有烂摊子，他也会给自己收拾，她就放心大胆地干了。哪里知道，叶昌硕竟然这么回应她，在她求婚的言论放出去之后，不到一个小时，他就在微博作出回应，这根本就是一点儿脸面都不给她留！她从小娇生惯养，哪里受过这种气，登时哭得一把鼻涕一把泪，让她的父母为唯一的宝贝女儿心疼不已。

林青青的母亲杨璇更是直接说了一句："我女儿都看不上，我倒是想知道，他到底能看上什么样的女人！是不是真的那么国色天香，能把我女儿比下去！"

林青青听完咬了咬唇畔，打算给林霄打电话。

想了想林霄素来张狂的性格，她翻开对方的手机号码，却没敢把这电话打出去。最终犹犹豫豫地给林霄发短信，想让对方帮自己出气，或者帮自己把叶昌硕追到手。各种话都想了一遍，但还是胆怯着，不敢对林霄提出任何要求。

最终，她发了一条短信："霄哥哥，我怎么办？"

这样说保守一些，应该不会引起堂哥的反感。

她这条短信发过去之后，林霄的手机就响了一下。那手机放在桌面上，屏幕亮起之后，由于短信的内容很短，就直接显示在屏幕上了。埋头干活的顾颜冷不防听到手机铃响的声音，抬起头看了一眼，就看见那一句明晃晃的话：霄哥哥，我怎么办？

很亲昵的语气，很依赖也很无助，看见短信的内容，顾颜不知道为什么，心里就有点儿不高兴了。也是，林霄这样身份地位的人，就算没有听见关于他的绯闻，他也不可能没有女人。但是想想这个浑球，今天一醒来就占她的便宜，口口声声说她是他的未婚妻，方才吃饭的时候，又带着那种霸道的关心，她莫名地心情就阴郁起来。

林霄听见手机响，直接就拿了起来。看了一眼林青青三个字，要不是因为今天看叶昌硕的新闻，看见了这个名字，他大概需要很久才能想起这是他堂妹的名字。扫了一眼对方的短信内容，他很果决地回了三个字："继续追！"

让林青青继续缠着叶昌硕，不要让他有任何机会分身出来。不管那小子回国是不是真的为了顾颜，他都不希望对方有闲工夫出现在自己和顾颜面前。

林青青立即兴奋地回了一句："好的！"

林霄没再理她，锁了屏幕，就把手机放下了。一抬头却见顾颜正盯着他，她自然不可能看见他刚才回了一句什么。他正要问她怎么了，顾颜却先他一步开了口："不打算去陪陪她吗？"

这大半夜的，一个妹子给他发短信，喊着霄哥哥，无助地问他怎么办，他竟然无动于衷。不知道他回复了一句什么，对方又回了一句，她听到了短信提示音之后，他就把手机放下了。怎么看他都像个冷漠无情的渣男，但是顾颜觉得自己心里很矛盾，她嘴上在问他是不是要去陪陪那个妹子，似乎是希望他去，心里却有点儿别扭地并不希望他去。

甚至她还莫名地觉得有点儿烦躁，她并不觉得自己这就是喜欢上林霄了，大概她的烦躁，也就是看不惯这个人早上占了自己便宜，晚上又撩其他妹子吧。她在心里这样安慰自己。

她这话一出，他倒是乐了，那双冷厉的眸子，染上几分笑意，从容不迫地看着顾颜："怎么，吃醋了？"

"没有！"顾颜的回复很快，也就是因为回复得太快，才有了欲盖弥彰的味道。然而，她很快就调整好自己的情绪，睨了他一眼，"我只是觉得你在我面前有点儿碍眼，希望有人把你喊走罢了！"

她说完，他竟没说什么话来打击她，只是一直盯着她。

锐利的眸光投在她脸上，带着玩味和审视，还有几分淡淡的笑意，仿佛已经察觉到她的口是心非。顾颜绷着一张脸跟他对视，努力不让自己的目光移开，坚决不能在他那似乎能窥破一切的眼神中露出破绽来。两人对视了很久，谁也不让谁。他似乎能确定她就是在说谎，等着她在这对视之下服软。

而她坚定地表示自己没说谎，的确不想看见他。

弗瑞克看着他们两个互相瞪着对方，谁也不说话的行为，在心里默默地为他们的行动做了注解，这个叫啥玩意儿来着？斗鸡？

然而，慢慢地，在他越发含笑的眼神之下，顾颜到底是心虚的。

她低下头不看他，继续研究自己的稿子去了，为了化解自己怂了没继续对视的尴尬，她吐槽了一句："看什么看？没见过我这么好看的美女？别整天想些骄奢淫逸的事情了，麻烦好好做你的事。总裁不是应该都日理万机吗？"

是的，总裁的手下虽然有很多人，能帮他把许多事情做好，不用他操过多的心，但是作为掌控着公司决策权的人，他当然也应该是日理万机的，从眼下他们在这个客厅里一人对着一个电脑做自己的事情，就能看出他其实是忙碌的。

所以，对视这种无聊的事情，还是不要做了。尤其对视之中，她越发心虚，越发觉得心里没底。

对她这种坚决不承认的态度，他也没打算继续为难，轻轻笑了一声，眼神重新投回自己的电脑上。同时，不知道他是有心还是无意，说了一句："她并不需要我陪，这时候有她爸妈陪着她！"

顾颜一听这话，也不知道为什么，忽然就觉得更硌硬了。他这样带着淡淡温情地说起一个妹子，似乎很保护的感觉，让她心里更不爽。尽管她也不太知道，他这是真的充满保护感的一句话，还是她想太多，但是就是让她心里不痛快。

她很努力地想把这种不爽的感觉从脑海里甩出去，专心做自己眼前的事情。女性是容易感情用事的物种，所以如果不能好好操控自己的情绪，就很有可能在情绪产生波动的时候，影响自己的工作效率！所以她这时候在很努力地让自己冷静下来干正事儿，别想些有的没的，林霄保护谁、在乎谁，跟她有什么关系？他俩又不熟。

他本来就是个臭流氓，她在乎他干什么？

努力做了半天心理建设，才终于慢慢克制住内心深处的那股子郁结之气。也就在这时候，她对面那人含笑的声音忽然传了过来，带着几分戏谑的味道："刚才发短信给我的，是我堂妹，林青青。顾颜，你都不问我一句，也不给个解释的机会就胡乱吃醋，这种行为是不对的！"

"谁胡乱吃醋了？能不能别乱往自己脸上贴金？"顾颜虎着一张脸看着他。

这一抬头，就撞进他似笑非笑的眼神里，原本底气十足的她，不知道为什么，心里骤然又发虚起来。她也不清楚自己到底是咋了，竟然真的会被这个浑蛋的话影响情绪。可是她也不得不承认，的确在他说出那是他堂妹的短信之后，她心底深处的阴霾一扫而空了。

"嗯！你没吃醋！"这回他没坚持非要她承认，含笑应了这么一声，就低下头继续处理自己的公事了。

这下，他似乎是安静地低下头做事了，但是顾颜发现自己好不容易平静下去的纷乱情绪，这一秒钟又有点儿不平静了。她现在开始认真地质疑，自己心里到底在想什么，林霄怎么样，到底跟她有什么关系，她为什么要不高兴，为什么心里会发虚，为什么会不爽……

他明明是个贱人，她很讨厌他不是吗？

时间一分一秒地过去，顾颜是个喜欢把事情都想透的人，但并不是一个喜欢纠结的人。琢磨了半天也实在想不透，她也觉得没必要纠结了，把这个人的事甩在一边，继续认真地画起图来。

整个客厅里面都很安静，只有手敲击在键盘上的声音以及笔在画板和纸上游走的声音。

林大总裁作为世界知名的企业家、金融界的奇才，许多事情旁人也许需要几天才能做完，但是他几个小时就能搞定。大概九点的时候，他的事情就做完了。他看了顾颜一眼，这时候她还埋头在画稿里面，她思考的时候，还会咬一咬笔头，那小模样看起来非常可爱，与她寻常情况下的蛮横和凶狠，判若两人。

林霄乐得欣赏她这模样。

看她画得认真，他也没打扰她。一直到十点的时候，顾颜才完成了初稿。做这种设计，重要的除了初稿，还有后期的修订，初稿只是一个基本的模型，以确定自己设计的方向，后期的一再修订和完善，则是决定这件作品是否能在众多作品里面出挑的重要元素。

但是今天能完成初稿，已经算可以了。顾颜满意地放下笔，认真地将初稿在电脑里头存档，完全忘记了自己这会儿是在谁的地盘上。她做好这一切后，很随性地站起身，伸了一个懒腰，打了一个哈欠。当她张大嘴打哈欠的时候，忽然看见了对面那张脸，那一秒钟她的哈欠险些没收住，整个人也差点儿直接呛个半死！

“呃……咳咳……”什么鬼！

他嘴角淡扬，对她这样迷糊的反应，似乎并不觉得惊讶。倒是似笑非笑地道：“顾颜，在我面前你不用刻意保持你的形象，反正你早就毫无形象了。”

这句话的确是他的肺腑之言，顾颜在他面前还真的没什么形象可言。从见第一面的时候，这个女人一只鞋就对着他的脸飞过来，以狗吃屎的姿态摔在他的房间门口，还一脚踩在板凳上唱《大王叫我来巡山》。所有作为一个女人可以败坏的形象，她早就败坏干净了，这时候也的确不需要在他面前保持什么形象。

顾颜一听这话，脸又绿了。

这个浑蛋，真的没有一句好话，从见面开始到现在，他仿佛不说几句话气气她就浑身的经络都不顺畅！还有，她到底哪里毫无形象了？她冷笑着看他一眼："林先生可以尽管放心，您还没有让我保持形象的魅力！"

她这话无疑又取悦了他，让他好心情地笑了起来。

看了一眼她合上的电脑，也不继续跟她纠缠这个问题了，问了她一句："忙完了？"

"忙完了！"顾颜应完这一声，眼神下意识地落到了她放在桌面上的手机上。

对她这样果决的眼神注视，他自然选择了果决地拒绝并忽视。他把她的手机往后一收，跟他的手机扔在一起，放在顾颜的手够不着的地方，然后站起身，迈开大长腿，走到顾颜跟前，长臂伸出，二话不说扛起她就往外面走。

"林霄，放手！"顾颜觉得他就是个间歇性的神经病，动不动就忽然发神经，做出一些不顾及他人意愿的事情。一会儿犯贱得让人想往死里抽他，一会儿忽然又变成一个好人。没好多久，就又成现在这样了。

她这样大声咆哮，在出了别墅看见眼前的景象时，瞬间停歇了，整个人还有些呆愣。

外面是一片草地，别墅昏暗的灯光和天上洒下来的明亮闪烁的星光，能令人清楚地看见眼前的景象。外头的空气很清新，忙了一整天的紧张心情，也很快在这样的环境之下得到纾解。顾颜的心情顿时好了起来，不再像方才那般激动。

林霄把她扛出来之后，直接从别墅边上的楼梯往上走。

上头是一个观月台，到了观月台上，他把她放了下来，两个人并肩坐着，看着面前的美景。满天繁星点缀，从他们的角度，还能看见远天之上的银河。方才明亮的月亮这时候也躲进了云层，让星光显得更为璀璨夺目。

顾颜也是会享受生活的人，方才被人不顾意愿地扛出来的怨气，这时候也消得差不多了。

“挺美的！”她忍不住感叹了一句。

坐在山顶上的草原上看星星，这样的美景的确很难见。尤其今夜的星星格外赏脸，繁多且耀眼。

林霄偏头看了她一眼，他比她高许多，想看见她的表情，还得微微低下头。

顾颜看着前方的美景，呼吸着新鲜的空气，整个人直觉得神清气爽，一整日忙碌工作的疲惫也尽数消失。她忽然发现自己身边的浑球这时候安静得不像话，竟然没有抓紧时间说什么欠揍的话，这令她愣了愣，偏头看了他一眼。

这一看，就发现他正看着她。

她顿时愣住。

这一瞬星光散漫，有萤火虫围绕在四面，他深邃的眸子凝在她身上，眼中含着笑意和几不可见的温柔。如此晶亮的眸光，令她心头一窒，呼吸忽然也变得不平稳起来。

他骤然低下头，顾颜一惊，以为他又要吻她，吓得一哆嗦，人就往后退去。

但他们这会儿是坐在观月台的栏杆上，她往后头一倒，人就悬空了。惊恐之下，她慌忙闭上眼，觉得自己死定了，就是不摔出一个脑出血，也得疼上好几天。然而，就在这时候，他的长臂揽上她的肩，令她落入一个温暖的怀抱。

她还闭着眼等摔，就听到头顶响起他戏谑的笑声。

她睁开眼看了看他，想从他怀中挣脱出来，然而他的力道很大，把她按在自己怀里，没有给她一点儿能从他怀中挣脱的余地。他低沉性感的声音在她头顶响起：“不冷吗？”

嗯?

顾颜愣了愣，很快反应过来他什么意思。山上的确挺冷的，只不过刚刚出来的时候，看见美丽的风景，呼吸到新鲜空气的瞬间，心旷神怡之下，她忘记了冷。但是靠在他怀里，就真的不怎么冷了，可是这种人工取暖方式，似乎并不适合他们。

她挣扎了几下道：“冷是冷，不过我觉得我可以自己去找件衣服穿穿，或者找个袍子披着，实在不劳林少您的大驾了！”

他声音玩味，从容不迫地道：“顾颜，你并没有带其他衣服来，山上的袍子和衣服都是我的。你想取暖的话，除了我自己，我不愿意借其他的东西给你！”

“……”为什么有人能把臭不要脸这一点，表达得如此清新又自然？顾颜觉得自己简直要给他跪了！她态度不太好地继续挣扎，语气也非常恶劣，“那就冻死我好了，我宁可冻死，也不想跟你靠这么近！唔……”

话刚说完，她的唇骤然被他封住。

他显然不太喜欢她这样抗拒他的行为，也非常不喜欢她这样排斥他的言辞。顾颜被他这样孟浪的举止惊呆，怔怔然盯着他，说不出话来，自然被他咬了唇，缠着舌，占了不少便宜。等她反应过来的时候，他已经坐好了，靠在栏杆边上，看着远天的美景。

一贯戏谑的声音，这时候带了几分宠溺的味道：“顾颜，老实点儿！”

顾颜艰难地咽了一下口水，真的老实了，因为她感觉到伴随着他刚才那一吻，他的身体在这时候已经有了某些反应。这令靠在他怀里的她简直觉得胆战心惊！已经动了欲念的男人，是不能再刺激的。这一点常识，顾颜还是有的，于是她就这么安静地靠在他怀里，认命地接受这种取暖的方式。

前方星光灿烂，他们仿佛穿越到中世纪，成了坐在古堡上看风景的王子和公主。

当然，这一幕在旁观者眼里，比如在别墅里扒拉着窗口眺望着的弗瑞克眼里，是这样的。但是在顾颜眼里，是惊悚的。她感觉自己就坐在老虎的头上，谁都不知道这只老虎会不会在什么时候忽然就疯了，一口咬紧她，把她吃掉！

她决定找点儿话来说说，化解一下眼下的尴尬，也适当地转移他的注意力：“那个，林先生……”

“你可以叫我林霄，或者霄！”他骤然打断了她，似笑非笑的声音，传入她耳中。

这样悦耳的声音，很容易就让人体会到酥麻的感觉，几乎能勾魂，让顾颜浑身哆嗦了一下。以他们两个这古怪的关系，她自然没勇气厚着脸皮肉麻地称呼一个“霄”字，但到底还是遂了他的心意，道：“好的！林霄，你能不能解释一下，你为什么要对我做这么多奇怪的事情？”

是奇怪的事情对吧？顾颜觉得他做的这些事情，以正常人的思维，根本没办法解读。这可不就是奇怪的事情吗！

“奇怪的事情？”他剑眉扬了扬，声音里带着几分玩味，“什么叫奇怪的事情？是吻你、抱你，还是昨晚睡你？”

顾颜：“……昨晚我俩没有睡！”这个人为什么能把这种话，说得这么自然而面不改色，她都有点儿佩服他了。她听着都觉得尴尬，他居然还能用这种含笑玩味的语气，正儿八经地说出来。

要命！

“嗯！昨晚我们没有睡，你遗憾吗？”他忽然又犯贱地问了她这么一句，语气更加玩味戏谑，仿佛看着她囧，他就能感到很享受。

顾颜从牙缝里挤出几个字：“不遗憾！请林先生您认真地回答我的问题！”

话刚说完，他猛然低下头，她的唇又被他咬了一口。顾颜浑身一僵，感到自己被气得身上的汗毛都要竖起来了，非常不明白这个人为什么这么臭不要脸！她伸手准备抽他，手腕却被他攥住。他含笑的眼睛跟她对视：“这是惩罚你不乖，我说了，你只能叫我林霄，或者霄！”

“……”顾颜真的无语了，这种脸皮没他厚，打架也打不过，完全受制的被动状态，让她到底如何应对？

接着，他似乎回味了一下昨晚的事情，才开口道：“昨晚我们没睡，我还是很遗憾的！”

“林霄！”她咆哮出声，怒瞪着他。她觉得有句话真的太适合他了——人不要脸，天下无敌！这可不就是无敌吗？每次他说出臭不要脸的话，她只想抽他，他的话她都完全没法接！

她正想再说什么的时候，他忽然伸出手，指向前方草原外的树林。那个地方，离他们这里有两百多米的距离，顾颜只能在星光之下，看见那一片林子，除此之外，再无其他。他低沉的声音带着叹息，再一次从她头顶传来："顾颜，十五年前，那里还不是一片密林。那是林家的私人度假别墅，我妈妈就是从那栋别墅的三楼跳下去的，后来变成了植物人。到现在，十五年过去了，她还躺在医院里！"

顾颜一愣，下意识地抬头看了他一眼。

她从来没有听说过这件事情，她所知道的关于林霄的消息也并不多。但是这么大的事情出来，明面上司徒家和林氏也没有翻脸，那就说明，两家把这件事情压下去了，所以谁都没多说。

那林霄那年是什么年纪？十二三岁？

他说这话的时候，一脸云淡风轻，仿佛不是他自己的事情，更像是别人的事。但他揽着顾颜的手臂圈得更紧了一些，紧得顾颜觉得有些疼。但她没出声也没呼痛，犹豫了一会儿，心里有点儿好奇，但是也不敢问原因，然而直觉告诉她，即便她不问，他也会说的。

果然，在她抬眼看他的同时，他的目光也落到了更远的地方。悦耳的声音再一次响了起来："我妈妈年轻的时候就爱上了我爸爸。然而，一直到我十二岁的时候，我妈妈才知道，我爸爸在外面还有别的女人。我妈妈出身司徒家，性格刚烈，她很爱我爸爸，无法决定离婚，于是决定结束自己的生命。所以，顾颜，二十七年来，我洁身自好，不碰女人，不是因为我不是正常的男人，更非外界对我猜测的那样是gay（同性恋者），而是因为，我永远不会成为我爸爸那样的人！"

他说这话的时候，双眸中带出几分厌恶，那是对他爸爸的厌恶。这件事情不管闹到哪里，都是丑闻，他外公当年非常生气，但为了自己的外孙能在林氏好好成长，还是将这口气憋了下来。顾颜听到这里，也明白了为啥在司徒家，老太太说起林霄他爸，他当时的反应会那么大。

不过，她也有点儿不明白，他忽然对她说这个做什么？就不怕她是个长舌妇，把这件事情当成笑话说出去？好吧，这点儿基本的道德品质她还是有的，不会把别人的痛处当成笑话随便在外面胡说八道。

正在她纳闷儿他为什么会对她说这些的时候，他忽然低头看向她，冷厉深邃的眼神，看起来极为认真，他轻声道："所以顾颜，你要相信，我和陈晓峰，是不一样的。"

什么？他到底想说啥？顾颜觉得自己的脑子这时候有点儿转不过来了。怎么又跟陈晓峰扯上了？她纳闷儿地问："那……然后呢？"

"然后，你可以好好考虑一下，嫁给我！"他嘴角轻轻扯了扯，还伸手按了按她的脑门儿，继续道，"顾颜，我愿意相信缘分，也愿意相信自己的感觉。我的性格随我妈，认定一个人，就是一生一世。顾颜，我认定了你，你就逃不掉！"

"哈？"这是什么鬼？顾颜严重怀疑自己是听错了，或是理解错了。原本听他说他家里的事情，她还以为他大晚上的想起了伤心事，需要一些安慰。搞了半天，居然是表白的铺垫。

然而她虽然觉得非常突然，一瞬间有点儿接受不了，有些发蒙，但是她不得不承认，他的话真的很真诚，而且她这时候心跳明显加速了。

然而她还是不能理解，纳闷儿地盯了他一眼："你相信你自己的感觉这一点，我虽然不是特别理解，但是努力一下，还是勉强可以理解一下。不过你口中的缘分，是什么玩意儿？咱俩之间，有什么缘分吗？不是你从一开始，就在不断地找我的麻烦还有……"

"呃……"顾颜说到一半，整个人忽然僵住了。

他忽然将手伸到她面前，指间夹着一张人民币，旋即开口，那声音似乎有些咬牙切齿："你还认识这个吗？"月光之下，她看得出来那是一百块钱，但是还不能看见上头的字。可是，她也并不蠢，听着他这样阴森的语气，心里猛然咯噔了一下，断线几天的脑子，在想起很多问题之后，忽然有一根线，就这么慢慢地接上了。

她喝醉酒了，睡了一个人，醒来以为对方是秦玲玲送来的鸭，就给了一百块钱，让对方钱不够就找秦玲玲拿，然后就跑了。接着第二天一大早，林霄就派人捉拿她，再接着，他就开始变着花样找她的麻烦。

爸爸给她打电话，说起林霄的事情的时候，她只自以为是自己喝醉酒之后，把人给得罪了，完全没想过，她睡的那个人……难不成，这……

她颤抖着伸出手，把他手里的纸币接过来，心里还怀着几分侥幸，希望上帝保佑她，他只是想给她看看这张钱，这并不是她的那张！然而，在昏暗的光线之下，找到她写下那句话的那个角，看见上头似乎有字迹的时候，她眼前就全黑了。

接着，头顶又传来他咬牙切齿的声音："顾颜，你喝醉酒，到我房间发酒疯，还打碎了我解催情药的药瓶……更甚者第二天早上还留下一百块钱的服务费。你知不知道，看见这东西的时候，我有多想掐死你！"

"嗝……"顾颜下意识地咽了一下口水，整个人都僵硬着。她当然知道林霄有多想掐死她，因为这件事情要是放在她身上，她也是会想掐死对方的。

何况还是高高在上的林大少爷，他肯定觉得他自己被一百块钱给侮辱了……

她本来觉得这个浑球这两天对自己的种种行为，都是贱到极点的表现，她甚至还怀疑过他是不是脑子有病。但是这一刻，她忽然觉得，他对她真的好宽容啊，竟然没有在见她第一面的时候，直接一巴掌把她挥到地上，再踩两脚！

她咳嗽了一声，成功地被自己的口水呛到之后，又猛烈地咳嗽了数声，这才抬头看他，战战兢兢地道："那……那个，林霄，既然这两天你都整过我了，还占了我不少便宜，这件事情我们就当没发生过，让它过去吧，怎么样？反正这种事情，咱俩都吃亏……这个，你……"

"不行！"他很果决地拒绝了她的提议，甚至在她说出当这件事情没发生过的时候，他眸中闪过几分幽冷的寒芒。那语气也冷厉下来，一字一顿地道，"顾颜，那是我的初夜，保存了二十七年，很珍贵。我没办法说服自己让它过去，你必须对我的终身负责！"

顾颜："……"其实那也是她的初夜啊……这是什么事儿啊！

## 【第五章】
# 我想把星星摘给你

她觉得自己的眼泪这时候都要掉下来了。

按照他这种咄咄逼人的说辞，好像她是真的应该对他负责，否则她就禽兽不如一样。是啊，人家保存了二十七年的初夜，多么珍贵啊，她的初夜也才保存了二十三年，毕竟她今年才二十三岁……要是按照保存的年份算起来，好像还真的是他的比较值钱。

她伸手抹了一把脸，差点儿抹到眼角的泪花："那个，林霄，那天的事情真的很对不起。事情是这样的，陈晓峰和贾甜甜干了"好事"之后，我很生气，毕竟我对贾甜甜很好，包括上一次设计大赛拿的奖金，我都直接拿来给她买了一个名牌包包作为生日礼物，她却这样对我，我非常难过才喝了很多酒。早上醒来之后，玲子……就是秦玲玲给我发短信，说送了我一个礼物，极品的……那丫头从来就不靠谱，很喜欢帅哥，所以我一醒来，就以为她口中的那个极品，就是你……"

说着这话，顾颜的眼泪也险些掉下来。

听她这么说，林霄也想起了什么，问了她一句："即便如此，我仍然很好奇，那天早上你先醒来离开，再遇见我，怎么会认不出我来？"起初他还以为她是装的，但是后来看她的样子，的确是完全认不出，那就不太能解释了。

顾颜一听这话，更是止不住地想流泪，一巴掌拍上了自己的额头："因为那天早上天还没亮，我觉得自己莫名其妙地跟一个男人睡了，简直就是一场噩梦，所以也没开灯看看床上的人长啥样儿……然后那天，包包，包包落在别墅了，浑身上下就一百块钱，所以……"

这真是个悲伤的故事！

她把话都说清楚了，林大少爷才算是明白当日最让他震怒的"一百块事件"，其实不过是阴错阳差的误会。这时候他老人家的心情也舒缓了许多，盯着顾颜，笑道："所以……不管怎么说，顾颜，这也是你对不起我在先。睡了我却不想负责，这不是一个有品德的人应该有的作为吧？"

"林霄，你是个男人！"按理说这种事情，不都是女人要求男人对自己负责吗？他是不是搞反了？

林霄扬了扬眉，很自然地道："顾颜，现在提倡男女平等！"

顾颜："……"她竟然无言以对。

对视之间，看见他眸中的坚决，她哆嗦着道："婚姻大事不是儿戏，要不然你还是让我好好想想？你自己也认真地考虑一下，说不定咱俩根本就不是你以为的缘分，只是一个意外呢！你也说了，你认定一个人就是一生一世，这么严肃的认定，你也不希望自己认错对吧？"

顾颜真的很悲怆，从他们一直交涉到现在的情况来看，那天晚上的确是自己不对。顾颜是一个是非观很分明的人，也就是太清楚那天晚上的确是她不对，所以这个时候跟林霄说话充满了歉意，底气全无。

她话一说完，他忽然沉默了，一双星眸静静地盯着她。

他没有继续强势地一定要她立刻接受他，而是轻声道："好，顾颜。我可以给你时间好好想想！"这声音听起来很温柔，有种淡淡安抚的味道，从她的样子，他也看得出来，他逼得太急了。许多事情，欲速则不达，这一点，林大总裁还是清楚的。

他这话也让顾颜原本有些躁动的心情，慢慢地平静下来。

前有陈晓峰的事情，完全是她妈妈的意思，她一点儿都不想嫁，心情就很烦闷了，好不容易这事儿过去了两天，又开始谈婚事。她实在没办法随便作出任何决定，毕竟婚姻真的是一辈子的事情，她跟林霄也就认识两天而已。

最重要的是，他虽说相信他对她的感觉。但是她呢?

在知道他到底为什么要找自己麻烦的真相之前，她对他可是没有啥好印象的，主要就是觉得他是个浑球。纵然这时候知道是自己先惹了人家，可是这情绪一时间也切换不过来。

正在心情慢慢平静之际，他又说了一句让她的心情再一次无法平静的话：“顾颜，你对我也是有感觉的！”

这句话令她猛然一怔。

这一次她没有很激动地驳斥他臭不要脸，因为事实似乎真的如此。尤其刚才在屋内，他命令她吃饭的时候，那一瞬间心头的温软是骗不了她自己的。而且刚才林青青给他发短信的时候，她看见短信后心里的阴霾和不爽，也都是真真切切存在的。

所以现在听他这么说，她忽然觉得自己没办法反驳。

山顶的风轻轻地吹过来，带来一阵刺骨的寒意。她几乎是下意识地往他怀里缩了缩，他也抱紧了她，让两人更加贴近。她静静看着前方，问了他一句：“林霄，你说你相信你的感觉，希望我嫁给你，那么，你能不能告诉我，你看上我什么了？”

她以为，她这个问题是能难住他的，她甚至认为，这么快的感情，这么短短两天，他就这么真诚地向她求婚，很有可能他自己都不知道自己到底在干吗。说不定他就是一时冲动，觉得他俩太有缘，在这种诡异的原因下就给睡了。然后现在求婚完毕，回头发现他们其实并不合适，她也并不是他想找的相伴一生的人。要真成这样，那就很尴尬了。

然而，她没想到，这个问题他还真的答得上来。

他轻轻笑了一声，性感的嗓音在黑夜里特别撩人：“从你在电视台的镜头中跟贾甜甜对战，我就知道你是聪明的女人，我向来喜欢跟聪明人打交道。”

这也就是为什么，在知道干了这件好事的人是她之后，他不是直接让人收拾她，而是在看完视频之后，故意接近她，用她的话来说，就是故意找她麻烦。然而，开始逗弄她之后，他发现很多东西都开始不由自主了。

短短两天，他已经见识到了她的许多面。

凶悍的、可爱的、迷糊的、认真的、伶牙俐齿的、脚踏实地的、有灵性的，以及她在工作上的态度，还有在司徒家大院里，纵然她对他厌恶到极致，仍会顾及他外公外婆的情绪，没有直接说破他们不仅不是即将结婚的亲密关系，甚至还会为了其他人能安心吃饭，饿着肚子到院子里找他。

这几天的相处，他发现撇开初见时的愤怒，她身上的每一处，他无一不喜欢。所有的地方，都该死地很合他的胃口，似乎他怀中这个女人，天生就是为了契合他而生。甚至在看见其他女人的时候，哪怕对方脱光了引诱他，他也难以有兴致。

但他怀中这个女人，哪怕她什么都不做，他也想把她压在身下……

他说完那句话之后，就没有再说旁的话。大概意思就是在屏幕上看见了她的表现，所以欣赏她的聪明。顾颜这时候也学了一把他的臭不要脸，接着他的话继续道："然后你跑来找我的麻烦，接着发现我竟然如此出色、如此优秀、如此可爱、如此让你心动，你就不能自拔地爱上我了？"

林霄闻言，眉眼中很快染上了笑意。他当然知道这个小女人是在跟他学，这令他眸中笑意更甚，有些犯贱地驳斥了她的言论："不，应该是接着我就来找你的麻烦了，然后发现你如此凶悍，宛如泼妇，一身缺点，脾气还差。我感觉这世上除了我，可能没人能容忍你，所以决定舍身就义，以免你将来嫁不出去！"

"林霄！"顾颜气得脸都绿了，回头就一巴掌对着他挥了过去。

这个人真的喜欢她，并且真的在认真地向她表白，而不是在拉仇恨，找抽吗？她对此表示质疑！

这一巴掌，自然没能挥到他脸上，一个受过专业特种兵训练、修习击剑技术的男人，就算毫不设防，也难以让人一巴掌挥到他脸上。她的手再一次在半空中被他截住！对视之间，她看见了他那双深不见底的眸子里，浮动着显而易见的笑意和温柔。

仿佛他早就料到了他的话会引起她这样的举动，而他似乎就是在故意逗她。

这样的感觉，顾颜很不喜欢，她觉得这个人心机太深沉，简直把自己算计得死死的。回忆一下在来黎雅云端之前，一路上她曾经多少次被他几句话就轻而易举地转移了注意力，忘记正事，当时都不觉得，现在回忆一下那些种种，一件一件叠加起来，简直让人觉得可怕！

此时的气氛有些凝重，又很静谧。

他松开她的手腕，修长的手指带着点儿热度拂过她的面颊，语调低沉而轻柔，几乎是在诱惑："顾颜，不要抗拒你的感觉！"

他这话，让顾颜一怔的同时，更觉得脊背发凉。他竟然知道她这时候是在努力地抗拒对他的感觉，甚至还对他的心思深沉难测有规避心理。这会儿被他这么一说，她忽然觉得有点儿蒙。

"顾颜，试着谈场恋爱吧。"他带笑的语气，在她头顶响起。风掠过，带起一阵微微的骚动，令人的心也在夜风里微动。

他星子一般耀眼的眸子，晶亮地看着她。对上那样一双真诚的眼，她忽然说不出拒绝的话。

萤火虫从他们面前掠过，飞得很高，像星光一般闪耀。他骤然抱着她站起身，伸出修长的手指，将一只萤火虫抓入掌心。

"你抓它干什么？"顾颜有点儿好笑，没想到林霄还能有这样的童真之心。

她一问，他骤然在她面前摊开手，萤火虫在她眼前慢慢飞起来，她看见他眉眼含笑，冷厉的眸子里透出温柔缱绻之色。他低沉性感的嗓音，这时候异常清亮："顾颜，我想让你知道，我想把星星摘给你！"

草原上吹着轻轻的风，绿草在夜风里慢慢摇曳。

满天星辉，洒落在他们身上……

他说，顾颜，我想把星星摘给你。

她看着萤火虫在她面前慢慢飞起，看见它在空中转了几个圈，像是舞池里的精灵，在渲染着夜空中的浪漫。慢慢抬头，她就对上了他认真的眸子，很轻易地就能让人醉在这样的景致之下。

他忽然低头吻住她。

她忽然忘了抗拒。

一切似乎来得太快，又那样顺其自然。他知道他在为什么心悸，她清楚她如何心动。心中从来毫无波澜的湖泊，在这一刻忽然沸腾奔流，几乎让她掌控不住。但感性到底没有冲破理智的桎梏，她猛然推开他，眸色忽然清明起来："林霄，你说得没错，我的确为你心动，你也确实很优秀，很出色。如果你刚刚的话都是真的，这世上恐怕没有几个女人能挣脱你的情网。但是，我还是觉得我们不合适。关于前两天的事情……咳咳，如果有需要的话，我会补偿你的，我愿意做一切事情赎罪！"

她仔细琢磨了一下，还是觉得不能接受。这个人太贱了，嘴巴那么欠，没事儿就喜欢说几句话气气她，自己要是跟这种人在一起，迟早被他气得心肌梗死！而且，他太优秀，站得太高，她觉得自己够不着。

说完这话，她也不等他有任何回应，飞快后退三步，转身往别墅里头走去。她有点儿着急，也有点儿紧张，恨不能马上从他的视线范围内离开，最重要的当然是为了让他立即从自己的视线范围中消失，因为她其实也很担心继续跟他在这里掰扯，她会控制不住自己心跳的声音。

看她飞快地往别墅逃去，似乎是在刻意规避什么，他眸色微沉，嘴角却染上了几分笑意。有些东西，并不是她想逃，就逃得开的！

顾颜回了别墅，整个人还有点儿蒙。

身为一个没有谈过恋爱的妹子，她实在没法不为刚才的浪漫心动。一直到进了别墅，她的心还怦怦直跳，脑海里全是林霄那一句撩人的话：顾颜，我想让你知道，我想把星星摘给你！

她像一只受了刺激的无头苍蝇，进屋之后，就在楼梯口乱转，蒙了好半天才意识到自己应该马上爬上楼梯，回到房间。而一直扒拉着窗口看他们进展的弗瑞克，看着顾颜忽然转身就走，还一副似乎被雷劈过的样子，心里也有点儿紧张。这很明显少爷是认真了，要是顾颜这个小妮子完全不给少爷面子，少爷的初恋夭折了，这将是一件多么血腥、冷酷，又缺乏人情味的事啊！

他正琢磨着自己是不是该到顾颜跟前去，为自家少爷说两句好话，顾颜已经上了楼梯。

这时候，林霄也回来了。他站在别墅门口，看她像一只无头苍蝇一样回了她的房间，砰的一声关上门之后，却发现那一百块钱躺在地上，被她落下了。

已经关上门的顾颜也忽然意识到自己落下了什么，很快又打开门，从门缝处伸出手，一把将地上的一百块钱捡起来，并且防备地看了林霄一眼。那是一副生怕他今天晚上又去她房间骚扰她的神色，然后砰的一声，她又把门关上了。

接着，林大总裁就被这女人呆萌的样子成功地逗乐了，低低地笑出声来。

弗瑞克在边上看着，也觉得顾颜真的挺可爱的，有时候凶悍得可怕，有时候又迷糊得可爱，最重要的是不做作，很直接。少爷看上她，似乎也并非没有道理。

顾颜关上门的那一瞬，听见了客厅里那个浑蛋的笑声。

她额角的青筋跳了跳，确定了这个人是真的很喜欢欣赏她的窘迫。简直了！她回头捡个钱，他都能笑出声，她的窘样儿，就真的那么能戳到他的笑点？

关上门之后，就将外头的声音全部隔绝了，顾颜靠在门上，低头看了一眼自己手里的一百块钱，默默地觉得内心真的很崩溃。这到底算是什么事儿啊，误睡谁不好，偏偏误睡了林霄这尊大佛！

她盯着上头她写下的“服务费”三个字，直想把自己往死里抽几巴掌。

要是她没放下这一百块钱，睡了后直接跑了，兴许林霄还不会找她。偏偏……她写的“服务费”那几个丑字，这时候正对着她，仿佛正在嘲笑她的愚蠢。她默默地抹了一把脸，随手把那一百块钱扔在床上，转身去浴室冲澡。

腰间和后背，似乎还有他的温度。

唇间仿佛还能忆起他唇畔的柔软。

水从头顶淋下来，冲击着她的神志。她希望借助水流能将身上、脑海中关于他的这些感触，一点一点地全部剔除！然而似乎她越希望这些感触都消失，它们偏偏越是明显，让她愤懑到几乎脑充血。

沐浴完毕之后，她就倒在了床上。

闭上眼睛，满脑子却都是刚才的事，还有今天的烂事。作为一个爱情绝缘体，顾颜觉得今天这一切，真的太冲击脑电波了，她从来没有遇见过这样的事。不是没有人对她表白过，但她真的从未心动过，可是今天……完全就是很不对！

她用被子蒙着头，想把这件事完全清出脑海，但是她的脑子根本不给她这个面子。

她的思绪，就这么轻而易举地被一个只相处了两天的男人占据着。是她真的在爱情这方面太缺乏经验，太容易被引诱，还是因为林霄太有魅力？可是，以前变着花样追求她的男人也不少，她也从来没有心动过啊！

她伸手抓向手机，想玩一下手机游戏或是刷刷微博什么的，转移一下注意力。

然而，手在枕头边上却抓了个空。

她这才想起来，手机还在林霄的手上，这让她心里对林霄的不满又多了几分。就算她喝醉了酒，不小心睡了他，但是作为一个女孩子，她也是第一次，他林霄也没吃什么亏吧？至于吗？还把她的手机给没收了！

她哪里知道，他没收她的手机，只是不想让她知道某个人的消息。

这个晚上顾颜的心很累，翻来覆去没睡着，也不知道到底是因为心里有事情，还是因为今天睡到中午才起来，所以到了晚上还毫无困意。一直到凌晨十二点，她不但睡不着，整个人还越来越精神。

她终于认命，掀开被子坐了起来，决定继续去做她的设计稿。半夜三更，万籁俱寂的时候，不正是最能激发灵感的吗？她这般安慰自己。客厅里一片漆黑，昏暗得连灯都没有一盏。没有主人的吩咐，用人们这时候估计也睡了，顾颜也没出声去吵醒旁人，她素来没有随便给人造成不便的习惯。

于是她打算自己晃荡到客厅的桌案前，把电脑和设计文件一起抱回自己的房间去折腾。

然而，这别墅她毕竟是第一次来，对这里头的设施什么的都不是很了解，出门之后在墙上摸索了半天，也没有找到电灯的开关。没办法，她只能开着门，借着门口这点儿幽暗的光往下走。她扶着楼梯，小心翼翼地走着，然而门口的灯光只能照到楼梯的上半部分，照不到下半部分。

走到最后一级的时候，顾颜终于松了一口气，放心地一脚踩了下去。

这一踩，就一脚悬空，整个人往下一滑，顾颜的脸青了！她本来以为自己已经走到最后了，但是万万没有想到，竟然还有一级台阶，于是她就这么成功地栽了下来。她眼泪都险些掉下来，这也真是见了鬼，不知道鼻子会不会直接被摔塌！

她正闭着眼睛等着摔，却猛然撞入一堵温暖的墙上。

这触感很熟悉，她今天才体会过。头顶传来他的一声叹，那带笑的声音中似乎还有一丝无奈："顾颜，一会儿不见，你就能出点儿事。你似乎离不开我！"

"呃……"顾颜完全不知道该怎么反驳。

被他抱起来往沙发的方向走时，顾颜的脑子还处于半蒙然的状态，等她反应过来这是什么情况，他刚刚说了啥的时候，她连忙想从他身上挣脱下来："不要脸，谁离不开你了！"

等等！这么晚了，黑灯瞎火的，他为什么会在客厅里？

她挣扎了几下，没什么用不说，整个人还陷在沙发里面躺着。下一瞬，她的脚踝落入他的掌心。他很轻柔地动了动她的脚，问了她一句：

“崴到没有？”

一个男人能如此轻易地执起女人的脚，若非当真他欺骗感情的技术高端，就是真的珍惜。

顾颜自认自己没什么值得他欺骗的地方，他想要什么样的女人，大概多的是前赴后继扑上来的，所以，他这算是真心？他的手轻轻地动了动她的脚底板，等着她回话。顾颜在心里轻轻地叹了一口气：“没有崴到！”

她觉得，如果她真的不小心坠入他的情网之中，那绝对不是偶然，一定是他的精心布置。

他放下心来，这才起身走过去把客厅的灯打开。灯亮起的那一瞬间，顾颜下意识地伸出手遮了一下自己的眼睛，问了他一句：“这么晚了，你为什么还在客厅？”

他倒是坦诚，含笑的声音很快传过来：“你虽然聪明，但性情暴躁易怒，心里有什么事情定然会焦躁不安，难以入眠，所以……”

他没继续往下说，但是顾颜已经明白过来。

这个人等于是料定了她今晚一定睡不着，就有可能下来找自己的设计稿，所以他就守株待兔，直接等着她下来了？

讲真的，这种被人算计得死死的感觉，真的不怎么样。

适应了房间的灯光后，她收回遮着眼睛的手，凝眸看向他。他穿了一身睡袍，和昨天晚上那一身颜色不同，但款式一样，看起来依旧性感撩人，散发着对女性致命的吸引力。无论是他有力的腿，还是展露出来的胸肌，都足以令人血脉贲张，心潮澎湃！

嗯……她觉得自己好像有点儿想流鼻血，这令她迅速抬起头，希望自己的鼻血能够配合一点儿，逆流回去，不要给自己丢脸。她心里不禁默默地觉得，他这样的身材和脸蛋，要是去演艺圈和超模界，绝对能混到顶尖水平！仰头之后，她又问了他一句：“你知道我会出来，所以就在这里等着？那你为啥不开灯？”

要是开灯了，她至于差点儿从楼梯上摔下来吗？

他闻言，剑眉微微挑了挑，俊美的面上，有几分似笑非笑的味道，倒是很有耐心地解释起来："正常情况下，按照你白天渴了也不会主动让人帮你倒茶的性格，说明你是一个不喜欢给旁人添麻烦的人。客厅的灯，除了楼下有开关，另外的开关在主卧里。你刚刚来，自然不可能知道。于是，不想麻烦用人的你，应该会自己摸索着下楼……"

"然后呢？"顾颜额角的青筋很快跳了起来，只觉得后面的话估计不会是自己想听的。

果然，他微微扬眉，语气中带着几分无奈："黑灯瞎火的，你看不见，自然是摸索过来。我坐在沙发上，自然可以安然等着你投怀送抱！但是我没想到你这么笨，直接从楼梯上摔下来，搅了这么浪漫的事。"

要不是听见她下楼的声音，他有点儿不放心，走到楼梯口等着她，以防患未然，这女人今儿个说不定真的会把脚崴了，摔出一身瘀青来！

顾颜脸都青了："所以接下来，你认为我应该感谢你的体贴，还是想把你给宰了？"敢情他老人家大半夜不睡觉，在客厅里头待着，就是等着她投怀送抱呢！所以她这一摔，是不是让他十分失望啊？

"你当然应该感谢我的体贴，如果没有我，你今天就摔了。"说着这话，他已经坐到了她身侧的沙发上，嘴角含笑，睨了她一眼，"有我这样事无巨细都能算得清清楚楚、有效防备你受伤的老公，是你的福气！"

顾颜脸都绿了！谁能告诉她，老公又是什么鬼？这么一会儿就从白天的未婚夫，升级到老公了？

林霄这货能别这么臭不要脸吗？她拒绝再跟这种不要脸的人多说一句话！这会儿她已经成功地克制住了自己的鼻血，也不想再跟他多说什么了，以免自己活生生地被他气死。

顾颜抱起自己的笔记本电脑，起身大步迈向自己的房间，身后却传来他轻笑的声音。顾颜在心中努力地告诉自己，她什么都没听见，忍着回头揍他一顿的冲动迅速回了自己的房间。

她把门反锁好后，才回到自己的床上。

打开笔记本，对着电脑里头的设计稿，她很努力地把林霄甩出脑海，旋即投入到工作之中。忙活了一个多小时，她才终于感觉到了困倦，倒下去睡觉。然而这个晚上，她断断续续地做了各种梦，梦里面全部是林霄，并不是什么值得称道的好梦，而是全程他都在气她。

她过一会儿就被他气得神经崩溃，一晚上做的所有梦几乎都能用“不美好”三个字来完美地概括……

而她不知道的是，这个晚上，有个人对着她的电话号码一直犹犹豫豫，不知道是不是要拨出去，如果将这个电话拨出去，又该如何对她开口……

科迪拿着顾氏大宅附近的房产资料，出现在了叶昌硕面前，将东西往他前方一搁：“这些别墅的资料，全部在这里了，你可以看着挑选一栋。”科迪的办事能力还是很强悍的，就这么短短的四个小时，他已经弄清楚了顾氏大宅附近的其他别墅，各自的占地面积、室内面积、均价以及内设。

他看了一眼叶昌硕手机里头的电话，翻了一个白眼，操着不太熟练的中文道：“你可以选择把电话打出去，或者立即睡觉！叶昌硕，你不是有沟通障碍的人，我认为对你而言，第一句话应该说什么，并没有那么难！”

的确，他不是有沟通障碍的人，对于任何一个十几年不见的人，他不必想都知道，自己的第一句话应该说什么，但是唯独对顾颜不行。似乎任何话都会让他胆怯，而他最害怕的是他说出第一句话之后，她诧异地问他是谁。他怕她已经忘记他，忘记她人生中曾经出现过一个叫叶昌硕的人，忘记了她的叶哥哥。

盯了半晌之后，他终于选择了放下手机。

如果有什么话要说，那么还是在见面的时候说吧。只有在面对面的时候，他才能清晰地看到她的表情，看到她看见自己那一瞬间的情绪反应，看到她是不是还记得他。

“科迪，帮我查查顾颜在哪里！”他回头看了科迪一眼。

科迪盯了他一眼，长长地叹了一口气，忽然很为自己的经纪人生涯悲伤。正常情况下，艺人在违背公司的合同谈恋爱的时候，不都是应该小心翼翼，不敢让经纪人察觉吗？就算不小心被察觉了，也应该好好地端正自己的态度，认真地想想自己当年和公司的合约签了什么，合约期间到底能不能谈恋爱，再好好想想如何对自己交代，如何对公司交代。

但是叶昌硕倒好，猖狂到什么地步了！直接把这件事情告诉自己就算了，他居然还让自己帮他查顾颜的下落，他是真的没有听错什么吗？而自己呢，在艺人的合约上已经明确签下合约期间不能谈恋爱的情况下，他科迪作为经纪人，不是应该非常小心翼翼，生怕自己手下的艺人和其他什么人搞出乱七八糟的绯闻，影响人气，违反合约，损害公司利益，并且简直恨不得弄一根绳子牢固地套在艺人身上，生怕他出去作死吗？

这下倒好，叶昌硕明显是想去见顾颜，并且还要求他科迪客串一把私家侦探，成为他们两个见面的帮凶。自己居然还没打算拒绝！这个世界到底怎么了？他觉得自己已经看不懂他们两个之间的关系了。

不过他唯一还能自我安慰的，就只剩下好歹这件事情叶昌硕愿意对他实话实说，并且让他参与到这件事情里头，这样也能让他在这件事情中起到一定的保护和掩护作用。别搞得什么时候叶昌硕直接冲出去见面，惹出一堆事情来，给自己一个巨大的“惊喜”，还要自己含泪去收拾烂摊子。

他老老实实地去查顾颜的资料了，而这时候，身后传来了叶昌硕的声音：“科迪，Thank you（谢谢）！”

“Yeah（哦）！”科迪叹了一口气，只能这么应了一声。

事实上他想说的是“F”开头的单词！

他们这对话刚结束，科迪就接到了媒体的电话，电话那头的人开始了又一次轰炸：“科迪先生，林青青小姐刚才发微博，扬言一定要追到叶昌硕先生，不管怎么样，她都不会放弃，甚至还放话出来，暗指她背后有林氏撑腰，这件事情您知道吗？叶昌硕先生对这件事情又是怎么看的呢？”

科迪：“……”他能说自己啥都不知道吗？果然还是待在美国好，到了中国之后，也不知道到底是怎么回事，叶昌硕忽然丢给他一个重磅炸弹，告诉自己他是有心上人的，回来就是冲着找心上人来的。这就已经够让他头疼了，并且觉得自己未来大概要开一辆防弹车，带上七百二十度全方位望远镜出门时刻观测周围，以保证这件事情不会被泄露出去。

为什么还有一个林青青，非要在这时候出来凑热闹?

中国复杂的经济圈，他是不清楚的。但是林氏、林霄，这两个不可开罪的名词，他还是能够熟记于心的。他假装听不见记者的声音，拔高了声音装聋："啊？您说什么？啊！我听不见，您那边是不是信号不好啊？啊……"

"科迪先生，我是问……"

"啊？什么？哎，是这里信号不好吗？啊，对不起，我先挂了，您改天再打来吧！"说完这话，他就赶紧把电话给挂了，回头看了一眼叶昌硕，"或许你应该看看林青青又说了什么。"

不等叶昌硕反应，他已经打开了电脑，开了微博之后，都不用去找林青青，直接在热搜上一查，事情就蹦出来了。林青青的那条微博，也非常一目了然地出现在他们的视线范围内。

"@叶昌硕我不会放弃的，我爸妈也很看好我们。"

就这么简单的一句话，已经算得上是明确的施压，在告诉公众，这件事情林氏的人已经知道了，林青青的父母，都很看好这件事。那就意味着，要是叶昌硕不答应这件事情，那么林青青的父母应该会很失望，林氏就很有可能采取什么手段，来制裁叶氏和叶昌硕。

科迪长长地叹了一口气，瞟了一眼叶昌硕："你说这件事情怎么办？林氏好像是故意在跟我们作对！"他们回国的第一天，24个小时都还没有满，林氏就弄出这种事情来。第一名媛的表白，肯定不能是她随便的个人行为，林氏一定有人同意，否则那样的大家族里头，林青青要是不想失去自己第一名媛的身份，绝对不会贸然做这种事。

"与其说是林氏在跟我们作对，我更相信是林霄在跟我们作对！"毕竟这时候，掌控林氏的是林霄。林青青对媒体作出那番表态之后，作为林霄，为了林氏的企业形象，定然不会再放任林青青继续胡闹，定然会让人制止。

但是，林青青竟然继续追击了，这就很能说明问题了。

科迪顿时觉得头疼，看了叶昌硕一眼，询问："你是什么时候得罪过他吗？"不然犯不着这么整我们啊！

叶昌硕精致的薄唇微微扯了扯，那是一副随意而漫不经心的态度，他轻声道："我正在想。"

印象里，他似乎根本没见过林霄，所以他这时候也的确不是很明白，对方此举，到底想做什么。两个还没见过面的情敌，就以这样的方式简单干脆地杠上了。

科迪瞟了一眼微博上的内容，在林青青再一次发声之后，竟然有不少名企的董事长、CEO，直接转发微博表示打气。基本上全部给的是加油的手势，抱林氏大腿的意思，表达得非常明确。甚至还有几家国际公司，跟叶昌硕现在所在经纪公司的boss有私交的，直接转发这条微博@了一下他们经纪公司的官方微博，表示恭喜。

科迪默默地觉得，这件事情要是继续这样无止境地恶化下去，搞不好叶昌硕会面对整个金融界的大佬们集体多事的逼婚。这不，他发现叶氏集团，叶昌硕自己家公司的人，都转发了微博，还配上了一个思考的表情。

当然，也有很多叶昌硕的粉丝这时候就很不高兴了。

他们的男神已经明确地拒婚了，这个林青青为什么还要纠缠不休？就算她是第一名媛又怎么样？第一名媛就臭不要脸了吗？于是，不少生气的粉丝直接去林青青的微博底下炮轰。什么"你是不是想红""是不是想男人想疯了""我们的男神岂是你能染指的"，等等。

各种言论，说得也不是很好听。

科迪看了半天之后，啪的一声关上电脑，长长地叹了一口气："我还是先去给你打听一下顾颜在哪里吧！"是的，他宁可去打听顾颜，也不想面对微博了。至于这件事情的后续到底要如何处理，他也是受够了，就让叶昌硕自己决定好了，反正这小子一贯很任性，作为经纪人的自己，除了给他收拾烂摊子，似乎也没别的办法了。

而叶昌硕在科迪出门之后，嘴角微微扯了扯，那一双漂亮的丹凤眼里，掠过冷冽的光："林霄吗……"

第二天一大早。

顾颜起床之后，就看见了西装革履的林霄。不得不说，这个男人不管穿什么衣服都该死地好看，简直就是天生的衣架子，比超模们还要有型。看他穿成这个样子，今天应该是要去公司的节奏了。

顾颜二话不说，赶紧跟上去："要去公司吗？我也要去，而且我觉得我应该回家了。"

虽然黎雅云端这里一切都挺好的，但是她非常不喜欢这种好像被人软禁在山上的感觉。林霄看她这么迫不及待地想走的态度，有些不高兴，但也没说什么。他扫了一眼桌上的早点，也看了一眼自己手腕上的手表："顾颜，二十分钟到半个小时之间，把桌上的早餐吃完，你就可以跟我一起下山了。"

时间有上限，还有下限。

二十分钟，可以完成对早点的细嚼慢咽，以保证消化，以及她不会被噎到，而慢条斯理地吃，按理最多二十五分钟吃完。半个小时的要求，则是他对时间的规划。

这完全就是一种部队的模式，干什么事还得掐着时间点，顾颜心里是非常无语的，但她还是老老实实地过去吃早点。而林霄说完这话之后，就低头翻看自己桌案上的文件，然后在重要的地方画圈，在需要签字的地方签字。

顾颜的心情非常舒畅，有一种自己要从牢房里被放出去的兴奋感。

时间一分一秒地过去，大概在第二十一分钟的时候，她吃完了东西，并擦好了嘴，笑吟吟地出现在林霄跟前。林霄看了一眼手表上的时间，俊美的脸微沉，嘴角的笑意这时候也绷住了，睨了顾颜一眼："顾颜，你就这么迫不及待想走？"

他说二十分钟到半个小时之间，她就把时间掐算得如此好，刚刚二十一分钟，完成了他的要求，并希望能够立即走人。她对他有成见这件事情，他是知道的，但她这样迫不及待地要离开，难免让他的情绪不悦起来。

顾颜很坦诚地道：“林霄，如果你被一个认识才两天的人带到一个山上，还被没收了手机，断了网，切断了和外界的联系，你也会跟我一样，迫不及待想离开的！这并不是因为我对你个人有什么偏见，而是我很担心我在这山上多待几天，会成为山顶洞人！”

她这话一出，林霄的面色才算是缓和了一些。

他把桌案上顾颜的手机递给了她，闲闲地道：“走吧！”说完他率先起身，迈开大长腿，一把抱起她扛着就往外头走。

这种霸道而不由分说的行为，令顾颜因他把手机还给自己而对他产生的这一点儿好感，几乎瞬间消弭了。

弗瑞克看了一眼他们的背影，然后迅速把桌案上的东西都收拾好。少爷的笔记本电脑和资料，以及顾颜用过的笔记本电脑和她画出来的图纸，全部带上。他觉得，少爷忽然有喜欢的女人了，其实对于他弗瑞克来说，真的算不上什么好事。这不，以往他只收拾少爷一个人的东西就好了，现在还要收拾顾颜的。

要不是少爷发给他的工资很优渥，他现在也算是身家达数亿美金的钻石单身汉，他一定要好好地找少爷商谈一下，关于涨工资的事情。毕竟以后要伺候两个人，这意味着他的工作简直要翻倍呀！

上了林霄的豪车之后，车子就开始飞速前进。

护航的保镖们也各自开着自己的车，在前后保护着。顾颜低头看了一眼自己的手机，看看有没有什么短信和电话，结果啥都没有。她撇了撇嘴角，也不再看了。

而她不知道的是，在她低头看手机的时候，她旁边的人，那冷厉而深不见底的眸光，故作不经意地往她的手上扫了扫，看向她的手机屏幕，基本上等于是偷窥她在看什么。表白之前，顾颜那么讨厌他，他自然不愿意其他男人的消息落到她眼中，那样就会很快牵走她的思绪。

但在他表白之后，就并不担心跟情敌正面交战了，所以他才敢放心大胆地把手机给顾颜。

然而，尽管不再担心正面交战，可也不得不防。看她只扫了一眼主屏幕就没有多看，他便收回了目光。

到了林氏集团的大门口，高楼大厦之下，门口来往的员工脚步都顿住了，集体看向门口。事实上，尽管作为林氏的员工，他们在公司也是很少看见总裁的，总裁的日程，基本是在各国间到处飞，谈生意，参加会议。有时候即便回公司，也就是那么几分钟就直接进入电梯，旁边也总是有保镖们护着，所以员工们的常态，就是有的进入公司几年了，也没有见过总裁一次。

有的是正好运气好，在门口进出的时候，看到总裁了，但是踮着脚眺望了半天，仿佛自己是一只长颈鹿，结果还是只看见一个修长的身影。

这会儿看见车子停在门口，群情就开始激动了。

可也不敢喧哗，都瞪大了眼在边上看着。接着，他们就看见总裁下车之后，没有如同往常一样在门口众人的弯腰之下，大步走进公司，只给他们一个张狂的背影。而是停住并且很绅士地让到一边，等着里头的人出来。

顾颜从车里出来的时候，他还很体贴地伸出手，在她头顶放了放，以免她的头撞在车沿上。

就冲着这体贴，莫说是旁边的员工了，就是弗瑞克都咽了一下口水，扭过头去。话说少爷甚至在跟不少中东国家、欧洲皇室的女士打交道的时候，也没这样体贴过。绅士风度是有，但也仅仅限于女士优先的风度。

结果现在对顾颜……

顾颜脸上也是有点儿臊，这是标准的在大庭广众之下，让人认为他俩关系不一般。这么高调，让她心里有点儿不高兴，但是抬头看向他俊美的脸，含笑的眼神，她也不好说什么。人家一片好心怕她撞到车沿上，她总不能因为觉得这样被大家看着很尴尬，就把他臭骂一顿吧！

顾颜尴尬地从车上下来，就收到了不少艳羡的眼神。

她下意识地伸手遮了遮自己的脸，就跟前天晚上在KTV的时候一样，她并不喜欢这样跟在林霄旁边，招摇过市，引来围观。她是一个低调的人，就算有一天她不再低调，也希望她不低调的原因是站在很牛的国际奖台上，去领设计的奖项，或者是取得了什么成就，而不是在很招摇的林霄身边待着，被人这样瞅着。

她不认为借别人的光芒来让自己发亮，是什么值得骄傲的事情。

她这样的举动，自然没在他的意料之中，他也无意惹她不快，更没有说什么犯贱的话来招惹她，只轻轻笑了一声，迈开步子，往公司里面走去，顾颜也迅速跟上。

不少人的眼神都在顾颜身上流连，纷纷猜测她是谁。

就在今天，在叶昌硕的消息正轰动的时候，又出来一个爆炸性的新闻，那就是林氏这一代的继承人、林氏集团的董事长兼执行总裁林霄对媒体坦言，自己的未婚妻是顾氏集团的千金——顾颜。这个采访，是那天下午顾颜在维密的门口等待林霄的时候，眼睁睁地看着林霄对着媒体胡说八道，给采访出来的。而这个消息，被弗瑞克压了两天，这时候算是故意爆出来的。

这等于是林大总裁对自己所有明着的、暗着的情敌的警告，当然，这些人当中，也包括那个听见对方名字的那一秒，林大总裁就有不好第六感的叶昌硕。

这个消息炸出来之后，第一个险些晕过去的人是顾颜的爸爸——顾建成。

尤其是在电视上，看见林少在那里谈吐优雅风趣地接受采访并介绍自己的女儿，还有顾颜当时那张泛青的脸，他就更加觉得自己想晕过去。林少找颜颜麻烦的事，他当然知道，这时候忽然搞出这么个消息来，也不知道林少是来真的，还是想整颜颜……

这要是整颜颜的，那……

这一整天，顾建成收到了许多祝贺的电话，平素抢市场抢得面红耳赤的死对头，也打电话过来说了不少恭维的话，套了许多近乎，并且言辞之中很为自己这么多年的有眼不识泰山感到深深的懊悔。一个电话说了半个小时，其内容简直堪比读了一封万字检讨。

顾建成面上笑得很开怀，心里却一百个没底。

不知道林霄的葫芦里卖的到底是什么药，他这个给顾颜当爸爸的人，可是一点儿这方面的风声都不清楚。聘礼没有看到，约定订婚的日子也没有看到，林氏对顾氏的关照没有看到，他连个林氏通知他一声的电话都没有接到。但是现在整个金融圈的老总，都开始恭喜他了。

仿佛他们顾氏马上就要一人得道，鸡犬升天。纵然顾氏现在也算是豪门，但是林氏集团那样豪门中的豪门，可是所有人都想攀附的。然而，当这个馅饼砸到顾建成头上的时候，他表示自己完全笑不出来，反而还有点儿想哭！

同时，超过百分之八十平日里修养良好的名媛，在看见这个消息的时候，都忍不住爆了粗口，在心里把顾颜骂了千万遍。尤其在知道顾颜前脚才跟陈晓峰解除婚约关系，她们都还没来得及笑话，后脚她就攀上了林霄！

简直……

她们都不知道如何描述内心受到的冲击。

当然，顾颜和陈晓峰的婚事告吹的事，也被拿出来进行了二次炒作，只是已经完全把贾甜甜这个名不见经传还道德品质低下、妄想炒作红起来的十八线明星给遗忘了。媒体关注的焦点，变成了怀疑陈氏和顾氏婚事告吹，主因是顾颜移情别恋，攀上林霄之后甩了陈晓峰。

谣言这种东西，最大的特点就是没有什么逻辑性及真实性，但是很黑暗，非常能满足人类内心对阴暗面的注解，满足人性中的八卦吐槽欲望，甚至还能符合一些人看不得别人好的阴暗心理。所以恶性的言辞，越是不真实，越是能被人扯得像真的一样！并且口口相传，大家都很容易就相信了。

就在顾颜的名声面对危机的当口儿，陈氏的人召开了记者招待会，说清楚了陈氏和顾氏解除婚约的原因。陈林严格地按照林霄上次在KTV的警告，把顾颜从这件事情里面撇了个干干净净。

于是，这件事情上，陈氏对外的解释就变成了：陈晓峰原本心仪的是顾颜，于是两家决定联姻，但是贾甜甜恬不知耻地勾引陈晓峰，陈晓峰一时糊涂犯了错。顾颜完全是这件事情中的受害者，他们愿意向受害人顾颜和公众道歉。

陈林在说这些话的时候，整个人的头都是大的。他其实可以想很多冠冕堂皇的说辞，来为他们陈氏挽回企业形象，但是这样难免不会影响到顾颜，甚至有心人会怀疑顾颜才是第三者。要是把事情弄成那样的话，那一定会激怒林霄。所以这个锅，他们只能老老实实地背下来。

但是这一次的记者招待会中，他们刻意强调了贾甜甜的不要脸，让公众把更多谴责的目光放到了贾甜甜身上，来减少公众对陈氏的敌意。

记者招待会后，摔了尾椎骨在医院住了好几天的陈晓峰，朝陈林迎了上来："爸！"

陈林二话不说，直接扬手就给了他一个耳光："混账东西！"

啪的一声，打得陈晓峰都耳鸣了。

陈林阴沉着一张脸，狠狠地瞪了瞪他，大步走了过去。其实在陈林眼里，男人有几个女人，根本算不得什么事，但是陈晓峰居然在要结婚的节骨眼儿上让顾颜给发现了，也太没个收敛了！这就算了，本来婚事取消之后，他们陈氏不吭声，众说纷纭之下，公众骂几天，事情就过去了。结果呢？这个混账东西又去招惹林霄，惹得他们被迫开记者会，解释这种乱七八糟的事，把一个锅背在身上，自毁形象。

他怎么能不生气!

陈晓峰挨了这一巴掌，心里顿时把林霄恨了个十成十。他伸手擦了一把嘴角被陈林打出来的血迹，铁青着一张脸，跟在陈林身后。媒体也都拥了上去，试图将话筒递给他，问问他对这件事情的看法，但很快就被陈晓峰身边的人拦了下来。

于是，就在这样一场记者招待会之后，顾颜成功摆脱了在有婚约期间，劈腿林霄的传言。

当这个消息传到刚刚办完新宅入住手续的叶昌硕耳中时，他的面色顿时沉了下来，长长的眼睫之下，一双丹凤眼微微眯起，看着手机上的新闻，精致的嘴角微微上扬。所以，他大概明白了，自己回国之后为什么会莫名面对林青青的表白，而林氏在这件事情上为什么会诡异地对林青青持支持态度。可林霄为什么会知道自己对颜颜的心思？

科迪一脸复杂地在他边上开口："我大概知道为什么不管问谁有关顾颜的消息，对方都不肯说。而私家侦探在凌晨接了生意之后，表示查到了，却直接全额退款，也不敢给我透露一个字！"

哪个人敢告诉他林霄的消息？又有哪个私家侦探敢在查到跟林霄有关的消息之后，不要命地把消息拿去卖钱？要是让林霄知道他们在背后贩卖这样的消息，他们到底还想不想活了？

科迪说完这话，看叶昌硕没反应。慢腾腾地又补充了一句："顾颜这两天，应该跟林霄在一起。"

他话刚说完，叶昌硕已经从售楼的营销中心走了出去，眼镜都没戴，直接把科迪给吓蒙了，赶紧追了出去……

这个新闻，这时候已经占据了各大平台网站，引发了各家媒体报道。

不少媒体对这则新闻的报道，都是"林氏总裁看上顾氏千金，一场王子和灰姑娘的恋情即将起航"，顾颜瞅着这些消息，脸都绿了！这是什么鬼？什么王子和灰姑娘？前几天她和陈晓峰的婚事上媒体的时候，媒体的报道还是陈氏继承人和顾氏千金喜结良缘，这会儿对象变成林霄，她就成功地从千金变成了灰姑娘！

她低咒了一声，果然什么事只要跟林霄沾上，就没什么好结果。

头条新闻下头，一水儿全是她和林霄、陈晓峰、贾甜甜的破事儿。关于叶昌硕的消息，也在这条爆炸性新闻的轰炸之下，被湮没了。她睨了一眼新闻的页面之后，点了一下"×"，回头继续折腾自己的设计稿去了。

这个设计，是摆在她面前的一个最重要的机会，一个一举成名、打入知名设计师行列的机会，她纵然不是沽名钓誉的人，但看到眼前的机会，自然要好好抓住。

不得不说林霄对她的提点于她的设计而言，有很大的良性影响。她的设计，已经不再只是用尽自己的灵感去寻找设计上的突破，而是融合了一定的个人特色，有着独属于她自己的，张扬、艳烈，却又透着低调奢华的风格。

林霄回公司之后，让弗瑞克把她安排在这里，就直接上顶楼会议室开会去了。

顾颜也乐得自在，并且完全没心思在乎林霄现在在哪里，折腾了自己的设计稿三个多小时后，她忽然接到了她爸爸顾建成的电话。电话接通之后，对方劈头盖脸就是一句："颜颜，你和林少的婚事，是怎么回事？"

顾颜嘴角一抽，她以为她两天没回家，她爸爸要问的第一个问题，应该是她在外头过得好不好。

算了，左右这些年也没见过她老爸这么贴心的时候。她恹恹地开口道："别听林霄和外头的媒体胡说八道，我跟林霄根本一点儿关系都没有，我……"

说到这里，手机忽然被人从身后抽了出去。

她吓了一跳，回头看了一眼，就看见林霄站在她身后。他俊美得令人震颤的脸上，带着几分不悦的气息，冷冷地盯着她。就在他这样的眼神之下，不知道为什么，顾颜觉得脊背发凉，心里发起虚来。

好吧，她刚才说他俩其实一点儿关系都没有，这句话这么听起来，并不是那么切合实际。

"给我！"她伸出手打算从他手里，把自己的手机夺回来。

然而，他已经先她一步，把手机放在了自己耳边。性感低沉的嗓音，较之前几天在顾氏酒店门口警告顾建成的时候，浑然不同，听来十分温和，还带了几分笑意："顾叔叔！"

"咳……"顾建成直接给呛住了，在电话那头咳嗽了好几声才止住。

实在是很难从前几天对方还在称呼自己顾董事长，并警告自己要给一个交代，到现在变为一声如此亲切的顾叔叔之间转化过来！

他心头蒙了几秒钟，抓稳了自己的手机，这才哆嗦着道："林少，您是有什么事吗？颜颜是不是跟您在一起？颜颜她如果做了什么错事，还请林少您手下留情，我……”

手机的外音其实不小，顾颜能听得清清楚楚，听见自家老爸担心自己惹了林霄被收拾，这样低声下气地为自己说话，她心头泛上几分暖意。但看向林霄的眼神，也更加不友善起来。这是她的手机，他到底有什么资格拿过去，替她接电话！

顾建成的话还没说完，林霄就打断了他。

他声音里带着几分笑意，盯着顾颜那双不满的眼睛，眸光冷冽，还带着几分暴戾的气息。显然还在为顾颜刚才说他们没有关系的事情生气，然而，对顾建成说话的态度却很温和，他轻声开口道："顾叔叔，我正想跟您说我跟顾颜的事。我很有诚意想迎娶顾颜，希望您能够答应，我愿意转出我名下一半的股份给顾颜，作为订婚的聘礼，以表示我的诚意！"

"哈？"顾颜险些没直接摔了！

顾建成更是吓了一跳！林霄名下股份的一半？！这是什么概念？！买下一百个顾氏估计都没问题。林霄说这话的时候，想过林氏家族董事会的感受吗？林氏的人会同意吗？天上掉下馅饼的时候，不是每个人都能兴致高昂心怀阳光地接住的，大家还要适当地考虑，这到底能不能接。

顾建成开口道："林少，这件事情我建议您还是认真地考虑一下，我感觉颜颜是不会同意的……"他这些年虽然一直在外头忙生意，对家里的事情没有那么了解，但是他女儿的性格，他还是知道一些的，他感觉颜颜完全不会同意。

果然……

"我不同意！"顾颜第一个表示拒绝。她向来没有贪人便宜的习惯，林霄名下林氏企业一半的股份意味着什么，她还没有太多概念，但是从她爸爸说话的声音都变得这么惊悚的情况来看，她就知道可能价值远远比她想象的还要可怕得多。

她抬眼瞅着他，态度很坚决，不要就是不要，没有欲拒还迎、欲擒故纵这一套。她冷声道："我不要！林霄，你应该知道我的性格，如果你足够了解我的话，就不会做这种让我尴尬的事！"

首先，匹夫无罪怀璧其罪的道理，谁都知道。她不想给自己惹来什么不必要的麻烦。而且，她也不希望从明天开始，媒体就要猜测她到底是用什么狐媚手段迷惑了林霄，才让他做出这种事情来，接着就会有铺天盖地关于她的新闻传出来，但是用脚指头想，就知道都没什么好话，她不是特别重视别人怎么看她的人，但这种事，她不想沾染。

她当然不是视钱财如粪土的人，只不过钱这种东西够用就行了，没必要整那么多，钱多了反而有压力好吗？尤其林氏集团，她没有为之做出哪怕一点点贡献，她不认为自己有那个资格，去持有林氏的股份。

她眼神很坚决，就是在表明要是他真的这么做的话，她大概要跟他断绝关系了。

林霄冰冷的眸光慢慢沉了下来，他觉得有点儿无奈。这女人很倔强，但她跟他很像，想要什么，从来不会等着别人的馈赠，而是凭借自己的实力去获得。就如同他手中林氏的股份，包括他爸爸转移给他的部分，也是他从他爸爸手中高价购得，只是他的出身，让他比一般人拥有更多证明自己的机会而已，其他都是凭借实力得到。

她跟他也一样，一样是骄傲的人，都希望凭借自己的实力去证明自己。

但是，对她坚决的态度，他表示了更坚定的拒绝："顾颜，我足够了解你，也清楚你不会想要。但是，你有你的坚持，我有我的态度。我说我想娶你，就必须有我要娶你的诚意！至少在经济上给予你平等。而至于股份转让的事情，可以不用公之于众，这样自然也不会有媒体议论你。你若是不想接纳，大可以当这些东西都不存在，只和从前一样，安心过你自己的日子，你明白我的意思？"

在没有实际行动和实际付出的前提之下，一切甜言蜜语都不过是空谈。他当然不会让他的真心变成柏拉图模式的精神恋爱。

当他说出这些话之后，顾颜才算是知道，他是认真的了。

不是富二代、创一代泡妞的惯用伎俩，用甜言蜜语去哄骗，骗到了之后给点儿好处就拜拜，甚至好处都没有，掉头就不认人，而是真真切切地认真对她。谁会拿自己一半的身家，谁会拿几百个亿的美金去开这样的玩笑？这要是为了泡妞玩玩，代价也太大了！

顾建成在电话的那一端，咽了一下口水，这时候也不知道自己是不是该说句什么。

顾颜睨了林霄一眼："可是我并没有答应嫁给你！"诚然，林霄给出的诚意足以震撼每一个对爱情有所期待的女人，比起那种所谓结婚还要做婚前财产公证的，他真的是靠谱到没话可说了。但是她根本没有答应这件事情好吗？

没想到，她这句话说出来，林霄根本没理她的打断，而是直接对着话筒，笑着问顾建成："顾叔叔，您同意把顾颜嫁给我吗？"

"喂……林霄！"顾颜的脸又绿了！

顾建成嘴角一抽，干笑了两声。林少亲自开这样的口，他敢说自己不同意吗？他一点儿都不希望顾氏在自己手上出什么事："哈哈哈……我当然同意了，要是能有林少当女婿，我当然很荣幸！"至于这件事具体颜颜要怎么折腾，那就是颜颜的事了，原谅他这个老爸不仗义，他手下几千号员工要吃饭呢，他这时候只能为大局着想。

其实他也不知道事情为什么会搞成这个样子，本来就是顾氏不卑不亢地接待一下林霄，等人走了就没啥了。可是万万没想到，最后竟然捅出了这么多事来，使得自己跟林霄说个话都战战兢兢的，也是够了。

顾颜："……"她老爸需要同意得这么干脆吗？

看她一脸空白，林霄就跟故意逗弄她似的，拿着电话，继续问了一句："那顾叔叔，您会站在我这边，坚定不移地认同我作为您唯一的女婿，并且不会让其他任何人挖我的墙脚吗？"

顾建成在电话那头继续干笑："哈哈，当然了！我自然是站在你这边的，在您改变主意以前，只要有我在，我是绝对不会同意把顾颜嫁给别人的。"能不能不要再问他了，他都不敢想象自家闺女这会儿是啥表情。不过，既然林霄都主动提出要拿他名下一半股份出来做聘礼，那就说明对方的确是认真的，不会是耍颜颜的了，他这个做爸爸的，也就可以完全放心了。

顾颜："……"就算林氏真的是不能得罪的，她爸爸也不至于这么坚定地表示，绝对不会同意把她嫁给其他人吧？

"有顾叔叔的话，那我就放心了。接下来我会让家父周末跟您商量一下订婚宴的事情，请您到时候务必赏脸！"林霄的语气十分客气，与他前几天那嚣张的态度，简直判若两人。

他这话说完，顾建成在电话那头笑着点头："自然，我会把周末的时间空出来，林少到时候通知我地址就可以了！"

接着他们又客套了几句，电话就挂了。

顾颜的表情一直是一脸空白，僵硬地看着自己面前的人。她正准备跟他好好商量一下股份的事情，让他取消这个打算，还没来得及开口，他就忽然凑到她面前，把手机放在她身前的桌案上，眯起的眸子中泛出锐利的寒芒，语气带着明显的威胁："顾颜，我跟你什么关系都没有？嗯？"

"呃……"看着他凑近的脸，顾颜心里发起虚来，眼神也在到处乱看。

好吧，她承认，她说他们两个没什么关系，这话严格地说起来是虚假言论！他俩一起待过了，一起吃过饭了，一起看过星星了，还睡过了，现在她说他俩没关系，其实是不合理的。但是，她总不能跟她爸爸说实话吧？

说话之际，他的手正放在她身后的椅背上，强大的压迫感比壁咚更甚。

顾颜长长叹了一口气，希望能够舒缓自己心头的压力，硬着头皮道："反正现在没什么关系……"

"你再说一遍！"他眸色忽然转冷，那双深邃的眸子里，除了不悦，还透出了几分失望和受伤之色。

而也就是那一丝不易察觉、难以名状的眼神，让顾颜心头忽然颤了一下。直面自己的内心，她心里对他还是有感觉的，在那个抓住萤火虫的夜晚，那一瞬间的心动，是骗不了人的。所以，当他忽然展露出失望受伤的情绪时，她忽然觉得自己心里也不是很好受。

于是，在他让她再说一遍的时候，她忽然觉得说不出口，甚至有了想逃避的情绪。她从他的胳膊下头直接往外钻："我先走了，我饿了，要吃午饭了……"

这一钻，整个身体忽然被他夹在臂弯之中，他夹着她往外头走去："好，先去吃午饭，吃完我再跟你讨论这件事。"

"我想自己去吃饭……"顾颜的确想自己去吃，保持自己生存环境的独立性，然后才能独立地好好思考这个问题。

"boss！"门口忽然有人推门而入。

来人西装革履，一看林霄怀中夹着一个女人，他愣了一下，想着自己是不是要先退出去一下。但是想想楼下来势汹汹的一群人，他的脚步又硬生生地顿住了，看着林霄道："那个，boss，您的父亲来了，还有董事会的几位董事……"

能入林氏集团董事会的人，都是林家的人。林氏虽然是一家上市公司，但主要还是家族企业，大部分股份握在家族众人手里，只是董事会的三十多个人当中，林霄一个人就独占百分之六十的股份，所以拥有了林氏集团的绝对决策权。不过这会儿这么多人都来了，估摸着是有什么重要的事吧？

顾颜也赶紧开口："你家里的人找你有事，你先把我放下来，我去吃饭，你把你的事处理完了再来找我，咋样？"

她这副迫不及待想一个人出去的样子，林大总裁看着是非常不高兴的。

但这时候董事会的人都来了，不必想他也知道是因为他没跟家族的人打一声招呼，甚至都没有问过自己的爸爸，就直接对媒体说要娶顾颜。这个问题早晚是要去解决的，所以这会儿他也没再坚持，把顾颜放了下来，交代她道："手机随时开着！"

"随时等待您的传召？"顾颜语气不善地回了一句。

他闻言一叹，似乎有点儿无奈，伸手揉了揉她的发，低沉性感的声音缓缓地道："让我能随时知道你在哪里，让我能够放心！"

“呃……”顾颜老脸一红，忽然觉得自己有点儿受不了这样的撩妹电波。

为了化解自己的尴尬，她立即做出一副很嫌弃他的样子，逃也似的往外走：“我吃饭去了，再见！”

她红着脸急匆匆地往外走，门口的经理提醒了她一句：“顾小姐，您走反了，是右边！”

顾颜脸一僵，回头见林霄正在门口一脸戏谑地看着她，原本就绯红的小脸，这时候更红了。她硬着头皮转了一个方向，往正确的方位走去，一直到走出老远，还能感觉到林霄的眼神依旧放在她身上。她一巴掌拍上自己的额头，险些因为尴尬流下悲伤的泪水。

当她从自己的视线范围内消失，林霄才收回自己的目光。

他看了一眼门口的人，吩咐了一句：“通知他们去十楼会客室！”

“是！”那经理立即转身，去通知了。

顾颜刚刚从林氏门口出来，就看见了不远处打扮得像个阿拉伯女士，用头巾遮着脸的秦玲玲。她嘴角一抽，无语地走过去，秦玲玲看见她过来了，眼前一亮，一把扯掉自己头上的玩意儿，拉着顾颜的手就开口道：“几天没看见你了，我也不敢再给你打电话，听说你也跟着来林氏了，我才来瞧瞧！”

“你还知道你几天没看见我？你都没发个短信……等等，不敢再给我打电话是什么意思？这两天你给我打电话了？”顾颜瞪大眼看着她，可是她没接到电话啊！

“呃……”秦玲玲想起自己跟林霄的那一通电话，想起自己答应了林霄不会告诉顾颜的事，于是干笑了两声，“嘿嘿，是打了。不过还没有接通我就挂了，我若打扰了你和林少的好事儿，林少非得把我给削了！”

顾颜白了她一眼：“德行！”

说完她就往前头走，也没忘记吐槽秦玲玲一句：“你要找我直接进林氏就是了，就是不能，打个电话喊我下来也成，你把自己搞成这个样子，贼眉鼠眼地在附近探头，也不怕被当成作奸犯科的给抓了？”

秦玲玲扯了几下自己头顶的头巾，表示心里很不服气，她这个形象可能是有点儿不正常，容易被人联想成打算在门口投放炸药的恐怖分子，但是再怎么样，也不至于像顾颜说的……贼眉鼠眼啊。她还是很有形象的，很多人说她有明星气质的好吗？

她鼓着一张脸：“顾颜，你不毒舌会死啊！”

她这话倒是把顾颜给噎住了，讲真的，她以前一直很为自己的毒舌骄傲，但是遇见林霄那么一个更毒舌的之后，她就明白了啥叫一山更比一山高……简直了！

……

“所以说，林少的意思是，他真的想跟你结婚？”秦玲玲坐在顾颜对面，嘴里含着的明明只是一根吸管，但是她的嘴巴张开的程度，足以放下一颗鸡蛋。

顾颜戳了戳自己面前的牛排，有点儿食不知味，点了点头：“貌似是的。”

“我去，顾颜……你这啥运气啊！随便一睡就睡到了太子爷。说他是太子爷其实都是含蓄了，林氏集团百分之六十的股份都在林霄手上，除了他这个第一股东，林氏的第二股东，手里只有百分之三的股份，你知道这意味着什么吗？”秦玲玲问了一句，接着又神神道道地补充，“这意味着，就算他把他名下的股份分一半给你，他也还是林氏的第一股东！不过，林氏的人应该都不会同意，可是按照法律来讲，他们不同意也没什么用。”

毕竟那些股份和钱都是林霄的，林霄自己有权力处理。

顾颜叼了一口牛排进自己嘴里，盯着她问：“所以你到底想说啥？”

“我想说的是，就算说你嫁给了这个商业圈的皇帝也不为过！因为在林氏，林霄有绝对的决策权。他最出色的地方，不是他家里多有钱，而是他自己就很有钱。他不是一般的富二代你明白吗？林氏的少爷不少，他自己就有一个亲弟弟，但是其他人都是圈子里混吃混喝玩女人的富二代，再不然就是掌控着小企业的，但是他站到了这个位置，甚至成为林氏从创立以来，第一位手上握了超过百分之五十股份的股东，这意味着实力！顾颜，你向来喜欢有实力的男人，我觉得他适合你！”秦玲玲叼了一块水果，说出了自己的见解。

她对金融这方面的东西，了解得比顾颜多得多，尤其对商界的老大、在国际金融界都占据了重要地位的林氏，更是了解得不能再了解。所以她这时候的分析，算得上是非常客观且中肯的。

她这话说完，顾颜的刀叉又在盘子里划了几下。

顾颜觉得自己已经没什么心情吃饭了。她盯了秦玲玲一眼：“所以你没意识到一个问题吗？他很优秀，很出色，很厉害。但是我呢？我拿什么跟他结婚？要是真的结婚了，铺天盖地的新闻报道，都会怎么说？说我攀上了高枝，上辈子拯救了银河系，这辈子才有了这样的狗屎运？”

“这个……”这下，秦玲玲也不知道自己应该说什么了。

顾颜的顾虑也不是没有道理，顾颜要是真的嫁入林家，其实在他们这些外人眼中看起来，那就跟灰姑娘嫁给王子殿下没两样。会有许多人喜欢这样的感觉，但是以她对顾颜的了解，顾颜是不会喜欢自己被人家这样评判的。

顾颜的语气还算淡定，她继续道：“所以，我真的没那胆子接受林霄，这不是因为我有多在意别人的眼光，多在意媒体和外界对我的评价，而是因为，我不愿意跟谁在一起后，我的感受会是无论从外在还是成就上，自己根本配不上他！”

秦玲玲这回是彻底沉默了，她很了解顾颜，顾颜算不得是女强人，但也算是很有原则的那种人，不喜欢攀附。她低下头咕哝了一句：“可是，如果你喜欢他的话，为什么在意这个呢？”

“咳……”顾颜直接被自己的口水给呛到了，瞪大了一双眼睛，看着自己对面的秦玲玲，“你是从哪里得出我喜欢他的结论的？”

秦玲玲不答反问：“你敢说你不喜欢，一点儿都不心动吗？尤其在你们一起去看星星的时候？”

顾颜跟她是标准的闺密，无话不说，彼此之间基本上没有啥是不可说的，所以关于林霄的所有事情，她全部告诉了对方，也包括看星星的那一次。

她这一问，顾颜倒是语塞了。

秦玲玲手里的叉子毫无形象地在面前的桌子上轻轻地敲击了几下，起到了一个良好的强调作用，接着她才咳嗽了一声，开口道："顾颜，我了解你，你要是一点儿都不喜欢林少的话，根本就不会对我说这么多。你是一个对不喜欢的人根本一个字都懒得提的人。你还记得陈晓峰吗？虽然他是个渣没错，但是之前他对你也是挺好的，没事儿就送个花、送辆车什么的，但是你在我面前提过他一个字吗？我问你关于他的事情，你也是直接转移话题，跟我说别的，不是不愿意告诉我，而是根本懒得提及。但是今天，关于林少，我一问，你就事无巨细全说了。"

她这么一说，顾颜的脸色也慢慢变得尴尬起来。她仔细地回忆了一下，自己说起林霄，那个滔滔不绝的架势，还真的是……

接着，秦玲玲又说："而且呢，你这个人就是嘴硬心软，谁要是对你有一点点好，你就能记到心里去。尤其林少对你，是很有诚意的那种好，和陈晓峰那种糖衣炮弹的情况完全不同。要说你一点儿没往心里去，你自己相信吗？"

秦玲玲的确很了解顾颜，甚至在一定程度上，比顾颜对自己还要了解。

有些事情真的是当局者迷，旁观者清。秦玲玲一个旁观者，能分析得很透彻，但是顾颜自个儿还是有点儿拎不清。而秦玲玲说完这些之后，又做了一个最后的补充："更别说你还能因为他的一条短信，心里就莫名其妙地不爽快了！颜颜我跟你说，这世上没有什么事情是无缘无故的，包括你那时候的不爽，也绝对不会是无缘无故的，你就是吃醋了！"

秦玲玲说完这些之后，把自己面前的东西认真地收拾了一下，摆放好刀叉，才再一次看向顾颜："颜颜，老实说，我觉得你跟林少在一起也没啥不好的，这个男人很聪明，懂你在想什么，并且愿意真心对待你，这很难得，而且最重要的是，你对他也不是没有感觉。所以颜颜，我希望你能好好考虑一下，他是一个很好的选择，不要因为你莫名其妙的骄傲，错过了一个得到幸福的机会！”

秦玲玲的话说得很真诚，因为她是真的希望顾颜好，希望她能与一个相爱的、有实力，又愿意疼爱她的老公过一辈子。顾颜是她从小到大最好的朋友，所以再没有什么事情，比看见顾颜幸福更让她开心的了。

顾颜听了点点头道：“嗯，我知道了。”

说完这句话之后，顾颜又忽然想起什么，嘴角微微抽搐了一下，开口道：“对了，我忘了给你说，这个人的嘴很贱，经常能一句话把人噎到气死，我觉得我要是跟他在一起，很有可能英年早逝！”

原本以为她说完这句话，秦玲玲会适当地理解，并认真地跟她分析一下这个问题。

但是没想到的是，秦玲玲非常鄙视地直接赏了她一个白眼：“颜颜，事实上你的嘴巴也很毒，你经常一句话也把我噎到气死。但是这影响我们之间的友情了吗？并不影响！我被你气得要英年早逝了吗？也并没有，我还活得好好的。所以，这种东西要看你用什么心态去看，而且……我觉得林少并不是真的想打击你，他就是想逗逗你罢了。就像我知道你每回气我，大部分时候就是开玩笑，所以我不会跟你较真儿一样。明白我的意思？”

“听起来好像很有道理的样子！”顾颜觉得自己竟然完全没有办法反驳。

秦玲玲白了她一眼：“本来就很有道理好吗？”说完这些话，秦玲玲觉得自己这么多年的世间百态，简直没白看。这不，直接就影响了她的分析辨别能力，说起爱情的问题，都是一套一套的，分析得非常到位。

而顾颜在皱眉思索了片刻之后，忽然抬头看了秦玲玲一眼：“我为什么觉得你好像被林霄收买了一样？”从开始到现在，虽然一直分析得很有道理，但是完全就是在帮林霄说好话，各种觉得她和林霄合适。她不禁在心里想，真的有那么合适吗？

“咳咳……”这回轮到秦玲玲呛到了。

她能说她一直帮林少说话，虽然百分之九十九的原因是为了顾颜好，但也还是有百分之一的原因，是那时候她在电话里头非常谄媚地答应了林少，会在颜颜的面前多说他的好话吗？但是万万没想到，颜颜这小妮子竟然这么聪明，一下子就猜到这里来了！

她飞快地摆手开口道：“想什么呢，绝对没有的事。你还记得那天在KTV吗？我凑上去想给林少出谋划策，他都懒得理我。你觉得他有可能回头收买我吗？说出来我自己都不信！”

她这话一出，顾颜将信将疑地看了她一眼，看她一脸坚决，她也就不多想了。倒是把秦玲玲吓出了一身冷汗，看她不问了，她这才算是松了一口气。不过，她心里也有点儿纳闷儿，怎么今天见面之后，颜颜一个字都没跟她提起叶昌硕？

就算真的如颜颜所说，他们两个之前不是男女之情，只是兄妹之谊，但是也不至于对方回国了她连提都不提吧？难不成颜颜根本就不知道叶昌硕回国了？呃……林少没给她说？

看秦玲玲一副不知道琢磨着啥的样子，顾颜问了她一句：“怎么了？”秦玲玲的说法，她已经基本认同了啊，她还这么看着自己干什么？

“嗯……没，没什么！”秦玲玲飞快地摇了摇头。她记得很清楚，林少严重地警告过她，不要在颜颜面前提起叶昌硕的名字，她可不敢乱说话，要是得罪了林少，她觉得自己会吃不了兜着走。

为了避免顾颜一直追问下去，她低头看了一眼自己的手表：“那个，我们……”

话说到一半，她忽然愣了一下，看着顾颜身后不远处，随即嘴角微微瘪了起来，一副很不屑的味道。

顾颜有点儿奇怪，回头看了一眼，这不看还好，一看眼角也抽了抽，贾甜甜进来了！上次在顾氏酒店门口交锋之后，这是她第二次看见她。比起之前贾甜甜的志得意满，今天的她看起来倒像是经历了人世间的沧桑一样。整个人的状态非常不好，似乎心情也十分糟糕。

她进来之后，很快也看见了顾颜和秦玲玲。

那一秒钟，她化着精致妆容的脸，就那么扭曲了，她几个大步走到顾颜身边，语气也非常狠毒："顾颜，你真是恶毒！你彻底毁了我，你……"

"我认为是你毁了你自己。"顾颜的语气很淡定，看贾甜甜的眼神几乎算得上是笑容满面，"每个人都要对自己的言行举止负责，你自己做了缺德的事，打算拿别人当自己的踏脚石，最后失败了，害人没成功，却搬着石头砸了自己的脚。现在还要扭头对受害者说，是人家毁了你。贾小姐，你确定你自己真的不是在开玩笑吗？"

这世上就是有一些脑残，自己做的事情已经缺德到没办法，吃了自己的亏，却还要扭头数落别人的不是，说是别人毁了自己。让人完全不知道这些人是什么逻辑！

顾颜表示，至少她对自己面前这个人，是完全没法理解的。

她对贾甜甜的称呼很客气，这让贾甜甜微微一怔，也明白了对方这是跟自己绝交的信号，从此她们就只是陌生人，不可能再回到过去了。自然，在这件事情曝光之后，她也没指望她们能回到过去。

她狠狠地瞪了顾颜一眼："顾颜，你以为你赢了吗？我告诉你，并没有！晓峰他昨天晚上还跟我在一起，他说了，他非常讨厌你这种恶毒的女人！"

"我的妈呀……"这声音是秦玲玲发出来的，她觉得自己实在是没办法领会脑残的思路。这件事情摆明了颜颜一开始根本就没想折腾什么，她只想着跟陈晓峰解除婚约，彼此之间没什么关系了，这事情就结了。是贾甜甜跑到顾颜家的酒店门口闹事，顾颜不得已才反击的。

所以陈氏和陈晓峰如今的处境之所以如此尴尬，根本就是贾甜甜挑事，才会让事情变成这样好吗？怎么陈晓峰就忘记了贾甜甜干的好事，却说顾颜是恶毒的女人呢？所以说，很多时候，有些人你根本是没办法跟他们沟通的，这并不是因为你有什么问题，也绝非你的沟通能力出了差错，其实仅仅因为你是个逻辑思维没问题的正常人，而对方是一个地地道道的脑残而已，就这么简单！

顾颜点了点头，睨了贾甜甜一眼：“所以你的意思就是，在这件事情上，我输了。陈晓峰现在的心思全部被你给占据了，觉得你非常善良，十分可怜，我就是一个恶毒的女人，于是你打赢了一场漂亮的感情之战。我没有理解错吧？”

“不错！”贾甜甜微微仰了仰下巴，表情很是得意。

顾颜继续点头，表示理解和明白，然而她的眼神忽然玩味起来，从容不迫地问：“但是，如果你真的觉得那么骄傲自豪，充满了成就感的话，为什么一脸疲惫憔悴呢？”

问完这句话之后，顾颜看着贾甜甜惊变的脸，继续问了一句：“你要是真的过得这么如意，跑过来对我说的第一句话，怎么会是我毁了你呢？”

她说完这话，贾甜甜的脸色更难看了。

秦玲玲很顺畅地接了一句：“这还不简单吗？这回因为贾甜甜，顾氏和陈氏的婚事告吹，陈氏还因此得罪了林氏。陈董事长对我们贾甜甜女士，一定是恨之入骨，估计提起她的名字都想喝了她的血。而贾甜甜女士，作为一个十八线都排不上的小明星，不比那些大明星能越黑越火。这么一个小三的绯闻，就足够她的名声臭一辈子了！综上所述，陈氏这样的豪门，怎么会娶个这样的媳妇儿进门呢？所以，陈晓峰就是跟她说再多甜言蜜语，最终也什么都给不了她，她的演艺事业也算是彻底玩完了。哎呀……多行不义必自毙，说的就是这个理儿！”

“秦玲玲！”贾甜甜听完她的话，脸色几乎是白里透黑，张口就对着秦玲玲吼了一句。

秦玲玲听见她这么一声吼，冷笑了一声，指尖在桌面上轻轻地敲打着：“贾甜甜女士，你似乎忘记了，你现在已经不是颜颜的朋友了。所以你觉得，我还会给你什么面子，让你对我大呼小叫？你说要是我跟我爸说一声，我想弄你，陈氏会不会为了你，跟我们秦家作对？”

听了她这话，贾甜甜立即面色惨白，哆嗦着嘴说不出话来。

从前她仗着自己跟顾颜关系好，时常跟秦玲玲这一伙人开一些荤素不忌的玩笑，尽管她心里很清楚，他们并不喜欢她，但是他们一直看在顾颜的面子上，就算她说了什么让他们不喜欢的话，他们也不会多说什么，总是笑笑就带过了。现在她已经不是顾颜的朋友了，那么秦玲玲再想做什么事情，当然是毫无顾忌。

顾颜这时候也睨了贾甜甜一眼，不冷不热地道："讲真的，贾甜甜，这些年你做的奇葩事情不少，但是我一直遵循着只要你没做什么对不起我的事，我们就还是朋友这一条守则，跟你亲密相处。那是因为我这个人念恩，我记得我们小学的时候，我那天心情不好，没有带早餐还错过了食堂的饭点，是你把你自己的早餐给了我。就冲着这个，这么多年我一直拿你当朋友，不过，所有的交情都在你和陈晓峰搞到一起那一刻，戛然而止。以后咱俩走在路上，就是谁也不认识谁的关系，你别来找我的事儿，我也不会找你的事儿，OK（好吗）？"

她们小时候上的自然是贵族学院，但是那个学校的管理非常严格，学校里面是不卖任何垃圾食品的。严格要求学生要么自己带饭，要么在食堂准时吃饭，错过了饭点，就没吃的了。顾颜还记得那天，她虽然一点儿食欲都没有，但是当贾甜甜把吃的送到自己面前，宁可自己挨饿的时候，她很感动。那时候只是十来岁的孩子，单纯得很，真的很容易就能被这种事收买。

"什么？"秦玲玲愣了一下，扭头看了贾甜甜一眼。这对视之间，贾甜甜的脸色微微一变，显得有点儿慌乱。

顾颜看秦玲玲反应这么大，愣了一下："怎么了？"

"有人自己没吃早餐，把带去的早餐让给你？顾颜，你千万不要告诉我，这件事情就发生在叶昌硕走之后的第二天！那天你整个人心情状态都不好，怂成一条狗！"秦玲玲眼睛都瞪大了，盯着顾颜。

顾颜蒙了蒙："是那天啊，怎么了？那天贾甜甜问我饿不饿，说把她的早餐让给我……"

"我去！"秦玲玲忍不住爆了粗口，直接站了起来，扬手就想抽贾甜甜。一旁的服务员看见了，赶紧上来拉住秦玲玲："这位女士，请您冷静一下！"

贾甜甜看着这情况，脸色也变了，吓得往后退了好几步。

顾颜皱着眉头站起来，看着激动的秦玲玲，觉得情况不太对："玲子，你咋了？"

"我要抽死这个小贱人！"秦玲玲非常生气，并扭头瞪了顾颜一眼，"那天的早餐是我的好吗？我送到你们教室门口，正巧我们班班长喊我，瞅着贾甜甜过来了，我就让她帮忙转交了。我从小胃不好，受不得饿你是知道的，那天饿得我胃疼了一整天，所以这件事儿我一直记得很清楚！怎么就变成这个小贱人给你的早餐了？谁都别拦着我，让我抽死她！"

顾颜就是那种别人对她有一点点好，她都要记一辈子的人，有人自己的早餐不吃，让给她了，又是在上小学都很单纯的年纪，尤其还是在她很难过的时候上去表示关心。就冲着这份心，她也会对人家好。难怪叶昌硕走了之后，顾颜这小妮子就和贾甜甜这个从小就很婊的绿茶混到一起去了，搞了半天是为了这个！她当时还以为是因为叶昌硕走了，颜颜受不了打击，落差太大，眼瞎了，朋友也乱交呢！

"什么？"顾颜简直难以置信。那要真是这样，她现在的确觉得自己这么多年就像个傻子一样。从一开始就被人给骗了，然后傻乎乎地不管对方是啥人，就对人家好了这么多年。她现在都想抽自己两巴掌，问问自己为啥这么蠢了！

秦玲玲怒瞪顾颜，几乎是从牙缝里挤出一句话来："你别告诉我你就是为了这个，才跟她关系好了这么多年！"

"还真的就是！"顾颜看向贾甜甜的眼神也不好起来。这也太狗血了！

秦玲玲简直想给顾颜一脚："你是不是猪头，就冲着她这些年的各种表现，你觉得她能是那种心地善良、舍己为人，为了朋友饿着自己的人吗？"

他们一直很不明白，顾颜到底为什么会和贾甜甜这种人玩到一起，现在完全明白之后，她真是想喊顾颜去治治脑子！

这个问题还真的把顾颜给问住了，仔细想想这么多年贾甜甜的各种表现，她还真的不像是这么善良的人！

“谁都别拦我，我今天非抽死她不可！”秦玲玲很激动，要挣脱服务员的桎梏，过去殴打贾甜甜这个贱人。

贾甜甜见秦玲玲来势汹汹，估计自己是打不过的，扭过头三步并作两步，飞快地跑了出去。然而，因为跑得太慌张，在出门的时候不小心绊到了门槛上，整个人直接倒栽葱似的出去了。她今天恰好还穿了裙子，这么一摔，裙子掀了起来，半透明的内裤就这样曝光在光天化日之下！

来来往往的男人们，登时倒吸了一口冷气，看向贾甜甜的眼神一下子变得很暧昧。而女人们面上都是鄙夷的神色，看她的眼神就好像在看一个什么脏东西！

秦玲玲和顾颜都相当生气，跟着撵了出来，到门口看见对方摔成这样，两人的气一下子消了大半，秦玲玲更是直接感叹了一句：“啥叫多行不义必自毙，啥叫人贱自有天收，啥叫报应，我今天真是一回全明白了！”

这不，这女人做了对不起她们的事，还不需要她们干什么，她就自己在门口摔了一个狗吃屎，还露了点！

贾甜甜这时候整张脸也是烧得跟猴屁股似的，她深知自己此刻的尴尬，飞快地爬起来，打算将自己的裙子扯好。然而，就是因为太慌乱，她这一起来，还崴了脚。因为穿着高跟鞋，结果整个人又即将摔一个狗吃屎！

正巧这时候，一个肥头大耳，看起来就是被社会养得很滋润，一身土豪气息的中年男人一把扶住了贾甜甜，笑得很猥琐：“小姐，小心点儿！”

这张猥琐的脸出现在贾甜甜面前，她原本就非常恶劣的心情霍然更加恶劣了，一下子恶心得不能自抑，她扬手就是一巴掌，啪的一声，对着对方的脸甩了过去，并怒吼：“你是个什么东西，就凭你也敢碰我？”

这一巴掌甩得好，那中年男人想来也是从来没受过什么气的，被这么打了之后他也是怒了，啪的一下，重重的一巴掌就扇到了贾甜甜的脸上，砰的一声，直接把贾甜甜扇得重重地摔在地上！

而那中年男人仍不解气，上去又是狠狠地几脚踹在贾甜甜的身上："你个臭婊子，给脸不要脸！"

一切都发生得太快，根本没有给人多少反应时间。秦玲玲回过神之后，直接在顾颜耳边开口道："这回贾甜甜算是惨了，这位的来头可不简单，我要是没认错的话，这是林少的堂叔林达。对了，就是我说的那个林氏的第二股东，手里拿着林氏百分之三的股份。"

并不是所有的有钱人，都是品位卓绝的高富帅，即便豪门世家，也有不注重自己身材，也没啥品位，就有钱有势的。很显然，贾甜甜就得罪了这么一个人。

这个西餐厅离林氏集团的总部很近，林霄的堂叔出现在这里，也不奇怪。

林达这时候的确生气得不得了，历代以来他们林氏的掌舵人都是以家族联姻为主，而对象基本上是官二代、红三代之流，因为在商业上他们的地位已经很稳固，不再需要企业联姻。如同林霄的爸爸，就娶了司徒老军长的闺女。而林霄尤为出色，不管是能力还是外形都如此。最让人期待的是，欧洲不少国家的皇室女士，都对他青睐有加，他们还曾想过，林霄会不会给他们家族娶个真正的欧洲公主回来。结果呢？

忽然爆出消息，说他要娶顾颜！这跟他们的想象相差得也太大了，就是要跟商界的企业联姻，以顾氏的资本，也完全够不上啊！今天的董事会，林霄的长辈们基本上都到齐了来给他施压，结果最后一点儿用处没有不说，还被他一句"我的实力，不需要任何联姻。或者你们认为，你们有谁比我更有能力掌控林氏的前景"堵得不知道怎么开口。

林霄的实力是有目共睹的，他们这些董事，自从林霄上位之后，每年拿的钱都多了好几倍，这也是事实。对他这句话，自然是谁都接不下去！最后会议结束，他们啥目标也没达成。他本来就很不高兴，打算过来吃个饭，看见个小妞一跤摔下来，内裤都出来了，正撩动了林达的心思，想着要不然玩个女人，平复一下心情，没想到上去一扶就被打了！

这里还这么多人，全看见自己挨打了！这下他心头原本的不爽和被贾甜甜打了的不满，全部集合在一起，发泄在了贾甜甜身上。

扇完又踢，踢完他还抓着贾甜甜的头发，把她的脑袋在地上狠撞了几下。

这一幕看得顾颜和秦玲玲一愣一愣的。

这个故事告诉我们好几个道理：第一，不要做缺德事，否则真的容易遭报应；第二，做人在任何时候都要保持谦和的态度，就算对方看起来不怀好意，你适当保持距离就是了，千万不要随随便便地出言不逊，否则你自个儿可能都无法预料会惹上什么人；第三，就算有钱，也不要成天想着玩女人，随便暴露自己的猥琐念头，否则指不定什么时候，你就会被女人当街给扇了，面子丢尽！

顾颜并不是那种人家对不起自己，看见人家倒霉她还要上去发光发热救人于危难之际的圣母。看着贾甜甜挨打，她只是耸了耸肩，转身就打算走人。林达这样的人，脾气肯定是暴躁了一点儿，但绝对不会当众闹出人命来，这点儿分寸他肯定还是有的。

秦玲玲更是险些拍手叫好，她正打算打这个贱人，结果别人帮忙打了，简直太完美了！边上已经有来往的路人报警，所以她和颜颜也不必操心闹出人命。

她们绕出去一条街道之后，顾颜一抬头，霍然看见一个人影，整个人刹那僵住！

## 【第六章】
# 生死之线，情深缘更深

她几乎怀疑自己看错了，那么一个人……她以为自己这辈子都只能在新闻和杂志封面上看见的人，赫然出现在了自己眼前！他的脸上戴着一个口罩，双手揣在兜里，远远地看着她。他们之间相隔十多米，恍惚之间，她却觉得仿佛相隔了很远。

那是一个只要看见他的一双眼，她就能很轻易认出来的人。

叶昌硕！

她静静看向他，而他同样如是。他那双漂亮的丹凤眼里，似乎含了许多情绪以及想说的话。那是他吗？许多翻滚的情绪，让顾颜在这一秒钟几乎有些控制不住。脑海里跑马观花一样，回忆起儿时的种种。

而所有的美好，最终都定格在他离开的那一天，那辆轿车从她面前开走。

来不及说一句话，也来不及告别。

当那个人出现在这里的那一秒，很快就有人看了过去。他虽戴着口罩，但是单单那眉眼，就能让人清楚，那是个大帅哥。一米八六的身影，笔挺地站在那里，作为超模的气场和职业风度，令他的每一个角度，看起来都像是一幅画。

秦玲玲也愣了，她倒是没有顾颜那样的能耐，一眼就能认出那个人是谁，但是看他们两个人这么对望着，又仔细地琢磨分析了一下，也算是终于在自己的脑海里搜索到了这个人的名字——叶昌硕！一定是他！都不用怀疑啥。

可是，一个粉丝千千万的国际超模，就这样出现在大街上，这真的合适吗？

不远处的科迪，也一巴掌拍上了自己的额头。出门之前这个人跟自己反复保证过，一定会很理智，不会随便出来的，但是在看见顾颜的那一秒，他所有的理智仿佛全部被dog（狗）吃了，就这么大大咧咧地出去了，拉都没拉住！现在他只希望不要被什么人给认出来……

对视了几分钟之后，秦玲玲忽然咽了一下口水，看向他们左侧不远处，在保镖的恭敬开道下，正大步而来的林霄！显然，这时候林霄已经注意到了对视的这两个人，所以脸色看起来并不太好。秦玲玲又扭着脖子瞅了瞅对视的两人，忽然觉得今天这个情况，可能会大条。

叶昌硕忽然举步，对着顾颜走了过来。他喉头艰涩，几乎是很艰难地才吐出了一个称呼："颜颜！"

想过一万次，他们再见面会是什么场面；想过一万次，他开口对她说出的第一句话，应该是什么。而当真的出现在她面前的时候，他忽然发现，自己在心中默念过的那些话，这时候已经找不到丝毫影子，脑海中一片空白。他想问她还记不记得他，但是看她此刻的眼神，他清楚，她是记得的，一定还记得。

顾颜看着站在自己面前的人，他依旧比自己高一个头不止。

她还记得小时候，他们常常这样面对面站着，她跟他比谁比较高。那时候她常常踮起脚，试图耍赖皮，而他总是让着她，会刮一下她的鼻子，骂她一声："笨丫头。"

一晃多少年过去了？十五年了吧。

所有的心事，都在这时候涌出体外。如同见到多年未见的亲人，可顾颜心中终归不能释怀他当年的一走了之。她怔了怔之后，终于回过神，动了动唇畔，最终还是喊了他一声："叶哥哥！"

这一声并不亲昵，仿佛这对于她来说，也就只是一个称呼而已。

没想到的是，她这一声“叶哥哥”落下，一道低沉性感的嗓音，忽然在她身侧响起，带着几分玩味和森然的味道：“叶哥哥？颜颜小宝贝，你什么时候也叫我一声霄哥哥听听？”

这话听起来似乎带笑，但其中全然是森然切齿的味道，几乎就是从牙缝里挤出来的。

顾颜嘴角一抽，脑后一秒钟就爬满了黑线，扭头看了他一眼，不是很愉悦地道：“林霄，你能不能好好称呼我！”颜颜小宝贝是什么鬼？

不过到这会儿，顾颜也发现了，她面前这个人是真的一句话就能轻而易举地带动她的情绪。其实秦玲玲真的没说错，像她这样一向对大多数事情没什么耐心，对不感兴趣的人，看都懒得看一眼的人，竟能对林霄的一句话，就有这么大的反应。若是换一个人这么叫她，她估计要么假装没听见，要么转身就走。也只有林霄这个贱人，说出这句话，她会有给他一脚的冲动！

难道这就是传说中的，打是亲骂是爱？而她真的还相当喜欢他？

她这句话一出，腰忽然被他环住。他比她高出许多，温暖干净的男性气息和着压迫感，向她袭来，竟没让她感觉反感。接着，他性感的声音，就传入了她的耳中：“好的，颜颜我亲爱的！”

顾颜：“……”

秦玲玲在边上看着，也忍不住搓了搓身上的鸡皮疙瘩。果然陷入爱河的人，喜欢拿肉麻当有趣，她是真的给林霄跪了。

叶昌硕的眼神也落到了林霄身上以及他抱着顾颜的胳膊上，那双漂亮的丹凤眼微微闪了闪，尤其看见顾颜并没有反抗之后，冷声开口道：“林先生！”

“叶先生？”林霄也上下打量他一眼，随后笑着伸出手，“听颜颜叫你哥哥，想必你们之间一定有兄妹般的情分。我是颜颜的未婚夫，幸会，很高兴见到你！”

他的手就这么伸了出来。

叶昌硕这是握手不是，不握手也不是。握手就表示，认同了对方口中彼此的身份，他是颜颜的哥哥，而林霄是颜颜的未婚夫，他自然不愿意。可不握手，那就是没有礼貌，欠缺风度。半晌之后，他终于伸出手：“幸会，林总裁！”

他的言辞之中，也就只给林霄定位为林氏的总裁，跟颜颜并没有什么关系。

顾颜其实不是很明白这两个人握手就握手，为什么对视的眼神中仿佛还有火花，简直就像在看隔世的仇人。林霄回头看了她一眼，仿佛故意说给叶昌硕听的：“刚刚我跟我爸说过了，他约你爸爸这个周末下午两点商谈我们的婚事，你爸爸也已经同意了！”

原本林霄以为自己说完这话，顾颜会表示排斥。

但是没想到，顾颜只沉默了几秒，耸了耸肩：“好！我知道了！”刚才秦玲玲的话不错，她也听进去了，如果她喜欢林霄的话，没必要因为自己莫名其妙的骄傲，放掉搁在眼前的幸福。至于她现在还远远不如林霄，以后努力跟上他的步伐就好了，也算是给自己一个奋斗目标，没必要非得上纲上线，先追上他的步伐再考虑结婚，把自己逼在死胡同里不可。

有时候，人离幸福可能也就只有一步之遥，但总是因为遮在眼前的迷障错失，而如果这个时候有一个人能出来点醒自己，一切将大不相同。这就是有一个真心朋友的重要性，也充分证明了神助攻的重要性。

她这样的答案，其实有点儿出乎林霄的意料。

有那么一秒钟，林大总裁险些小心眼儿地以为，这是因为叶昌硕正好在这里，顾颜是为了刺激对方，才答应自己的。低头却看到她不仅仅没什么赌气的成分，反而在他的眼神看向她的时候，她有些不好意思地转了脸，似在害羞。

他怔了怔，抬头就看见秦玲玲对着他比了一个“V”的手势，表情很得意，仿佛在说：林少你打算怎么感谢我？

盯了对方一眼，他嘴角一扯，忽然笑了，明白过来顾颜这小妮子估计是被人给点醒了。他客气地对秦玲玲点了点头，表示自己一定会感谢对方。这才收回眼神，再一次看向叶昌硕。这时候他心情倒是好了许多，俊美的面孔带着几分笑意，客气地邀请道：“既然叶先生和颜颜的关系这么好，我们的婚礼，也请叶先生务必赏脸！”

话说到这里，叶昌硕终于无法保持淡定的风度了，抬头看了一眼顾颜：“你们是认真的吗？”

“嗯？”顾颜愣了一下，还没反应过来。等反应过来之后，她点了点头，“嗯，是认真考虑过了。”的确是认真考虑过了，秦玲玲给她的建议，她基本上是全部听到心里去了。

她这话说出来之后，叶昌硕似乎有点儿失望，盯了她一会儿，忽然扭头看向林霄：“我有些话想跟颜颜单独说，林先生可以回避一下吗？”

“OK！”林霄没说话，顾颜先帮他回了。十五年不见，她的确也挺想问问对方，当年为啥招呼都不打一声就走了。说完之后她扭头看向林霄，等着对方自觉放开自己。

林大少爷的嘴角微微抽搐了一下，这一秒钟，很是想掐住这小女人的脖子！身为他的未婚妻，竟然当着他的面，要跟其他明显心怀不轨的男人单独说话，完全不顾及他的意愿，就直接代替他答应了。这个该死的女人！恼怒之下，他霍然低下头，狠狠一口咬在她的唇畔。

顾颜眼角一抽，大街上这么豪放，还有这么多人在，他是想干啥呢？

她正打算把他挥开，他已经退到一边去，没让她打到。性感的薄唇微微扯了扯，他轻声开口道：“你们要私下聊没问题，但是颜颜小宝贝，你跟其他男人待太久，你老公我是会吃醋的。所以最多一个小时。现在开始计时，如果你超时了，我会干出什么事情，我也不知道！”

说完这话，他低头看了一眼自己的手表，表示他开始计时了。

讲真的，顾颜这时候真的有点儿想打他。但是偏偏内心又不是真的觉得他那么讨厌，甚至在这个人明确地说会吃醋的时候，她无语之中，莫名还觉得有点儿甜蜜，这也是见鬼了！她不再跟他多说，看了一眼叶昌硕，转身去了不远处的茶餐厅。

两人往茶餐厅走去，林霄双手插在口袋里，静静地盯着他们的背影，眼神有些幽深。很显然，叶昌硕是真的对顾颜有意思，自己之前的预感并没有错。但是顾颜对叶昌硕的心思，似乎一点儿都不知道。看这丫头的样子，还真的像是之前秦玲玲说的，对叶昌硕只是兄妹之情。

他沉默着看了几秒钟之后，回过神。

回头看了一眼秦玲玲，他忽然笑起来。如此俊美的男人，笑起来是非常好看的，足以迷得人神魂颠倒，尤其秦玲玲这样的花痴，险些没直接流出哈喇子。但是她很清楚这是颜颜的男人，所以花痴归花痴，欣赏归欣赏，最基本的分寸，她还是有的。

他客气中带着疏离，却也不乏绅士风度："这件事情，必须要谢谢秦小姐，不知道我能不能为秦小姐做点儿什么，以示感激。"

秦玲玲真的能说动颜颜放下那些顾忌接受他，那就意味着，对方跟颜颜的关系很好。林大总裁作为一个企业家，岂能不知道关系网的重要？所以，对秦玲玲这样的人，莫说是表达感谢了，就是巴结一下都行，后续会很有利于他和颜颜的感情发展。

"那……那个……"秦玲玲一下子激动得话都说不好了，看了一眼不远处，停在林氏门口那辆她梦寐以求的限量版豪车，她开口道，"林先生，你眼前的确是有一件事情可以帮我，并且我发誓，你帮了我之后，我以后就是你的铁哥们儿，谁要是敢在颜颜这儿挖你的墙脚，我一定第一时间汇报给你，颜颜要是敢乱心动，我就打断她的腿！"

她一副可以被终生收买的模样，一本正经地看着林霄。

林大总裁闻言，也很快随着她的眼神落到了自己的车上，继续客气地笑道："秦小姐请说！"

林霄这客气的样子，看得边上的弗瑞克都嫌弃地蹙了蹙眉。这么多年来，他就没见少爷对几个人这么客气过，追个媳妇儿追得对她身边的人都这么狗腿，这样真的好吗？

秦玲玲简直高兴得颠三倒四，不知道自己是谁了。有些美丽的梦想，不管能不能实现，就是说出来的那一秒，都是会令人觉得心潮澎湃的："那个，就是林少，你能不能把你的车借给我开一个月……不，一个星期就好！"

那是她心心念念，做梦都想爬上去的一辆车啊！

她的话说完，林霄睨了弗瑞克一眼，弗瑞克马上把手里的车钥匙递给秦玲玲。林霄笑道："秦小姐要是喜欢的话，这辆车就送给秦小姐了。只要秦小姐闲来无事，多在颜颜面前为我美言几句便可！你也看见了，那个叶昌硕显然对颜颜心怀不轨，你可一定要帮我把好关！”

“呃……”秦玲玲对林霄的大方表示很震惊。不过说起来，这辆豪车对于她来说，是很难买，但是对于林霄来说，估计也就是九牛一毛！待她缓神之后，笑道，“人家都说无功不受禄，但是在颜颜的事情上，我认为我的确是功不可没，所以我觉得我收点儿贿赂也是可以的。林大总裁既然这么大方，那我也就不客气了！”

“这是秦小姐应得的！”林霄依旧很客气。

弗瑞克继续翻白眼，动动嘴皮子，就一辆豪车，少爷还来一句应得的，他现在觉得在未来的少夫人身边做朋友，可能会更容易发财，他以后一定要跟少夫人打好关系！

安静的包厢里，旁边就是玻璃窗，能清楚地看见外面的车水马龙。

但是他们所在的地方，很安静，听不到任何嘈杂的声音。

顾颜看了一眼面前的人，他的口罩已经取下来了，一张精致漂亮的脸，几乎能称得上摄人心魄。对视之间，她开口询问：“回来了，以后还走吗？”

这话问得很随意，就像是普通朋友之间的问询。

这种淡漠疏离的语气，令叶昌硕心中很不是滋味。他神色温柔地看向她，那双漂亮的丹凤眼，带着几分难掩的复杂之色：“应该不会走了。颜颜，当年……”

“你说！”顾颜把手里的茶杯放了下来，认真地看向他，开口道，“我其实很好奇，你就算要出国，离开之前打个招呼不行吗？你跟我说一声也好，或者告诉我归期也行，却就那么一声不吭，说走就走。就算你那时候是个孩子，不能左右自己的人生，只能由着家里安排，但你也不至于连最基本的跟小伙伴告别的意识都没有吧？”

顾颜的语气算不得客气，或者说听起来其实很愤怒。

叶昌硕精致的薄唇动了动，一时间有些失语。半晌之后，他才开口道：“我知道我不应该说什么话为自己辩解，但是颜颜，我有我的苦衷。出国是我妈的意思，并未给我任何反应时间……”

“那你出国之后呢，为什么不联系我？”就是小时候被家里控制着，不好联系，长大了之后呢？为什么还是不联系？

她这问题并没有出乎他的意料，他看着顾颜，眼神诚恳而认真：“因为我想在我有足够的能力摆脱叶家对我的控制之后，再回来，回到你面前来！否则，在这之前，我即便联系到你，不能回来见你，也毫无意义，只会徒然让你思念伤感罢了。”

他这话，让顾颜皱了皱眉头。从叶昌硕的话里头，好像能听出来，叶家的意思似乎是不愿意让叶昌硕跟她联系。而事实上，这几年顾氏和叶氏的关系，也一直很微妙，大概就是在叶昌硕出国之后，两家原本还不错的关系，忽然就恶化了，简直能到水火不容的地步。所以，这二者之间，是不是有什么关系？

顾颜轻轻一叹，也不想再计较什么了，看了他一眼：“既然你也是不情愿的，而事情也都过去这么多年了，我们也不必太往心里去了。以后我们还是好朋友，欢迎你回国！”

她那时候虽然难过了好几天，但事情过去了就过去了，也不是什么深仇大恨，她原本也不是爱纠结的性格，所以也不必太计较。

她这话一出，叶昌硕却并未露出如释重负的表情，而是看着顾颜，轻声开口：“颜颜，你跟林霄的婚事……我回来晚了吗？”

他没有把话说得太明白，也没有很明确地表白，但是彼此都不是笨人，他这样一说，看着他温柔中带着几分爱意的眼神，顾颜霍然明白了他想表达什么。

她沉默了几秒钟，最终点点头：“是的，你回来晚了！”

事实上，在年少的时候，在最单纯的年纪，她纵然没有生出过什么男女之情，从来没有谁能让她像对林霄那样，嫌弃得简直分分钟想踹他一脚，却偏偏看见他的时候还蛮高兴的，会害羞会不好意思。但是，对于叶昌硕，如果他们青梅竹马地长大，也许兄妹之情里面，也会滋生爱情。如果他再早一点儿回来，在她遇见林霄之前，也许一切也会不同。

但是……

没有如果。

生命里你曾多少次举步离去，以为被你遗弃在原地的人会一直停留在那里等你，可时光会磨砺以及改变许多东西，未必多年后再回首，那人依旧在原地。待到你再回头的时候，也许晚了一步，就是错过一生。

叶昌硕怔住，其实这是他最害怕听到的答案。晚了！明明是可以有机会的，但是他晚了。

他声音忽然变得颓然："你跟他……你们认识多久了？"

"不久，四天！"顾颜眨眨眼，说出这句话的时候，她都有点儿汗颜。见到那人的第一天，就把人给睡了。第二天认识后，就见了人家的家长，外公、外婆和舅舅。认识的第三天，就被对方的真心打动。第四天在好朋友的劝解下，决定接受。

这段感情进展得好快啊，她都要惊呆了！但是就像谁说的，缘分来的时候，真的是挡都挡不住，所以完全不必在意故事到底发生了几天。

然而，叶昌硕在听到这个答案的时候，并不太惊讶。

他喜欢上顾颜，其实只用了一秒而已。小时候，在看见那个小娃娃的第一眼，他就喜欢上了她，毫无缘由，毫无预兆。所以，四天定下来的感情，他也不会觉得太奇怪。只是，这就意味着，他晚了四天回来，所以错过了她，仅仅四天而已！

但是，晚了就是晚了。

这对视之中，彼此都没有再说话。

原本多年不见，此刻再遇的尴尬，也已经慢慢化解，没了初见时顾颜的愤恨和两人之间的生疏，已经多了几分朋友间的随和。顾颜轻轻笑了一声："叶哥哥，你会祝福我们吗？"

这一语让他沉默。

纵然有千句话、万句话想说，纵然他很想告诉她，他回来并不是为了祝福她和别人，而是为了成为在她身边，一辈子照顾她的人。但当她问出这句话，用这样期待的眼神看着他时，他忽然发现，除了说祝福，他别无选择！

大概一分钟的静默之后，他终于开口："如果你希望的话，我会祝福你们的！”

“谢谢你！”顾颜立即笑了，明确地说明这个问题，就是为了让叶昌硕明白她的态度，让对方也能早一点儿抽身，不至于困在其中。说完，她看了他一眼，笑道，“小时候你就是学校的校草，没想到长大了之后，叶哥哥你更帅了！”

说着，她端起一杯茶，正准备喝，他忽然问了一句话，让她险些把茶给喷出来：“那么，是我比较帅，还是林霄比较帅？”

“……”她噎了一下，努力让自己不失态，“我觉得你们两个是各有千秋！”这倒是真心话，林霄的帅气是一种属于撒旦和神祇的俊美，叶昌硕的帅气，是属于天使和妖精结合体的美艳。要想比出个高低上下，还真是不容易。

不过，她实在难以想象，叶昌硕这么大个人了，还这么幼稚！

“嗯，那还好，我还不至于受到太大的打击！”他笑笑，似乎也随意起来。既然她已经如此明确地告诉他她的选择，而在她和林霄婚期将近的时候，他也不愿意因为自己，让她觉得心里不好受。就算他不能成为照顾她一生的人，也绝对不能成为她幸福路上的绊脚石。

那么，就安静地做她的“叶哥哥”好了，哥哥。

看他此刻的表现很自然，顾颜才算是放了心。说实话她原本是真的有点儿担心叶哥哥放不下什么的，毕竟出国十五年，回来之后直接就找她说这个，证明他的感情也不只是说说而已。那么他要是真的放不下的话，就会很难过，她也会很抱歉。现在看他能看开，表现得还算比较淡定，她心里也放心许多。

接着，他问了她一句：“这些年过得好吗？”

“嗯……就那样，说不得太好，但肯定也不能说不好！”顾颜耸了耸肩，这些年来，她爸妈一直在忙生意，尤其她妈妈对她很冷淡，亲哥哥也不在国内。所以她回家之后基本上没人管她，父母只负责给钱，家里其他的事情都有保姆、用人去做。说好吧，没有多少家庭温暖，能好到哪里去？

说不好吧，但是衣食无忧，是许多人眼中的千金大小姐，自然也不能说不好。优渥的生活对应的是没爸妈的陪伴，人在有所得的时候，就必然会相应地有所失，这一点顾颜一直看得通透，懂得知足就不会觉得悲伤。而且，她还有秦玲玲、超哥、子瑜他们这一帮好朋友，所以没啥不知足的。

但是，她曾经也想过，如果她的叶哥哥没有出国的话，也许她会过得非常好，因为他从前给她的，就是哥哥般的照顾和家人的温暖，而这也正是她一直所缺失的。但是人生没有如果，而她已经为另外一个会关心她是不是在好好吃饭的人心动。

她抬起头，不愿意再纠结在过往的回忆和假设中，也问了他一句："你在国外呢，过得怎么样？"

叶昌硕似乎僵了僵。事实上从模特界一个名不见经传的小人物，爬到今天这一步，除了外形的优势，自然也伴随着许多努力。而且在国外的时候，他每一天都在想她，疯狂地想挣脱一切桎梏回来找她，怎么会过得好？很不好，一点儿都不好。

但在她含笑的表情之下，他轻轻笑了笑，不愿意用自己的不顺去影响她的情绪。他轻声开口："我还好，除了没什么朋友，有点儿寂寞，一切都很顺利！"

说着这话，他拿出手机，拨通了顾颜的号码，并告诉她："这是我的号码！"

顾颜低头看了一眼自己手机上显示的号码，问了他一句："你怎么会知道我的号码？"

"问过张超了！"叶昌硕回答得也很痛快，而事实上，她的号码他在国外的时候就私下找私家侦探查过了。这些他不曾多言，在她已经要跟林霄结婚的时候，他多说对她而言，也只能是困扰。

"哦！"顾颜点头表示明白，却也吐槽了一句，"他知道你回来，竟然没第一时间告诉我！"话说到这里，她猛然意识到什么，想起刚才林霄对叶昌硕的敌意，想起对方莫名其妙地没收了自己的手机，美其名曰为了让她安心工作……

她忽然飞快地开始翻新闻，找叶昌硕回国当天的报道。他这样的人回国，媒体是不可能不报道的。

这么一找，果然……她脑后滑下一条黑线。所以现在的情况就是在他回国那天，林霄就把她的手机给没收了，然后他老人家表白之后的第二天，在他要娶她的消息闹得轰轰烈烈的时候，才把手机还给她。而这时候关于叶昌硕的新闻，已经被林霄和她的爆炸性新闻盖过了。

所以，这真的只是巧合，而不是那个浑蛋有意为之吗？顾颜表示怀疑！

他就是不想让她知道叶哥哥回来了？那这是不是意味着，他早就知道她跟叶哥哥之间的关系？不过她不得不说，林霄真的挺聪明的，要是在他对自己表白之前，她就知道叶哥哥回来了，估计会分心，对林霄的表白，可能也就没那么上心了。所以，她现在是真的认同了林霄的话，他的确很会算计人心！

她这算是掉进他的坑里了？所以她应该感到郁闷还是愉悦？

就在这时候，顾颜的手机忽然响了起来，她低头看了一眼，是陌生的电话。电话接通之后，那边传来弗瑞克焦急的声音："顾小姐，我是弗瑞克！不好了，少爷出事了！"

"他出什么事了？"顾颜蓦地一惊，立即站了起来，心里也开始着急担忧起来，而且是她不曾想象过的那种担忧，心跳完全失了频率。

她这句话刚落下，弗瑞克已经把电话给挂了。

顾颜都来不及跟叶昌硕说一声再见，就起身匆匆忙忙地下了楼。叶昌硕看着她的背影，站在原地，有点儿疲惫地闭上眼。她心里真的已经全是林霄，一个电话，她就忘了他在她面前，都不曾说一句再见，也不曾看他一眼，就这样匆匆忙忙地出去了。

四天。

只是四天而已……

顾颜急匆匆地下了楼，这才意识到自己刚才告别都没说一句，但这时候也管不了那么多了。她匆匆忙忙跑到门口，看见靠在门口的人的时候，愣了一下，嘴角也微微抽了抽，脑后有黑线掉了下来。

林霄他老人家这时候就在门口，双手抱臂，似笑非笑地看着她。那张俊美的脸上，噙着几分淡淡的笑意和满足，很显然，对顾颜听说他出事之后，急急忙忙就下楼的行为，他感到很满意，也很愉悦。

顾颜不太友善的眼神，放到了他身后的弗瑞克脸上：“你不是说林霄出事了吗？”

“呃……”弗瑞克不敢看顾颜的眼神，挤眉弄眼地看着林霄，示意顾颜这是少爷的意思，跟他没什么关系。

林霄也很干脆，上前一步攥住了顾颜的手。大手很霸道地握住她的小手，性感低沉的声音，说出了非常欠揍的话：“我是出事了，到了一个小时，你却还没有下来。我非常难过，心如刀绞，生不如死，弗瑞克实在是担心我，才打电话把你喊了下来。”

顾颜：“……”为什么会有人把这种话说得这么面不改色，一本正经？

说完这话，林霄也不等她回应，一把扛起她大步往外走去。

周围都是来来往往的人，看见这么一个超级大帅哥，扛着一个小美女往外走，门口还都是保镖，不禁好奇他们的身份，并对顾颜投去了艳羡的目光。就这样莫名其妙地引人注目，顾颜表示自己心很累，默默地伸出手捂住了自己的额头，被林霄给扛了出去。

叶昌硕下楼，看着他们两人从自己面前离开，并没说话。一个人就那样站立着，看起来无比孤寂。

三天之后，沿海别墅，外头是一片私人海域。

顾颜终于成功地完成了她的设计稿，回头看了一眼窗户边上的林霄。他穿着一身家居服，坐在桌边。面前摆着一台笔记本电脑，他在上面敲打着，应该是在处理公事。暖暖的阳光洒入，这样看起来，还真是该死地养眼。

话说那天见完叶昌硕，她就被林霄拉到这儿来画设计稿了。

又开始了与世隔绝的生活，但是这三天没有在黎雅云端那里的不自在，倒是感觉很甜蜜，还真的有那种正处在热恋中的幸福感。画完稿子，看了一眼外面的海，她没去打扰他，抱着托弗瑞克从外头买来的小说，准备走到外面去看。工作之余，当然也要适当放松一下。

从他身后经过的时候，他的大手忽然包裹住她的小手。这几日的默契相处，顾颜立即明白了他的意思，他是打算放下工作先陪她。她笑了笑，把手里的书对着他扬了扬：“你先忙你的，不用陪我。我把这本书看完！”

他抬眼，她手里拿着的似乎是一本言情小说。

看她的样子是真的想看，他便没有坚持，松开手让她出去，低沉性感的声音，缓缓地道：“无聊了就来喊我，你老公随时愿意陪你！”

“不要脸，未婚夫和老公还不是一个概念！”顾颜笑骂了一声，拿着书先出去了。

林大总裁还想说什么，顾颜已经关上了门，去海滩边上了。

他低下头继续处理工作上的事情，偶尔也会抬眼看看她。不知道她看见了什么剧情，在海滩边上肩膀一耸一耸的，偶尔还会传来几声清脆的笑。这倒令他提起几分兴致，开始好奇她在看的是一本什么书。

就在这时候，手机响了起来，是公司那边的电话。

顾颜捧着手里的书，看着看着就入了迷。作为高才生，她的阅览速度是非常快的，堪称一目十行。有意思的是这本书中男女主角的相处模式，让她觉得跟她和林霄很像。

等林大总裁处理完公司的事情，已经到了下午六点。

现在是夏天，下午六点的时候，天色也还是大亮。他双手揣在口袋中，迈开大长腿，缓步走了出去。诡异的是，中午他还看见在海边大笑的她，这时候忽然开始抹眼泪。他嘴角一抽，蹲下身问她：“怎么了？”

“太感人了！”顾颜抹了一把眼角的泪花，也觉得自己看一本书看哭了，其实很尴尬。

林霄从她手里把书拿过来，看了一眼封面——《一生一世笑繁华》。他坐在她身边，一把揽住她的腰，冷厉的眸子看向她，语气却很温柔：“中午的时候，你似乎是在笑。”

“是啊！又好笑又感人……林霄，我觉得里面的男女主人公跟我们很像，尤其男主人公嘴贱的时候，跟你一模一样！”顾颜说完这话，又把眼角的泪花擦了擦。也许就是因为很像，所以看这个故事的时候，她觉得就像是在看前世今生一样。旋即，在他诧异的目光之下，她抬眼继续说，“故事的最后，男主人公为了让女主人公活下去，放弃了生命。虽然还是喜剧结尾，但是真的好感动。林霄，要是有一天，生的路只有一条，我和你只有一个人能走，你会怎么选？”

说出这话之后，她自己的嘴角也抽了抽，觉得自己简直有毛病，好端端的说什么生死，而且现实也不是小说，哪有那么多真的为了爱情不要命的人？

“呃……算了，你当我刚刚脑抽，什么都没问！”顾颜一把将书从他手里抽回来，放到一边。

她这种问出来问题，又不等回答的态度，令他觉得有点儿好笑。但既然她不再继续问，他也没有坚持要答这个问题，而是伸出手，擦了擦她眼角的泪花，缓声命令道：“以后不许再看小说了，都哭了。你老公会心疼的！”

顾颜不服气地瞪他：“但是我看这书，也笑了一整天啊！”

她气鼓鼓的样子，逗乐了他。而且，她似乎忽视了一个问题——这回他自称她老公，她没有反驳。林大总裁表示很喜欢她的这种不反驳。

他低下头作势要吻她，顾颜也仰着脸，没打算躲。然而，正当他快吻住她的时候，她忽然屁股一滑，整个人仰面栽了下去：“我……”

她惊呼一声，他俯身抱住了她，没让她摔下去。

但也没拉她起来，俊美的面孔含笑，带着几分邪魅性感的气息，覆住她的唇，把顾颜一下子吻得稀里糊涂的，不知道自己跟他在干吗，却沉醉在他那双深不见底，却写满了温柔缱绻的眸子里。她有些羞涩地伸出手，环住了他的脖子。

浓情蜜意滋长，爱情之火灼灼燃烧。

由他主导，一场灵肉之间的契合，在空无旁人的海域边上演。

顾颜忘了拒绝，似乎也并不想拒绝。甚至紧紧地攀附住他，希望彼此之间再亲密无间一点儿，彻底属于彼此，中间没有旁人，也容纳不下旁人……

四天之后，顾颜的设计稿在得到林霄的肯定之后，又得到了Tom的大力赞赏。

设计出来的东西，还得到了时尚界不少大师的一致认可。这样的反响，其实很是出乎顾颜的意料，她原本以为自己设计出来的东西顶多也就是不错罢了，万万没想到，竟然能得到这么多国际知名设计师的肯定。

她这几天心情非常好，甚至试着给林霄做了一顿饭，以表达她的愉悦。

至于饭菜难吃，还让林大总裁拉了一天肚子，这是后话。总归当天林大总裁看见自己未来的小娇妻对自己展露出如此温情与重视，对着那一桌难吃的菜，脱离实际地表示了正面肯定，并昧着良心夸赞了顾颜的手艺，还把饭菜吃了个一干二净。

顾颜听了他表扬的话，一时间心头骄傲，表示以后可以经常做给他吃。

林大总裁闻言，眼角抽搐了几下之后，动情地抓着顾颜的手，柔情蜜意地道："胡闹，做饭这种粗活，怎么可以让你常常做？以后应该老公做给你吃！"

顾颜听了这话，才打消了自己常常做饭，做个贤妻良母的念头。林大总裁才终于松了一口气……

而她的设计，也成功地拿下了维密本季的压轴地位。可谓一战成名，成为时尚界的设计新秀。不少奢侈品牌都表现出了对她的青睐，企图从维密挖人。但Tom怎么会给他们这样的机会？当即给顾颜转正加工资还升了职，势要留住顾颜这么一个充满潜力的人。

而叶昌硕从那天见面之后，再也没有出现过，就像人间蒸发了一般。不是不愿意再见她，而是不想打扰她和林霄之间的幸福。

今天，顾颜收到了电视台的邀请，作为一个一战成名，打入国际时尚设计圈的中国人，顾颜无疑成为中国时尚界的骄傲。所以电视台邀请她过去做一个采访，她答应了。

也就是在这一天，她再一次看见了叶昌硕。

他来的时候，很高调，带来了他强悍的粉丝人气，作为神秘嘉宾入场，并对着镜头笑道："顾颜是我妹妹，也希望大家以后能多支持她的作品！"

这是叶昌硕出道以来，第一回明确地表示，自己跟谁关系好，并作为嘉宾出现在电视台上。

这一幕，让正在办公室看直播的林大总裁脸色阴沉了下来，他头也不回地问了一句："电视台的负责人是谁？为什么邀请颜颜之前，没有先说明嘉宾是叶昌硕那个小短腿？"

弗瑞克有点儿惊悚地回话："少爷，电视台应该不知道您不喜欢叶先生……"

还有，"叶昌硕那个小短腿"是什么鬼？人家可是被誉为全世界身材最好的男人，身高一米八六好吗？然而，下一瞬，弗瑞克看了一眼自家少爷的大长腿，少爷貌似比叶昌硕高上七公分……好吧，但是这样在背后抹黑辱骂情敌，真的好吗？

这么想着，弗瑞克也为电视台的人抹了一把冷汗，毕竟谁会想到堂堂林大总裁、林氏集团的掌舵人，竟然会这么小心眼儿呢？尤其人家叶昌硕都这么明确地说了，顾颜只是他妹妹。人家出于兄妹之情出去串个场子，给顾颜增加人气，怎么看这也是一件好事啊。谁会想到少爷会对此不高兴呢？他觉得如果自己是电视台的人的话，他是想不到这个的。

"这样的事情我不希望再有下次！"林霄睨了他一眼，表情不悦。

弗瑞克咽了一下口水，赶紧点了点头。这事儿也是自己没把好关，作为少爷身边的第一人，怎么能对顾颜身边可能有少爷的情敌出没这样的大事都没有提前做好防范呢，他真是罪该万死！其实他想哭，他作为哈佛大学的双学位毕业生，为什么从业之后，竟然还要帮boss看着情敌……宝宝心里苦，但宝宝不说。

他应下之后，林大少爷起身，打算出门把顾颜接回来。

婚姻是需要经营的，心爱的女人当然也要看得牢牢的，必须在情敌出现的任何一秒，立即击退对方，才能保证爱情的长治久安。

他刚走到门口，门外就有人过来，对他道："少爷，顾氏的董事长，嗯……您未来的岳父来了，就在一楼，说是有事情想请您帮忙！"

林霄颔首："请他进来……不，我亲自去请！"

采访结束之后，叶昌硕和顾颜一起从电视台的大厦出来。

而这时候，大门口已经全部是叶昌硕的疯狂粉丝，不少女子手里举着牌子，大声喊着："叶昌硕我爱你！"狂热的状态，看得顾颜险些冒出冷汗。而这世上，有不少正常粉丝的同时，也有一种生物叫作非理智粉，她们在看见叶昌硕的那一秒钟，立即看向他身边的顾颜！

她们疯狂地往前头挤着，忽然有个女人指着顾颜怒骂："你这个贱女人，为什么在我们硕硕身边，老公是我们的，你……"

顾颜蒙了！

下一瞬，叶昌硕一向好听、如大提琴般撩人的嗓音，忽然变得锐利起来，那双带着怒气的丹凤眼看向那名粉丝，他直接吼出一个字："滚！"

这一吼，令全场寂静。科迪险些没直接晕过去！

顾颜更是愣住了，赶紧回头看叶昌硕。而那位粉丝严重怀疑自己是不是听错了，愣愣地看着叶昌硕。下一瞬，他语气更冷冽，怒喝道："我让你滚！"

"叶哥哥！"顾颜立即扯了扯他的胳膊，让他冷静一点儿。虽然她无缘无故地被人骂了，她也非常不高兴，但是叶昌硕作为公众人物，说出这样的话，估计最多一个小时之后，微博和新闻的热搜榜上，肯定全是叶昌硕辱骂粉丝的新闻，要真的是这样，他就完了！

她扯他，却并未平息他的怒火。他不敢轻易出现在她面前，是不想妨碍她的幸福，更不想因为自己的身份，为她吸引过多关注，把她扯入一些莫名其妙的风波和绯闻当中。今天是她成名之后最重要的一天，也许是她迈入时尚界的一个美好开始。

所以，他想过来祝福她，便作为嘉宾出现在了台上。可是没想到，就是这样小心翼翼不敢靠近，最终还是让她被这样尖锐的语言攻击。这让他如何能控制住心头的怒火！

那个粉丝愣愣地看了他几秒之后，忽然蹲下身，撕心裂肺地哭了起来。

叶昌硕的眉心跳了跳，却并不见他对这件事情有丝毫后悔，他只冷声道："我很感谢大家对我的支持，但是我不希望这种支持变得病态，甚至去伤害我身边的亲人、朋友。如果你们的支持是这样的，我宁可不要。"

说完这话，他便拉着顾颜大步离开。

粉丝们沉默了一会儿之后，忽然有人开始道歉，也有人骂了起来。顾颜的额角都流出汗来，很为叶昌硕捏一把冷汗。事态变成这个样子，许多粉转黑、转路人，是必然的。

思虑之间，他们已经离开人群的包围圈。科迪这时候头都炸了，也没心思管他俩去干吗，已经开始焦头烂额地思考，这件事情的后续应该如何处理。

顾颜皱眉开口："叶哥哥，你这样做……那些粉丝都很看重你，他们……"

"我也很看重他们！"叶昌硕打断了她，而他的下一句话，将顾颜所有的话全部堵回了肚子里，"他们很重视我，我也很重视他们。但是，颜颜，我有更重视的。在我眼中，任何人、任何事，都没有你来得重要！"

这话让顾颜不知道怎么接，纠结地咬了咬唇畔。他这样的表白，让她很为难："叶哥哥……"

"我懂你想说什么，颜颜。你和林霄的事情是你们的，我的感情是我的。我从来不想做一个合格的明星，也不想做一个合格的偶像，我只想保护好你而已！这次的事情是我的，不需要你的任何回应，你也不需要觉得抱歉。"而且，这一次她是因为他才遭到辱骂的。

顾颜跟他对视了良久，发现时间过去好多年，尽管这么久不见，他们之间已经有隔阂，但她的叶哥哥依旧像小时候一样，会不计代价地保护她。

千言万语，所有的劝解，只变成了一句话："叶哥哥，谢谢你！"

说完这句话后，她也不想继续牵扯，怕最终会连累他更深，于是低头看了一眼手表上的时间，开口道：“已经不早了，我还有点儿事情要回去处理，这次的事情谢谢你。过几天闲下来，我请你吃饭。”

“好！”叶昌硕也很干脆，直接放人。

他站在街边，静静地目送她离开，来来往往的人，都无法牵动他的思绪。他只静静看着他眼前那个人，看着她穿过街道，一步一步从他面前离开，从他的世界离开。

就在这时候，路面上忽然传来尖锐的一声响，那是汽车的鸣笛声，接着就是贾甜甜的怒吼声：“顾颜！你去死吧！”

随着她这一声吼，一辆车对着街中的顾颜狠狠撞了过去。

顾颜回头一看，便见一辆车对着自己飞驰过来，这时候她已经来不及做出任何反应，而马路边上的叶昌硕一怔，电光石火之间，他已经飞奔过去，一把抱住她，把马路中间的那个丫头紧紧护在怀里。

砰的一声巨响。

世界似乎静了静，顾颜呆愣地躺在地上，被人紧紧护在怀里。贾甜甜也惊呆了，她没想到自己原本想撞死顾颜，却撞了叶昌硕！她二话不说，迅速掉转方向盘，开车逃了。

“颜颜，颜颜……”剧痛之中，他紧紧抱着她，轻声问了一句，“你有没有事？”

“我没事！我没事！”顾颜终于反应过来，飞快地爬起来，抱紧他，让他靠在她怀里。看他倒在血泊中，身上全是血，她忽然慌了，哆嗦着拿出手机打120、报警……她几乎拿不稳手机，眼泪也一个劲地往下掉。

她的叶哥哥，从小就护着她，长大了还是这样护着她，可这一次的代价……

她因为他离开了十五年，一直对他心怀怨怼，可到这一刻，还能有什么怨怼？她只希望他不要有事，千万不要有事。

看她没事，他终于放心。

他回来晚了，但他到底没有白回来。他的出现，也许是为了替她挡生命中的这一场劫难，那么也是值得的。他微微扯唇，陷入了昏迷之中……

医院，顾颜在做笔录。

警察问了她许多问题，她一一回答。她并没想到贾甜甜会疯到这个程度，而她更不能容忍的是，这原本应该是她的不幸，却发生在叶哥哥身上。

警察问完问题之后，医生也从手术室出来了。

顾颜飞快地冲上去，医生不等她开口，就先开了口："还好，病人已经脱离危险期，只是……只是他的腿，被撞击得太严重……以后，可能站不起来了。"

顾颜一蒙，整个人险些晕过去。

医生看了她一眼，安慰道："这是你男朋友吧？这么严重的车祸，能保住一条命已经不错了，至于以后……"

以后他也不知道怎么说，那个男人长得很英俊，他好像觉得自己在哪里见过，但是一时半会儿的，又想不起来。

顾颜没说话，看着护士从她身边把叶昌硕推了过去。

他双眼紧闭，正昏迷着，顾颜顾不得别的，赶紧跟上。同时，顾颜的手机响了起来，是秦玲玲的。她接起电话，还没开口，秦玲玲的声音就先传了过来："颜颜，我听说叶昌硕今天当众骂了粉丝，那位粉丝回去之后想不开，割腕自杀了，虽然救回来了，但是现在整个网络上全部在骂叶昌硕，让他滚出模特圈！你知道到底是怎么回事吗？"

叶昌硕出车祸的事情，大家还都不知道，秦玲玲也不知道。

顾颜愣住了，她就知道他当众骂粉丝会出事，但是她没想到事情会这么严重。

秦玲玲没听到顾颜回话，愣了愣，喊了一声："颜颜？颜颜你怎么了？"

她声音里带着焦灼的关心，这让顾颜原本就快崩溃的情绪再一次失去控制。她当即哭出声来："玲子，叶哥哥出车祸了。因为我……"

病房里，叶昌硕还在昏迷之中，医生说要等几个小时才会醒。

顾颜把医院的地址发给秦玲玲之后，拿手机看了一眼微博。上头果然全是骂叶昌硕的话，尤其他从前的粉丝骂得最严重，以前对他的爱有多深，粉丝们这时候的恨就有多深。各种恶毒尖锐的言辞，让顾颜的视线再一次模糊起来。

他被千夫所指、万人唾骂，是因为她；他躺在这里，医生说他可能再也站不起来，还是因为她。

“颜颜……”昏迷中，他微弱的声音忽然响了起来，手慌乱地在半空中抓着。

顾颜立即伸出手，跟他的手紧握。他终于安下心来，好像做了什么美梦，人在昏迷中，却轻轻地笑出声来：“我的颜颜，长大了以后，就嫁给叶哥哥，叶哥哥保护颜颜一辈子！”

他这话，让她的眼泪再一次没收住。

她还记得他们小时候童言无忌，他说过这句话，而那时候她答应了，答应了长大之后就嫁给他。年幼的时候，不知那意味着什么，稀里糊涂地就应了。如今说来，是她失信了！

“颜颜！”病房的门骤然被人推开。

林霄出现在门口，看见他们交握在一起的手，他愣了愣，但到底没说什么，大步走到顾颜身边。叶昌硕的情况，在进病房的路上，医生已经告诉他了。跟顾建成谈完事情，他正打算来找颜颜，就收到消息说他们出事了。

顾颜低下头，并没看他，声音听起来有点儿颤抖：“林霄，我们的婚事取消吧！”

说完这话，她更觉得自己心口绞住，疼得不能自抑。她爱上林霄了，在她说出取消婚事的时候，心里的疼痛提醒她，她真的爱上他了，没有一刻比此刻更确信！她甚至不敢抬头，不敢跟他对视，不敢看他失望的眼神。

林霄一怔，低沉冰冷的声音听起来有点儿可怕：“顾颜，你说什么？”

“我说，我们的婚事取消吧！”顾颜咬着牙，重复了一遍，却忽然伸出手，把脸埋进自己的掌心，再一次哭了出来，“林霄，我没有办法了，我没有别的办法了！叶哥哥他已经什么都没有了，因为我，他什么都没有了，我不能……”

对于一个明星来说，失去了粉丝的拥戴，意味着什么？对于一个超模来说，他的腿站不起来了，意味着什么？而这些，起因全部是她。她还有什么资格去幸福？她又如何能说服自己，丢下叶哥哥不管不顾？

她不能把叶哥哥一个人丢下，自己去幸福。

她不能。

她知道发生的一切，都不是林霄的错，这后果不应该让林霄来承担，可是，她真的没有别的办法了。

林霄也沉默了，看着痛哭失声的她，一把将她抱入怀中：“顾颜，他不能没有你，我也不能！”

接下来的几天，他们谁都没有再提取消婚事的事。仿佛那天顾颜什么都没有说，但林霄心里清楚，这件事情就算他故意忽视，也回避不了。

她心太善，也不够自私。她不可能在叶昌硕被万人唾骂，还站不起来的情况下，安然地跟自己结婚。

林霄这时候唯一能指望的，就是叶昌硕的腿有好起来的可能，只有这样，顾颜才能从死胡同里钻出来。他这几天也不止一次在想，如果那天不是正巧顾建成来了，他早一点儿到顾颜身边，这时候折了腿的是他，那一切是不是会不一样。

顾颜这几天一直在照顾叶昌硕，叶昌硕也已经醒了。

林霄把公司的事情全部丢给了手下的人处理，通知人请了国内外的著名医生，过来给叶昌硕看腿，然后他就每天坐在病房门口等着顾颜。可顾颜每次出来，都是为了叶昌硕换药和各种琐事，眼神都不敢跟他对视，匆匆忙忙地从他身边经过，生怕看他一眼，她就会心软，然后不知道接下来又该怎么办。

叶昌硕出车祸的新闻，很快轰轰烈烈地传了出去。

有很多人惋惜，却也有很多尖刻歹毒的人，在网上骂着，说叶昌硕这是遭了报应，欺辱自己的粉丝之后的报应。科迪也带来了经纪公司的解约书，在看见叶昌硕签名的时候，他神色很复杂。毕竟是自己带了十几年的艺人，怎么也会有感情在，而解约是公司的意思，他也无能为力。

签上名字之后，叶昌硕笑看了科迪一眼，那张足以让男人和女人都神魂颠倒的脸，这时候依旧迷人，他轻轻地道："科迪，对不起了！"

他现在毁了，也等于科迪这些年的栽培和努力全部毁了。

科迪摇了摇头，伸手拍在他的肩膀上："从你回国，看见顾颜就理智全无的样子，我就料到会有这么一天。叶昌硕，我们以后也还能是兄弟。你好好过你想要的日子，不要后悔你的选择就好！至于我，人生处处有洗牌的时候，不过是一次从头开始，我科迪会怕吗？"

"谢谢你！"叶昌硕轻笑了一声，目送他离开。

对于医生对他的宣判，他表现得出乎意料地镇定，仿佛被宣判可能从此站不起来的人不是他。而新闻和网络上对他的谩骂，他也完全没往心里去。似乎在他眼中，所有的事情都与他无关，心中之人就在眼前，就是岁月静好。

至于颜颜，他也不过是从林霄身边借她一段时间。他现在腿成了这样，当然更不会去拖累她。只是……

让所有人都觉得奇怪的是，叶昌硕出了这么大的事，他家里没有一个亲人来看望他。顾颜尝试着问过他跟家人的关系为什么这么微妙，但他只是笑笑，并没回答。

警察这段时间都在抓捕并通缉贾甜甜。

但是那个女人就像人间蒸发了一样，几天时间下来，都没有找到她的下落。林霄也动用了自己的人脉和私家侦探去找，只要一天没找到贾甜甜，那就意味着顾颜可能再一次面对生命威胁。

叶昌硕住院之后的第十天。一大早，在病房外面的林霄接到了市内另一家最好医院的电话，说是他的母亲有要醒来的迹象，医生想让他过去，跟他谈一谈他母亲的情况。林霄迅速起身，看了一眼还在叶昌硕病房里面的顾颜，她这时候正在边上的另一张病床上睡觉。

林霄吩咐了弗瑞克，把所有的保镖都留下保护她，这才下楼，驱车去了另一家医院。

弗瑞克心里当然不放心少爷不带保镖出行，但是林霄的性格从来说一不二，所以他也没办法。这里是医院，医生也不允许保镖们离病房太近，担心打扰病人休息，所以只能在远处守着。

顾颜一早醒来之后，就出了病房，打算出去上厕所。

进了洗手间，刚刚解决完毕，出来洗手时忽然背后有人捂住了她的嘴。她正要反抗，她身后的人手中的注射器扎入了她的脖子里。很快她就失去了意识……

等顾颜再醒来的时候，她感觉自己脸上火辣辣地疼。

她迷迷蒙蒙地睁开眼，就见着了自己对面的人，是贾甜甜！顾颜四下一看，她们处在旷野上。不远处是一条江河，江河的边上是栏杆。这是市区之外的一块荒地，已经不是医院，这让顾颜眉心一跳。贾甜甜不可能有这么大的能耐，那时候保镖们虽然不能寸步不离地跟着她，但是以贾甜甜的本事，想在那么多人的眼皮子底下把她从医院弄出来，是不可能的。

她发现自己的手腕上绑着绳子，绑得很紧，根本挣脱不了。

脸上的灼痛，令她很清楚，自己在昏迷之中脸被人给打了！她看着贾甜甜，眼睛里全是恨意："贾甜甜，你是不是疯了？"

要不是因为这个女人，叶哥哥怎么会出事？怎么会躺在医院里，也许再也站不起来？她现在还绑了自己，她想干什么？

"没错！我就是疯了！"贾甜甜一把抓住她的头发，一张原本算得上漂亮的脸蛋，在这时候扭曲得惊人！

她咬牙切齿道："顾颜！我就是疯了！要不是因为你，我怎么会变成如今这样一无所有？因为你，我的演艺之路彻底断干净了！因为你和秦玲玲两个婊子，我得罪了林达，当众被打了不算，还被他带到酒吧羞辱！而陈晓峰也因为我得罪了林达，不敢再跟我来往。顾颜，因为你，我已经一无所有！我所有的一切，都是你夺走的。今天我就要让你看看，你被你最心爱的未婚夫炸死，是什么滋味！”

对于她的脑残言论，顾颜没往心里去。脑残的思维是没有逻辑的，他们在出事后，只会把所有的责任都推到别人身上，完全忘记他们自己做过什么缺德事。贾甜甜已经不是第一次在她面前展现她的脑残了，所以顾颜根本没在意。

但对方的最后一句话引起了顾颜的注意：“你这话什么意思？什么叫我被林霄炸死？”

贾甜甜忽然笑了：“你以为就凭我一个人，能把你从医院里劫持出来吗？那家医院是高家的，高家和李家是什么关系，你不会不知道吧？嗯，两代姻亲呢！李雯喜欢林霄，你该不会不知道吧？顺便告诉你，这几天警察都找不到我，就是李雯把我藏在李家，就等着今天呢！”

“李雯？”顾颜的眉皱了起来，“你们到底想干什么？”

她已经不想提醒贾甜甜这是在犯罪，贾甜甜一定也清楚她在犯罪，她那时都丧心病狂到直接开车想撞死自己，这会儿限制一下她的人身自由，对贾甜甜来说，应该已经是不值一提的小罪了。她现在比较想知道，她们到底想干什么！

李家她是知道的，明面上是国际上的大家族，但是也有传闻说他们和一些恐怖分子走得很近。但传闻毕竟只是传闻，并没有什么浮在明面上的证据。这时候贾甜甜说李家掺和进来了，顾颜也不得不感到紧张。她出事已经是必然，但是她不希望林霄再出事！

她这一问，显然取悦了贾甜甜，她把脸凑到顾颜的耳边，耳语了一阵，下一秒，顾颜脸色铁青，几乎是目眦欲裂，瞪着她怒吼：“贾甜甜，你敢这么做……你敢！”

“你就看我敢不敢！很快他就会来了，我也想看看，他到底会怎么选。哈哈哈……”贾甜甜脸上的笑容几乎称得上是猖狂，说完这话，她后退了几步，瞟了一眼边上跟她一起把顾颜绑在这里的几个大汉，所有人一起后退离开。

顾颜被绑在柱子上，很努力地想把自己的手腕从里头挣脱出来，然而她的手腕被绑了许多圈，不管怎么用力，都挣脱不掉……

“少爷，当时我们根本没想到，医院里面会有人动手，所以……”弗瑞克说着，头也低了下来，脸上流露出羞愧的神色。就算他们有再多的理由，也不能改变人跟丢了的事实。

林霄此刻正站在他母亲的病房外，眸色森冷地盯着弗瑞克，俊美的面孔极其阴鸷。

他妈妈的确有要醒的迹象，但是他过来之后，医生还是摇了摇头，表明短期之内不可能醒。失望之后，弗瑞克就一脸愧疚地过来说这件事。他打了无数个电话给顾颜，也一直是关机状态。

林霄闭上眼，薄唇绷得很紧，让自己静下心思考。好端端的，顾颜没理由故意避开自己留下的保镖，她应该知道那是为了她的安全，所以她不太可能是自己走了。尤其这时候叶昌硕还在医院里，她就算想避开他的保镖，也不可能丢下叶昌硕不管！

而且手机也不通。

所以，唯一的可能，就是她出事了！

是贾甜甜吗？贾甜甜能有这么大的胆子，却不可能有这样的实力。那么，在高家的医院里面，又是怎么出事的？医院里有人掺和进去了？他眸色森寒如冰，睨了弗瑞克一眼：“打电话给高兆，让他查清楚他们家的医院是怎么回事！”

“是！”弗瑞克立即一挥手，示意跟在他身后的助理去打。

“报警了吗？”他很快又问了一句。

弗瑞克立即道：“在顾小姐失踪的第一时间，我们就已经报警了！按照警局的规矩，失踪二十四小时之后，才能备案寻找。但是因为贾甜甜之前故意杀人未遂，我们绝对有理由相信顾小姐可能被绑架了。所以警方那边对此事也高度重视，已经展开了搜寻和调查！”

他话刚说完，林霄的手机响了起来。

他立即把手机掏出来，低头一看，是顾颜的电话。他登时心中一喜，按下接听键之后，语气极其温柔：“颜颜，你在哪里？”

他一问，电话那头的李雯沉默了。

她认识林霄几年了，他每次对自己说话，都是客气而疏离的态度，而自己多和他说几句话，他虽然还是会保持绅士风度，但眼底会有明显的不耐烦。可是他对顾颜这个贱人，说话竟然这么温柔，她李雯到底哪里比不上顾颜?

原本贾甜甜对她说了那么多林霄对顾颜的好，说林霄是真的看上顾颜了，说林霄对顾氏几乎是有求必应，甚至对顾氏所有八竿子才搭得上关系的亲戚，都会多加照拂，并且说他对顾氏亲戚的照顾，简直胜过对林氏的远亲。让顾氏几乎成为林氏之后，第一不可开罪的家族。

她原本心中还存着一丝幻想，希望贾甜甜说的都是假的，但是现在听林霄的语气，她几乎已经能确定，全部是真的。

电话那端没说话，林霄的语气中不禁多了几分急迫："颜颜？"

"是我！"李雯终于开口，声音很冷，还带着几分嘲讽和讥诮，令人无法探知她是在嘲讽林霄，还是在嘲讽她自己。

宴会上，她给林霄的酒里面下了药，就是为了能跟他成就好事，可最后呢?

她看了一眼自己的手，指甲做得很精美，可她根本无心欣赏，只狠命用力，将自己的指甲掐进肉里，嘴角也勾起几分癫狂的冷笑。

她的声音，林霄并没有刻意去记，但天生的好记性，令他很快沉眸："李雯？"

"难得林大少爷还记得我！"李雯这句话说得很酸，仿佛怨妇。然而怨恨之下，眼中又很快浮现出凶光。语气也变得锋利，"怎么，林大总裁就不好奇，你未婚妻的手机，为什么会在我手里？她现在怎么样了，是不是还活着，四肢是不是健全？"

林霄冷锐的眸子眯起，沉声道："李雯，你知道你在做什么吗？"

"我当然知道我在做什么！"李雯的语气忽然变得很尖锐，很快她的下一句话就传了过来，"林霄，你想救她吗？我们来谈一个条件。你如果想救她，不想她死在我手里的话，就把你名下林氏所有的股份转给我。舍得吗？"

"好！"林霄回答得很干脆，"你放了她，我可以立即转给你！"

“少爷！”手机是有外音的，弗瑞克也听得清内容，他皱起眉头，看向林霄，满是不赞同的神色！股份怎么能转给李雯这个疯子，要是真的这么做了……

林霄却根本没理他。

李雯听了这话，不仅没有露出高兴的笑容，语气反而更加尖锐：“林霄，你知道我想要的是什么，不是你手里的股份！你真的为了她什么都舍得？你舍得你的命吗？我要你拿你自己的命来换她，你换吗？”

这次林霄更干脆，语气也很冷厉：“我换！李雯，你冷静一点儿，别动她，你想怎么样都行。”

说着，他眉梢浮现几分戾气，那是动怒的表现。他睨了弗瑞克一眼，弗瑞克立即会意，二话不说，马上转身到不远处的拐角，掏出手机报警。绑架案在他们这样的世家大族并不少见，但大多是公司破产，那些老总一无所有之后想不开，死也要拉人陪葬，才会整出绑架的事情，可像李雯和贾甜甜这两个疯婆子这样的，还真是头一遭！

“哈……”李雯冷笑一声，眼中冒出疯狂的神色，从牙缝里挤出几个字，一字一顿地说，“林霄，既然你这么想死，那你就去死好了！我告诉你，我李雯得不到的，谁也别想得到！你立刻出医院，看见车牌号为A279R3的车，一个人开车到郊外菱湖附近的仓库。你知道我说的是什么地方，从你所在的地方，开车得走小路过去，最快的速度只需要十分钟！你记住，一个人过来，我只等你十分钟。你来晚了，我会对顾颜做出什么事情，我也不知道。是弄死她，还是找十几个男人上了她，全看我的心情。还有，十分钟之后，如果你没出现，就算我不杀她，贾甜甜也会杀了她。贾甜甜可就在那周围等着你出现呢，要是来晚了，后果你自己承担！”

“李雯！”林霄听完她的最后一句话，眼底浮现凶光。

李雯也不想跟他多话，冷声开口：“你所在的医院门口有我的监视器，你还剩下十分钟！记住，一个人开车过来，我耐心有限。你可以报警，我也并不介意。只要十分钟之内，你出现在仓库这里就行！”

她说完这话，不等林霄回话就挂断了电话。

弗瑞克这时候也报完警过来了，一来就听见李雯在电话那头的话。他脸色一青："少爷，你不能去！"

十分钟，从这里到郊外，就算是走小路，也非常匆忙，需要最快的车速才能过去。林霄没有时间迟疑，转身大步往医院外头走去，并迅速开口："通知警方赶紧过去施救，打电话给医院的人立即派人过去以防万一。还有，带人协助警方找到贾甜甜和李雯在哪里，施救的时候，一切以顾颜的安全为先，不用管我！"

他俊美的容颜上一片冰寒，说话之间，已经到了医院门口，也看见了那辆车牌号为A279R3的车！

弗瑞克拦在他跟前，操着他那一口不算熟练的中国话大声说着："少爷，这是一个阴谋！您真的听李雯的一个人单独开车过去，会很危险，说不定……"

"是很危险！"林霄说话之间，立即打开车门，坐了上去，"但颜颜在她手上，李雯就算现在要我开着车跳江，我也只能按她的意思去做！"

说完他踩下油门，车很快飙了出去。而启动之后，林霄就发现，这车子被改装过，它不能调速，在启动之后，整个系统就崩溃掉了，刹车不灵，用钥匙强制性关掉也完全没用。除了方向盘还能调动，什么都动不了。

他很清楚自己身处一个局中，但他别无选择！

好在这一条路很僻静，没有其他的车，也没有红绿灯。他就这样开过去，畅行无阻！

医院门口的弗瑞克真是急疯了，赶紧把手机拿出来报警，告诉警方顾颜的所在，并赶紧告知医院……随即赶紧带着人，从另一条道上跟了上去。

在市中心最高的地方，李雯手里拿着一个望远镜，看着林霄的车以最快的速度，冲出了市区，拐进了小道，接着就在那一片绿化了的小道里，往仓库所在之地飞驰。她也很快看见警车，大概三分钟之后就跟了上去，不过警方可能怕激怒绑匪，所以走了另一条小道。

她一点儿都不在意，反正只要林霄到了那里，今天她的目的就达成了。

她拿起手中的送话器，轻声开口：“林霄，你应该知道，这是一个局！”

这声音，很快通过车里的送话器，传到林霄耳中。但他面色不变，看着前方的路，继续往前，嘴角轻扯：“不错，我知道这是一个局！可是李雯，你没有给我任何选择的余地！”

他很清楚这是一个局，但是对方说得很清楚，如果他不听她的，十分钟之内他到不了仓库，他们就会对顾颜不利。他毫无选择的余地！

“你可以不管顾颜的死活，你可以不去，你可以现在就跳车！以你的本事，现在跳车你也摔不出什么问题。她的死活关你什么事？全天下就只有她一个女人吗？她死了你可以娶别人！”李雯面容扭曲，在送话器的另一头嘶吼。

比起她的暴怒，林霄比她淡定得多，他语气很平静：“如果不是她，全天下还有多少人可以娶，对我而言都毫无意义。”

李雯不再说话。

今天这一场局，她和林霄都很清楚，开始之后，就不能再结束。就算他们想叫停，贾甜甜那个已经把顾颜恨到骨子里的人，也不会同意停。车子往前狂驰，他俊美的面容紧绷着。

一个再厉害的人，一旦有了弱点，就容易被人击溃。

顾颜是他的弱点。

但有了这弱点，就算结局必输，他也情愿走下去。

七分钟、八分钟……九分钟……当在这条算不得宽阔的单行道上看见顾颜的时候，他眼角的余光也很快看见离顾颜五十多米远的地方有几道人影，那应该就是贾甜甜他们！

顾颜在看见林霄驱车过来的那一刻，立即狂吼：“林霄，别过来！林霄……”

她很想自己的声音被他听到，但是她很清楚离这么远，他根本不可能听到。

高楼之上的李雯，按下了手中的按钮！

林霄的车子里，忽然传来嘀嘀的声音！李雯的声音也很快传了出来："林霄，车子上的定时炸弹已经启动了！你还有八秒钟！你可以选择立即跳车，转身就跑，让车子对着顾颜一个人开过去。否则——你们两个就一起去死吧！"

她这话说完，只余下五秒。

而这时林霄的车子距离顾颜五十米不到！车子系统崩溃停不下来，但他可以掉转九十度，让车子撞上江边牢固的栏杆，不撞向顾颜。可车子里头有炸弹，又离顾颜这么近，要是车子在这里爆炸，不管他能不能跑，她必死无疑！

嘀——

五、四……

他看了顾颜一眼，几乎毫不犹豫地掉转了方向盘，用漂移技术在这不算宽阔的单行道上转了弯，对着顾颜的反方向开了过去。他必须把车开走，离她远一点儿，这样在爆炸的时候才不会波及她！

这一幕，令高楼上拿着望远镜的李雯怔住了，贾甜甜也呆住了！

林霄他不要命了？

最后三秒钟，以现在的车速，转弯之后车子的确可以往反方向跑，但是他绝对来不及跳车了！三、二……

车子终于掉转，狂驰而去。

最后那一秒钟，几乎往回跑了一百多米，就算爆炸也不会再波及顾颜。也就在这最后一秒钟里，他飞快地打开车门，跳下了车！

但到底晚了一步。他跳出去的那一秒，身子跃向半空，逃出了火力最强的一击，可是……

轰的一声巨响，就在顾颜眼前，车子爆炸，后盖被掀了起来，整辆车炸得翻了出去，在半空中弹了几下，砸落在地，又是轰隆一声响，最终只剩下汽车的残骸落在地上。

车子爆炸的十米之外，有一摊血。

林霄躺在那里，一动不动，只有红色的血液，一点一点在地上蔓延开来。

最后那一秒钟，她获救在那一秒钟里，他却把自己送上了绝路。

顾颜觉得她的世界忽然一片漆黑，从此再也看不见白昼。

“林霄——”她嘶吼出声，人却被绑在柱子上，挣脱不出。手腕上全是血痕，可她始终扯不开那绳了，只能看他一个人静静地躺在那里，仿佛已经死去。

拿着望远镜的李雯，扑通一声跪坐在地上，像失了魂。

贾甜甜在短暂震惊之后，回过神来，整个人也慌了。她原本以为林霄会在最后那几秒钟跳车，让顾颜一个人去死，毕竟能只死一个人，谁会傻到两个人一起死！可是她没想到，林霄竟然会转弯，她没想到……

完了！

杀了顾颜，最多就是她偿命！可要是杀了林霄，他们贾家就全完了。

她的眼神很快放到了顾颜身上，都是因为她！都是因为顾颜这个贱女人，都是……她正打算奔过去弄死顾颜，忽然听到砰的一声枪响。

警察很快围了上来，一枪打在了贾甜甜的腿上，让她吃痛，摔倒在地，不能再往前一步。

“不许动！”警方当即怒吼出声，迅速把贾甜甜这一行人围了起来，也很快有人上来给顾颜解开绳子。

顾颜根本没心思在意那边发生了什么，在绳子被解开之后，她立即跌跌撞撞地往林霄身边奔去。警察忙伸出手想拦住她，那是事故现场，是不能让人破坏的。但这时候，血泊中的林霄忽然咳嗽了一声，似乎有了一些意识。

他看向不远处的顾颜，对着她伸出手。

警方对视了一眼，终于还是让开，让顾颜过去。救护车的声音也传了过来，顾颜几乎是连滚带爬地到了林霄跟前，就那么最后十米的距离，她摔了好几跤。最后终于蹚着他的血，爬到了他身边。她不知道自己什么时候哭了，眼泪早已模糊了视线。

她捧着他的脸，哆嗦着看着他：“林霄，林霄……”

他嘴里都是血，眼睛、睫毛上也全是血。他几乎看不清楚她的脸，但他忽然抓紧了她的手：“顾颜……我，咳咳，我要是死了，你得记着我。”

他不要成为她生命中的过客，就这样什么都不留地消失在她的世界里。

他这话一出，顾颜更是不能克制自己的情绪，泪水如瀑。她狠狠瞪着他嘶吼道：“你敢！你敢死，我就立即把你埋了，把你忘得干干净净！”

她说话之间，救护车已经停下，医生也很快过来。

他看着她哭花了的小脸，忽然笑出声来：“那可不行……医生，请你们赶紧……咳……赶紧把我抢救一下……”

听了他这话，顾颜很想打他，都到什么时候了，他还有心思说笑。

他伸手给她擦了泪，轻声道：“你要忘，就忘干净吧……”

顾颜来不及说话，医生已经迅速将他放到担架上。他的手和顾颜的手紧紧握在一起，顾颜哭着摇头，跟着他一起上了救护车。在他失去意识的最后一秒，他把她的手放在他的心口，轻轻地说出了他原本打算结婚的时候说的那句话：“顾颜，我爱你……”

恍惚之间，他忽然记起她那天问他的话……

“林霄，要是有一天，生的路只有一条，我和你只有一个人能走，你会怎么选？”

要是有一天，生的路只有一条，我会先去赴死，请你好好活着。

医院，抢救室门口。

顾颜蹲在墙角边，咬着自己的下唇，死命地克制着，不让自己哭出来。眼泪刚要出来的时候，她就飞快地伸出手把眼泪抹掉。她不能哭，不敢哭。如果她又哭了，林霄可能就真的救不回来了。

手术室里，心电监护仪猛然变成了一条直线。

医生高吼：“电击！”

砰——心脏除颤器放在他胸口，狠命按压。

无效！

“继续！”再一次电击。

依旧无效！

“继续……”

三分钟之后，手术室的门打开。医生把口罩取下来，看向顾颜的眼神很同情，语气也非常沉重：“病人抢救无效，死亡！”

轰——顾颜的脑子忽然炸了，空荡荡的一片，里头什么都没有。随后脑海中忽然响起他含笑的声音：“顾颜，我想让你知道，我想把星星摘给你！”

“顾颜，他不能没有你，我也不能！”

“顾颜，我爱你……”

“不！他没有死，他没有死！你们骗我，他没有死！”她忽然疯了一样，往手术室里面冲，里面的医生吓了一跳，主治医生也吓了一跳，赶紧高声道：“拉住她！”

然而这一句话刚落下，顾颜已经冲了进去。

她看见他闭着眼躺在病床上，四肢因为用了心脏除颤器，还在微微抽搐。她顾不了那么多，像个疯婆子似的，把所有人都挥开，上去抓住他的手，哭着怒吼：“林霄，你不能说话不算数！你说要把星星摘给我的，我还没看到星星！你不准死，林霄！林霄，我们的婚礼不取消了，你要是醒过来，我们的婚礼就不取消了！林霄，我不能没有你。我们结婚，我们结婚好不好……”

她哭吼之中，没注意到在她开始怒吼的那一秒，病床上的人指尖忽然有了反应，那不是单纯的抽搐，而是真的有了反应……

他睫毛颤了颤，慢慢睁开眼，声音很微弱：“好！”

医生们惊呆了！扭头看了一眼心电监护仪，那原本已经变成一条直线的电波，这时候忽然又有了波动！门口的主治医生也惊呆了，手里的口罩都掉了下去。

这是……奇迹？

手术室里的医生这时候也看着那心电监护仪，难以置信地高声道：“检测到心跳，检测到呼吸……”

这……挺过来了，后续就有救了！

顾颜也愣了，脸上还挂着泪，那种劫后余生的感觉，来得那么强烈，让她几乎兴奋得无法呼吸！喜极之下，她的眼泪又掉了出来。

而林霄似乎也明白了他现在的身体状况，轻轻笑了出来："看来……咳咳……看来我是真的还可以抢救一下……"

"你别胡说！"顾颜真的被他气蒙了，任何时候他都不忘记贫嘴。

主治医生迅速上前来，吐出一口气道："最危险的时候挺过去了，后头应该不会有生命危险了……病人家属请先出去一下，让我们继续抢救！"

病人家属……

这四个字让两人的心都微微颤动了一下。

她被医生从手术室赶了出去，蹲在门口等了很久。她心里期待着，却也害怕，害怕再一次听到那样的答案。这一刻，所有的一切在她心中都已经不再那么重要，她只想他赶快好起来，只想他们能好好地在一起，不管贫穷或者富贵，不管疾病或者衰老，他们都在一起，一辈子在一起。

吱呀一声，手术室的门再次打开。

她回头，医生面上带笑，取下了口罩："病人脱离危险了！"

医生话音一落，林霄就被护士推了出来。他这时候睁着眼，冷锐的眼睛含笑，是强撑着自己被打了麻药之后最后的精神。他不敢晕过去，怕自己晕过去之后，再醒来她会反悔，依旧坚持要取消婚约，所以他不敢。看见她的那一秒，他眼中含着希望，轻声问："顾颜，你刚才说的话，还算数吗？"

"算数！"她死命地点头，流着泪上去抓住他的手。

他终于放心，握着她的手轻笑出声："老婆，我们结婚吧？"

她也终于破涕为笑："好！"

老婆，我们结婚吧？

好！

## 【番外一】
# 一家三口的幸福

“苍天……”顾颜盯着电脑屏幕上的几个字，不敢相信自己看见的东西。

电脑上一张张图纸，还有稿件的合成与修改，这些东西，都在指向一个事实。要么就是“天使的羽翼”是在这台电脑上面完成的，也就是说，设计者是林霄。再要么，就是天使的羽翼设计者，将所有设计的过程，全部都传给了林霄。

但是这种东西，设计师会将设计的过程图纸都传给别人吗？顾颜表示质疑！

脑海中又很快地回忆起她一直就觉得，天使的羽翼和Tom的一贯设计理念，相去甚远，她脑海中忽然就有了一个荒谬的答案……

她盯着电脑屏幕之间，背后传来一道含笑的声线：“老婆，我一会儿不在，你就翻看我的电脑，这似乎不太妥当吧？”

“我还不是看你在和叶哥哥的主治医生的对话！”顾颜回头瞪了他一眼。

林霄去洗手间，她就过来看了看，一眼扫完对话之后，就看见了桌面边角的一个文件夹，上面写着“天使的羽翼”，她心里好奇，就打开了。再说了，夫妻之间没有秘密，这一直就是林霄提倡的观点，所以她觉得自己看一下应该没什么，谁知道这真是不看不知道，一看吓一跳。

她这话说着，林霄那双冷锐的眼，也落到了屏幕上打开的文件夹上。

他倒也看得开，很快地叹了一口气："没想到藏了这么久的秘密，还是被你发现了，本来我还以为能被你崇拜很久！"

"哈？"话说到这里，要是顾颜还是不明白对方的话是什么意思，那她就傻透了！

她一直没事儿就对林霄说，自己有多么崇拜"天使的羽翼"设计者，Tom先生。觉得对方简直就是自己在设计界的灵魂导师，每次林霄听见她的话，都是嘴角淡扬，那笑容神秘中透着几分得意，让她搞不清楚对方在想什么，但……要是这样的话——她忽然觉得自己宛如一个智障!

林大总裁看她愣住，倒也很干脆，戏谑地道："你没问过我，可不是我不说！天使的羽翼，我并没打算发布，是Tom坚持，我就让他以他自己的名义发布了。鉴于一旦让我老婆知道，这件礼服是我设计的，我老婆大概就不想继续崇拜我了，我就忍痛憋了一憋，没有对你说！"

他话说完，顾颜彻底僵在原地。

世上会有什么事情，比有人告诉你，你崇拜了许多年的男神，居然崇拜错了对象更为坑爹的？难怪和林霄结婚之后，每次看见Tom，她上去跟Tom谈设计稿，对方总是一副便秘的表情，到这会儿，她算是全明白了。

这对话之间，林霄已经过来，看了一眼桌面上的聊天对话框。低沉磁性的声，带着点醋意："现在知道你的宝贝叶哥哥是什么情况了？"

宝贝叶哥哥这几个字，他咬得很重。

顾颜眼角一抽，无语地盯着林霄："你能不能不要这么小气且幼稚……"

那天，爆炸事故之后，林霄从手术室出来，她就收到了叶哥哥的短信。他说他已经出国了，正在去洛杉矶的飞机上，说是他那边的朋友探访到了一位医生，也许能治好他的腿，他来不及跟顾颜打招呼，就先走了。

短信之中，还有这样一句话："我曾经以为，自己是那么爱你，但我静静想了几天，我也许并没有我想象的那么在意，大概也就只是多年前的执着在作祟罢了。去幸福吧，我的小丫头，你终于长大了，也该有自己的幸福了。叶哥哥祝福你！”

她看完短信之后，问了护士，护士说叶哥哥的确是当天上午就出院了，据说是已经去了美国。

她看着手机里的短信，没有完全相信叶哥哥的话，但也没有自作多情一定坚定地认为对方是爱自己没有办法了，还在欺骗自己寻找幸福。但总归，她蹲在角落里哭了一场，是感动更是感谢，感谢那个人的温柔，付出，和成全。

他们和叶哥哥之间的联系，一直都没有断。

直到听叶哥哥的医生，约翰先生说，叶哥哥在国外有了一个很漂亮的女朋友，那个姑娘像天使一样温柔善良，一心一意地照顾着叶哥哥，顾颜才终于放下心。

而林霄，在那一起爆炸案之后，他的伤养了几个月，才彻底痊愈。至于他的伤势完全好了之后，还假装没有好，忽悠顾颜多全心全意地照顾了他半个月，最终事情败露，惹得顾颜揍了他一顿，这个暂且不提。

在约翰医生表明，叶昌硕已经有了女朋友之后，林大总裁就知道自己的机会来了，准备了一个极其浪漫的求婚典礼，最终他用每位男士一生只能凭借身份证购买一枚的Darry钻戒，表达了他对顾颜“此生唯一”的执着。

至于那个钻戒美得闪瞎眼，是林霄天价拍下了硕大的宝钻，送到Darry总部，请人代工，打磨成那么闪瞎眼的小小的一枚，让秦玲玲直呼简直暴殄天物、心疼心疼，也让顾颜赚到了不少艳羡的眸光。

值得一提的是，他和林霄结婚当天，叶哥哥告诉她，他的腿已经快痊愈了。这让顾颜高兴得快飞起来！就在这么开心的时刻，他们在亲朋好友的见证下，订婚，结婚。领证至今，已经快三个月了！

而贾甜甜、李雯，李家，高家医院里面被收买了一同绑架顾颜的医生，都在他们婚前，林霄受伤之后半个多月内，被警方一一查出，缉拿归案，并依法惩处。

眼下，顾颜这句话出来，林霄也只睨了她一眼，说出来的话更像是酿了许多年的陈年老醋："你身为一个有夫之妇，天天记挂其他男人的状况。还说都不让我说了？我真是世上最苦命的男人！"

"……"顾颜满脑门的黑线，竟完全不知这句话应该怎么接。

而林霄也没准备她接，纵然心里很吃味儿，可对顾颜心里的人是谁这一点，他还是很清楚的。这不仅仅是对自己老婆的自信，也是对他自己的自信。大步走上去，圈住她的腰，让她坐在自己腿上。

屏幕上，是约翰医生的话，让他们不用担心。

林霄眼神微深，面上却是不动声色，轻声笑道："他既然说他的腿已经快好了，你就不用再担心了。他也不会希望你天天记挂他到不得安稳！"

"嗯！"顾颜点点头，叶哥哥肯定是希望她幸福的。

那个人，在她出事的时候，给予她保护，在她最难选择的时候，选择了退出。他不过就是想要她过得好，她当然不会辜负她。

说到这里，顾颜眼珠子转了转："林霄，你爱抽烟吗？"

"心情特别不好的时候才会抽，但是顾颜，咱俩认识之后，我只在外公家抽过一次烟，到现在可一次都没有！怎么，现在想起来关心你老公的喜好了？"林大总裁嘴角含笑，倒是很期待顾颜给出肯定的答复。

然而，顾颜只是满意点头，继续道："我觉得如果我的老公每天抽烟的话，一定会影响我的身体健康。所以林霄，楼上抽屉里面的烟我全部都扔了，我也不希望以后看见你抽烟，就是这样！"

她话说完，他沉默了几秒钟。

忽然伸出手，掐了一把她的鼻头。他笑着说："顾颜，承认你关心我，就那么难吗？"影响她的健康？其实更怕影响他的健康，也不希望他常常心情不好，需要抽烟吧？

"不难！"对自己的想法被窥破，顾颜也没觉得不好意思，她赏了他一个白眼，继续开口，"但是你这个人，一贯擅长顺着杆子往上爬，我实在是不想让你太得意！"

她话说完，他只是低笑，胸腔微微震动，不再多话。

顾颜瞟了他一眼，这甜蜜的当口，倒忽然问了一句："林霄，当初李雯差点害死我们，你为啥不自己直接跳车呢？这世上喜欢你的女人那么多，愿意嫁给你的女人那么多，为了我值得吗……”

她话没说完，就被他揉着她的发打断：“顾颜，那时我对李雯说过一句话，现在正好用来回答你。喜欢我、愿意嫁给我的人或许真的很多，可，你要知道，如果不是你，这世上有多少人可以娶，对我而言都毫无意义。”

顾颜眼眶一热，埋首在他胸口。

她还没来得及多说什么，桌案上她的手机然响了，是秦玲玲的电话。顾颜抓过来就接了，电话的那头秦玲玲很愉快：“颜颜，快来！我们在聚餐呢，大家都到了，你赶紧的……”

“好，你把地址发给我！”顾颜完全没多考虑，一口就答应了下来。

林大总裁的脸色一秒钟就青了，彻底变成了怨妇脸，几乎是切齿道：“顾颜，我请假一天来陪你，你要出去聚餐？”

“呃……”顾颜还微微红着的眼角开始抽筋。

其实林霄说是请假一天陪她，事实上这个人几乎每天都陪着她，只是一整天能陪伴的时间长短不同罢了，今天他特意请了一天假，说是他们认识之后的一百天，要坐直升机出海去玩，现在弗瑞克应该正在来的路上。她现在说要出去聚餐，好像是真的不太妥……

然而，她刚刚脑抽之下，直接就答应秦玲玲了……她看了一眼已经被秦玲玲挂掉的电话，接着手机“滴”的一声响起，是那风风火火的丫头，已经发过来的聚餐地址。她咽了一下口水，看了一眼林霄：“那个……我都答应了，反正咱俩在一起除了一百天，还有两百天，三百天呢……要不然以后再说？”

看他的眼神越发阴鸷，顾颜背后的冷汗都冒了出来：“你不要生气嘛，呃……要不然我们一起去聚餐？唔……呕！”

话说到这里，顾颜忽然觉得胃部一阵翻滚，差点吐出来。

这下，林霄阴鸷的眼神才算是散了，立即把她抱在怀里：“怎么了颜颜？”

“不知道……想吐！”想吐的感觉，在大多数时候，比疼痛都要难受得多，她一下子整张小脸都惨白了下去，抓着林霄的手腕，眼泪都差点没掉出来。

林霄也不再多话，立即起身抱起她就出门。预备驱车去医院……

顾颜抬手制止：“估计就是感冒，不用这么紧张！”

然而，他只睨了她一眼：“必须去医院，你乖，不要闹！”

顾颜老实地不说话了，进了医院之后，她那一会儿想吐的感觉，也消失了。可还是在林霄的坚持下，进去做全身检查，秦玲玲也收到顾颜不舒服的消息，赶了过来。

林大总裁的太太要做检查，林霄陪护，医院的院长知道了，也是赶紧过来，全程陪同着，没多久检查的结果就出来了！

“怀孕了！”医生笑着说出来这么一句。

顾颜一呆，林霄也是一怔，旋即他眉眼中立即染上了笑，将要为人父的喜悦，让他立即将顾颜抱了起来。秦玲玲也是高兴坏了，连连在旁边说恭喜！

顾颜回过神来之后，看了一眼医生：“孕妇是不是不宜行房？”

“呃……”医生愣了一下，反应过来之后摸了摸鼻子，“是的，尤其是怀孕初期的前三个月，和将要生产的后三个月！”

顾颜乐坏了，高兴的眼角都险些飘出泪花：“太好了，终于可以睡个好觉了！”

众人：“……”

林霄脸一沉，从牙缝里挤出来两个字：“顾颜！”

她冲着他吐了吐舌头：“不服气你咬我啊！唔……”

唇被他封住。

“林霄，你要当爸爸了，你高兴吗？”

“本来高兴，现在不了！”

“呃……”

……

## 【番外二】

# 最后的谎言，是我给你的礼物

时间是一场残酷的风暴，肆虐着将记忆的沙砾都带走，留给人的，只余下一片兵荒马乱。你曾经以为你暂且离开，那个人会永远在原地等你，可岁月回应你的，也许是错过，只有错过。

## 1

“叶哥哥！”小丫头站在顾氏大院的门口，脸上绽出了甜美的笑。

还是个小男孩的他，骑着自行车，到了她的家门口。笑靥温柔，看向她：“颜颜，上来吧！”

顾颜二话不说，就跳上了车的后座，为了避免自己掉下车，她上车后就抱紧了他的腰。他低头看了一眼环在自己腰间的手，轻笑出声。

顾颜倒不知道他在笑什么，只开口道：“叶哥哥，你对颜颜真好！你会永远都对我这么好吗？”

“会！”小男孩年纪虽然不大，说出来的话，语气却很坚定。

顾颜歪了歪脑袋，笑了：“我觉得我们一辈子都不会分开的，嘿嘿……”

“那么……我的颜颜，长大了以后，就嫁给叶哥哥，叶哥哥保护颜颜一辈子！好不好？”他骑着车，眼睛看着前方的路标，手心里紧张的冒了汗，那是男孩在最青涩的年纪，对着心爱的姑娘，第一次表露自己的心意。

顾颜有点懵懵懂懂，其实并不是很明白，嫁给他是什么意思。但是叶哥哥一直对她很好，他肯定是不会说什么对她不好的提议的，于是她笑着点头："好呀，好呀！"

"颜颜你答应了？"叶昌硕停了车，回头看了她一眼，眼睛里都是不敢置信。

顾颜不是很明白他为什么这么大的反应，但是看着叶哥哥的这个反应，这应该是高兴吧？她点点头："嗯，我答应了！"

"那我们拉钩，长大了谁都不许反悔！"

"好！拉钩！"

……

## 2

"砰！"的一声，花瓶被摔碎。

女人歇斯底里的声音，从房间里传了出来："叶旭！你心里一直都装着那个贱人是不是？原来你喜欢我都是假的，原来这些年的一切都是假的！你还把房子搬到顾家的对面，你就是希望能够每天都看到那个贱人，是不是？"

"够了！不要闹了！她有她的家庭，我有我的家庭。我跟她之间，不会再有什么事。你冷静一点！"叶旭沉稳淡定的声音，也慢慢响起。

女人看着叶旭冷笑："好！好你个叶旭！当初你就是看上了我爸爸的产业，所以抛弃了唐芸对不对？亏得我以为你对我是真心的！难怪当初不管怎么样，你也要把住宅选在顾家的对面！"

叶昌硕站在门口，听着妈妈的话，心头一惊。

唐芸，是……顾颜的妈妈？

叶旭听到这里，已经不想再辩驳什么了，默默地坐了下来。压低了声音开口："既然你都知道了，那我就告诉你好了！我和唐芸，高中就在一起了。认识你之后，我就跟她分手了，我承认，的确是因为你家的背景，能让我少奋斗几十年，所以我选择了你。可是陈潇，你也要承认，当初是你先接近我的！”

“我先接近你？那是因为你告诉我你没有女朋友！你……”陈潇没想到他竟然会这样恶人先告状，气得白了一张脸。

叶旭继续开口：“现在说这些都有什么意义？唐芸嫁给了顾建成，她过得很好。我们也有了儿子，过去的事情你就让它过去不行吗？我和唐芸分手之后，就没有私下见过面了。她很要强，也不愿意再看见我，所以……”

说起唐芸，叶旭轻轻叹了一声，是对那个女人的亏欠。她当初不嫌他穷苦，一心一意地跟随他，但是他到底还是辜负了她，好在顾建成是真心喜欢她，也是真心对她好，所以已经过去的事情，他真的不愿意再提。

至于为什么把房子选在顾氏的对面，大概也是因为心中的亏欠，所以想知道唐芸过得好不好。

“所以？”陈潇打断了他的话，咬着牙问了他一句，“叶旭，我只想问你！唐芸当年是奉子成婚嫁给顾建成的，不然以她那样的出身，顾氏绝对不会让她进门。你告诉我，那时候她肚子里的孩子，是你的还是顾建成的？”

这下，整个屋子里头的气氛，都紧绷了。

叶旭沉默了很久，终于开了口：“是我的，顾裴的确是我的儿子。这个顾建成也知道，但他并不在乎，唐芸留下孩子也不是为了我，她只是觉得孩子是无辜的。至于顾颜，是顾建成的女儿，跟我无关！”

“好啊！你们知道！你们全部都知道，只有我一个人还像傻子一样，被瞒了这么多年！”陈潇一张妆容精致的脸，已经彻底扭曲。

而门口的叶昌硕，听到这些话，也完全惊呆了。

陈潇说完这话，扭头看见了正在门口站着的儿子，她先是一愣，旋即竟然上去一把，就抓住了叶昌硕的头发，切齿怒骂：“你这个没出息的东西，跟那个贱人生的杂种天天搅和在一起！我告诉你，从明天开始，你给我离顾颜远一点，如果再让我看见你们两个在一起，我就打断你的腿！”

“陈潇你疯了！”叶旭起身，二话不说，就将陈潇的手掰开，把叶昌硕解救出来。

叶昌硕根本在意不到自己疼痛的头皮，只大声道：“不行！我就要跟颜颜在一起，这和颜颜又没关系，我……”

“你明天就准备出国！”陈潇一句话，就定下了叶昌硕的未来。

叶旭皱起眉头，想要说句什么，陈潇霍然转头看向他：“叶旭！你不要忘了，叶氏的董事长是你，但我和我爸爸手中的股份，加起来比你多得多！你要搞清楚，这个家里是谁说了算。我们明天就搬家！叶旭，我警告你，如果你让我发现一丁点跟唐芸的纠缠不清，我就要你身败名裂，像乞丐一样活在A市！”

……

## 3

那天之后，叶家搬走了。

叶昌硕在家里哭闹了很久，可第二天一早，还是被保镖架上了车，前往新居并办理出国的手续。

车子渐行渐远，他回过头趴在车子的后窗上。

看着站在顾家的大门口，惦着脚望着，等着他骑车来载她的顾颜。看着她离他越来越远，咬紧了唇畔……

就这样分别，没有机会说再见。她会不会怪他，今天早上没有来？她不会怪他，以后都不会再来？

出国之后，家里没有给他手机去跟外界联系，写了一封一封的信件，也不能寄送出去。

他患上了孤僻症，好长一段的时间，都不爱说话。每天机械一样的，上学，功课，放学，健身，锻炼。他知道如果他想见她，他想跟她在一起，他就必须首先摆脱叶氏的桎梏，只有他足够强大，才能做到这些。

他要加入时尚界的时候，叶氏的人并没有反对。

毕竟唯一的小少爷，不爱说话，不爱与人交谈，拒绝接受心理医生的开导，好不容易他对什么事情有了兴趣，陈潇和叶旭也都没有拦着他。

从此他在模特界努力，想要一步一步往上爬。

他的嘴上从来没有吐出过顾颜这两个字，因为他把她放在心里。

颜颜，等着叶哥哥，摆脱了叶氏，我就回去找你。

……

他忘记了是几年，没有她在身边，时间像一个恒定的数字，心头的思念与痛楚，也时而蔓延时而静止。

汗水，屈辱，谣言，讥讽。

走过了这些，他终于成为了世界知名的超模。悄悄地投资，在好几个国际知名企业，埋下了巨额股份。他知道他在一点一点地强大，这意味着父母已经慢慢的，不能再左右他。

还有几个月，合约期满，他就可以回国，回到她身边。

可，就在这时候，晴天霹雳。他看到了她要和陈晓峰结婚的消息……

和CEO打了一架，最后在科迪的调解下，终于回国。

林青青对他表白，他发了一个微博，配图："我爱单身，单身使我快乐。"

其实，下一句话埋在他心里："心爱的人不在我身边，所以只能告诉自己，单身很快乐。"

## 4

命运似乎总是在愚弄人，他终于看见她。

她问他为什么一声不吭就走，他却不敢告诉她缘由，上一辈的不堪，他并不希望她知道，毕竟在她眼里，纵然父母经常忙于工作，但家庭还算是幸福。他不想将这些东西告诉她，影响她的幸福，破坏她的安稳。

他不说，好在她愿意理解。

她说他回来晚了，只是四天。十几年的执着，最终败在了这四天的错过。他其实很想问她，还记不记，当初答应过他，长大了会嫁给他？还记不记得，他们曾经拉钩过，说过长大了绝对不会反悔？

可他没问。

是他先走了，怎可怪她。

当护着她被汽车撞到的时候，他怀里抱着她，那是长大之后，他们离得最近的一次。如果命里注定错过，就这样抱紧你，我宁可在这一秒死去。告诉自己，幸福会定格在这里，你会永远永远跟我在一起。

……

他还是没有死，却断了腿。

她很自责，一直在照顾他。他也看得出来，她和林霄之间的关系，也似乎因为他变得微妙。他一直在享受着她的照顾，但从未打算耽误她，折断了腿的他，对于她的余生而言会是一种负担，他不会把这样的负担给她。

但，他想借她一段时间也好，至少她嫁给林霄之后，他的余生，还有好多值得怀念的东西。

可借来的幸福，终归是要还的。

她被绑架了，林霄为了救她差点死了。那天下午，他推着轮椅，出现在林霄手术室的门口，看见她疯了一样地在手术室摇晃着那个男人，他看着林霄醒来，看着她许诺嫁给他。

他在门口轻轻地笑了。

颜颜，如果我继续留在这里，是不是会让你很为难？你爱的是他，却也觉得亏欠我。哪一步都不好走吧？

我怎舍得让你为难……

……

“顾颜回来了之后，告诉她，我上午就已经离开医院了，去了美国就诊！”离开医院的时候，他这样拜托了护士。

护士点了点头，同意了。

登上出国飞机的前一刻，他忍着所有的痛楚与情绪，编辑了一条短信，发给她："我曾经以为，自己是那么爱你，但我静静想了几天，我也许并没有我想象的那么在意，大概也就只是多年前的执着在作祟罢了。去幸福吧，我的小丫头，你终于长大了，也该有自己的幸福了。叶哥哥祝福你！"

如果我说不再爱你，能让你好好幸福下去，那么我愿意骗骗你，也骗骗自己。

## 5

美国。

约翰笑着对他说："好消息，林霄已经出院了！身体也没有什么大碍。"

"他们打算结婚了？"叶昌硕看了他一眼。

约翰听完这话，脸上的笑容就滞了滞，开口道："结婚的消息倒是没有听说，顾颜好像是因为你的缘故，有一些顾虑！"

他听完沉默了，那天晚上他破天荒地抽了人生的第一次烟，抽了整整一个晚上，沉默着看着星空。

第二天早上，他未经约翰的允许，就打开了约翰的电脑。

打开约翰的聊天软件，找到和林霄的对话框，在键盘上敲击了一串话：叶昌硕已经有了一个很温柔的女朋友，像是天使一样温柔善良，正在照顾他，对他非常好，他的爱情应该来到了。

鼠标在发送键上停留了很久，最终他闭上眼，一咬牙，发了出去。

颜颜看见了这个，应该会放心地跟林霄结婚，放心地去幸福吧？

他刚刚发完，约翰就出现在他身后。

对于他们三个人之间复杂的关系，约翰也很了解。看着屏幕上的那些字，出于对叶昌硕的同情，他这样一个人权主义者，也没有责怪叶昌硕未经允许，侵犯自己的隐私，并以自己的名义发出去一句虚假的话。

只问了他一句："你这样做，不会后悔吗？"

"会后悔！"叶昌硕笑了，"我可以独自品尝后悔的苦，可我不能让她因为我不幸福！"

约翰叹气：“这是爱情的力量！”

……

林霄和顾颜结婚的那天。

约翰沉着一张脸，告诉了叶昌硕一个不太好的消息：“我跟好几位专家分析过了，你的腿，治愈成功的几率很低。我们都认为，你的腿，终身瘫痪的可能很大！”

“嗯！”叶昌硕点了点头。

他沉默了一会儿，却拿出手机，编辑了一条短信给顾颜：“约翰医生说，我的腿已经快好了。过几天就能下床走路了，这一次不能回去参加你们的婚礼，以后回国了，你们可得请我吃饭。”

顾颜高兴坏了，当即就回了电话给他。

他一直温柔地笑着，在她一再问他的腿是不是真的好了的情况下，一再告诉她，是的，快好了。

电话挂断的时候，他看见约翰一脸复杂。

颜颜，告诉你我的腿快好了，你就不用再内疚，不用再觉得亏欠我了。

最后的谎言，是我给你的新婚礼物。

请你幸福。